Le Premier Puits

Jabra Ibrahim Jabra

Le Premier Puits

Traduit de l'arabe
par Leïla el-Masri et Jocelyne Laâbi

Albin Michel

Ce livre a été publié en arabe en 1987 par Riad El-Rayyes Books Ltd, Londres

Traduction française :

22, rue Huyghens 75014 Paris

ISBN 2-226-06306-4

A ceux qui m'ont appris la magie des mots — eau douce dont j'ai rempli le puits de mon enfance.

MON projet initial était d'écrire l'histoire de ma vie. J'avais d'ailleurs maintes fois demandé aux écrivains de ma génération de faire de même. Le récit de leurs expériences aurait témoigné des transformations, des luttes significatives de notre époque, qui ont fortement marqué la vie de chacun de nous.

J'ai compris que, pour être fidèle et précis, il me faudrait replonger dans un nombre impressionnant de notes, dans les milliers de lettres (en arabe comme en anglais) que j'ai pu écrire ou recevoir en tant d'années, et dans tant de pays. Mais j'ai découvert combien la tâche était difficile. Je ne possédais qu'une infime partie de ces lettres. Je ne pouvais donc me fier qu'à ma seule mémoire, avec toutes les lacunes, les défaillances, les incohérences que cela suppose.

J'ai alors choisi de me limiter à mes premières années : de mon enfance, aussi loin que mes souvenirs pouvaient remonter, à ma vingt-quatrième année, quand j'eus fini mes études universitaires en Grande-Bretagne et que je rentrai à Jérusalem, bouillonnant d'idées et d'enthousiasme mais écartelé de contradictions. Là encore, je me suis aperçu que mes années à Exeter, à Cambridge (et, un temps, à Oxford) nécessi-

teraient à elles seules un volume si je voulais être honnête envers moi-même et approfondir un tant soit peu mon expérience. Il me fallait m'en tenir à ma vie jusqu'à dix-neuf ans, qui est — à deux semaines près — l'âge auquel je quittai Jérusalem pour la Grande-Bretagne. Il marquait la fin d'une étape, le commencement d'une autre. Par ailleurs, qu'importait : mes premières années regorgeaient d'événements, qui devaient être relatés dans leur continuité. Y consacrer un livre serait stimulant — bien qu'ardu — et me faciliterait le récit de l'étape suivante. Cependant, lorsque je commençai à écrire mes souvenirs d'enfance, je me rendis compte que je devais résumer ou même passer carrément sous silence quantité de faits, faute de quoi je n'en finirais pas. Cette période de dix-neuf années était donc, elle aussi, bien trop longue ; l'enfance est une chose, l'adolescence une autre. L'enfance marque à jamais le regard que l'on porte sur la vie, et l'adolescence n'en est que le prolongement naturel. Pourtant, celle-ci comporte sa richesse propre, sa complexité, elle apporte le plaisir et la souffrance, l'amour et les amitiés ; un volume entier n'y suffirait pas. Voilà pourquoi, en fin de compte, je décidai de me contenter des douze premières années de ma vie — plus précisément des sept ou huit dernières années de cette période —, en terminant sur une date charnière : 1932, où ma famille quitta définitivement Bethléem pour Jérusalem.

Quand je me suis remémoré les divers épisodes de cette enfance, j'ai constaté que, pendant plus de quarante ans d'écriture, j'avais emprunté nombre d'entre eux dans mes articles, mes nouvelles, et surtout mes romans. Devais-je les reprendre, les récrire autre-

ment en leur donnant la forme d'une autobiographie ? Je décidai que non ; je laisserais en l'état ce que j'avais retenu de mon enfance dans ma pratique littéraire, je ne traiterais que des épisodes encore jamais utilisés pour une œuvre ou une autre — ce qui n'était pas peu.

Un jour de 1945, après la guerre, je fis la connaissance dans un café de Jérusalem d'une femme aussi charmante qu'intelligente, Heidi Lloyd. Elle étudiait la sculpture à Bagdad et son mari était un archéologue réputé. J'étais alors président du Club des arts ; j'enseignais la littérature anglaise à la faculté ar-Rachidieh, et j'écrivais (en anglais) des poèmes, dont certains avaient été publiés. Apparemment elle en avait lu. Mes conditions de vie étaient dures, je répugnais à en parler.

Elle me surprit donc lorsqu'elle me demanda, avec un rien de coquetterie :

— Racontez-moi un peu votre vie ! On dit qu'elle a été extraordinaire, et qu'elle l'est encore.

Je me mis à rire :

— Extraordinaire, ma vie ? Je n'ai rien d'un héros si vous ne le saviez pas...

— Non, non, je ne faisais pas allusion à ce genre de vie mais à vos diverses expériences personnelles : psychologiques, intellectuelles, sentimentales...

Des événements de mon enfance, de mon adolescence, de mes années en Grande-Bretagne, me revinrent alors pêle-mêle à l'esprit.

— Si c'est de cela qu'il s'agit, je veux bien, mais pas maintenant car c'est une longue, une très longue histoire.

— Lirai-je un jour votre autobiographie ?

— Je crains fort que vous ne deviez attendre

longtemps... A présent, parlez-moi donc de votre sculpture, et de Bagdad.

Si, ma jeunesse à peine entamée, j'avais répondu que c'était une longue, une très longue histoire, qu'en est-il aujourd'hui que cette histoire s'est rallongée d'une quarantaine d'années ? Pour cette dame que je n'ai jamais revue, même quand je vins à Bagdad, trois ans plus tard, l'attente a bien duré. Puis-je dire qu'elle fut la première à faire germer en moi cette idée de raconter ma vie ?

Je ne veux pas ici retracer l'histoire des années vingt et trente en Palestine. Il ne manque pas d'hommes plus compétents que moi, plus brillants, pour le faire. Je ne prétends pas écrire l'histoire de ma famille ; ce serait une entreprise tout à fait différente. Je ne fais pas l'étude sociologique d'un petit village palestinien, gros, à l'époque, d'à peine cinq mille habitants, qui n'avait que des écoles primaires en majorité rattachées à des couvents et à des églises, et qui est aujourd'hui une ville d'importance, sur les plans économique et politique, et compte plus de quatre-vingt mille habitants, de nombreux lycées et une université formant chaque année des dizaines d'étudiants.

Ce que j'écris ici est purement personnel et se rapporte à ma seule enfance. Mon sujet est le moi, le moi qui s'éveille, celui dont s'accroissent la perception et la sensibilité — ce qui, pour autant, ne fait pas taire ses inquiétudes. Pour ne pas dévier sur l'historique de ma famille (ce qui aurait été assez tentant), j'ai choisi de me limiter à cette seule existence dont, jour après jour, la conscience, les connaissances, les sentiments s'approfondissent, qui s'éveille dans l'innocence, s'y accroche un instant, puis la sent s'effacer. Cette existence, bien entendu, évolue dans un milieu : ces maisons et ces arbres, ces vallées et ces collines, ces soleils ou ces pluies, ces visages, ces voix, par lesquels un être vit, par lesquels il découvre pêle-mêle les valeurs et la morale, la beauté et la laideur, le bonheur et la misère.

Consciemment ou inconsciemment, j’ai considéré le moi et le milieu où il évolue comme deux éléments interchangeables, l’un étant le reflet de l’autre, voire sa matérialisation symbolique. C’est que le temps a effectué son lent travail de sape : ce milieu où j’ai vécu, je ne veux pas le perdre complètement, et, pour ce faire, je tente de l’emprisonner dans le filet des mots.

Il est arrivé aussi que ces deux éléments se trouvent à des pôles totalement opposés, que le moi refuse, sur un coup de folie, de voir son propre reflet dans son milieu ou qu’il essaie d’échapper à son effet destructeur; jusqu’au jour où il décide de le maîtriser et de le transformer. C’est cela peut-être l’histoire de l’adolescence, toujours grosse de savoir, de volonté, de capacités intellectuelles ou créatrices, d’imaginaire. C’est une quête de l’innocence perdue.

On pourrait croire que, avec tant de recul et des bouleversements sociaux si importants, l’enfance — mon enfance — ne saurait revêtir son sens véritable si on la séparait du cours ultérieur de la vie. Mais, à tout prendre, l’enfance n’est jamais une histoire unique : ce sont des histoires souvent difficiles à articuler sans un peu de ruse romanesque. Elle se rappelle constamment à nous, d’une façon ou d’une autre. Elle nous sollicite dans nos songes comme dans nos rêves éveillés (qui ne sont pas que de simples souvenirs).

Les événements de l’enfance se présentent à nous

comme une sorte de combinaison de souvenirs et de rêves, d'intense vécu et de songeries lyriques, où s'entrelacent étroitement rationnel et irrationnel. Tout cela est présent au plus profond de notre âme mais, malgré tous les efforts de notre esprit, il nous est impossible de le révéler pleinement, de nous acquitter, en quelque sorte, de notre dette envers notre enfance. Depuis toujours et dans toutes les littératures, la plupart des auteurs d'autobiographies ont tendance à la passer sous silence ; peut-être y trouvent-ils une difficulté particulière. Lorsqu'ils traitent de leur enfance, ils la voient avec les yeux de la maturité, avec la distance que donnent l'âge et la faculté d'analyse. Ils utilisent leur passé comme une introduction à leur présent, ou comme une justification à celui-ci. En commentant eux-mêmes, en critiquant leur expérience, ils coupent l'herbe sous les pieds des commentateurs et des critiques. Et comme ils ne trouvent généralement pas beaucoup à dire sur l'enfance, ils s'y arrêtent rarement plus d'un ou deux chapitres. Ils pressent la plume pour atteindre une étape plus importante à leurs yeux, celle de l'adolescence, âge des prémices de la sexualité, avec ses plaisirs et ses brusques souffrances. Puis ils s'intéressent aux expériences ultérieures de la jeunesse, de l'âge adulte, ils argumentent sur ce qu'ils ont — ou non — réalisé sur le plan de l'action, de la pensée, ou les deux à la fois.

Même s'ils ont raison, j'ai préféré une autre façon de faire ; peut-être ai-je eu en tête la phrase de Wordsworth : « L'enfant est le père de l'homme », mais j'ai d'abord voulu souligner l'enchantement de cet âge de la vie ; il se peut qu'un tel enchantement soit dû au fait que l'enfance est bien proche de l'origine de l'existence, surtout si, toujours avec Wordsworth, nous pensons que cette origine se trouve au ciel, auprès de Dieu. Je suis donc reparti en arrière et j'ai tenté de revivre mes premières années comme un enfant, c'est-à-dire sans la tentation de l'analyse et sans philosopher sur les événements. Et cela bien que déchiré par la nécessité du choix, donc de l'élimination, et par l'éternel problème de l'écrivain : comment formaliser en mots la fluidité de l'expérience vécue ? Des événements particuliers se sont imposés à ma mémoire : ceux qui ont eu en moi un retentissement parfois peu explicable, que le temps a embellis à l'envi, qui ont fait naître une émotion attisée par la douleur et des déchirements compensés par cette passion avec laquelle l'enfant vit chaque détail de l'existence — celle-là même qui, aujourd'hui, peut souvent nous apparaître comme cruelle, injuste, inacceptable.

Les événements de l'étape suivante seront nécessairement plus riches, plus complexes, ils exigeront d'être traduits en signes intelligibles ; l'enfance, elle, reste source de magie, et son mystère perdure et défie toute explication. Cette magie, cet éclat gardent pour nous toute leur séduction, et nous nous y ressourçons chaque fois que le fardeau des jours et des années se fait trop lourd.

Prologue

CHAQUE fois que nous emménagions quelque part, notre première préoccupation était le puits. Y en avait-il un dans la cour ? Était-il profond ? en bon état ? Son eau était-elle douce, ou alors n'avait-il pas été nettoyé depuis des lustres ?

Les puits étaient aussi divers que les maisons, et les margelles aussi variées que les puits. Une margelle est, en quelque sorte, la mémoire de la maison comme celle du puits : à force de descendre et remonter, la corde du seau y imprime ses traces ; elle commence par la polir, puis le temps y creuse de plus en plus profondément ses sillons.

Certains puits étaient surmontés d'un arc de fer : en son milieu, une poulie laissait filer une corde bringuebalante. Ces puits-là étaient plutôt rares, on ne les trouvait que dans quelques grandes demeures qui connaissaient un confort relatif. L'eau de pluie recueillie sur les terrasses y était acheminée par des tuyaux souterrains. Sur ces puits privilégiés, une pompe pouvait même remplacer avantageusement le seau.

Les maisons que nous habitions, hélas, étaient toutes assez rudimentaires : l'eau de pluie se déversait dans la cour par une seule gouttière, se grossissait de l'eau qui y stagnait déjà, et se jetait dans une fosse d'environ un mètre de profondeur ; près du puits, un caniveau légèrement surélevé s'enfonçait dans le sol. Dans la fosse, l'eau déposait un peu des impuretés qu'elle avait entraînées avant de pénétrer dans le caniveau qui l'amenait dans les profondeurs du puits. Il fallait cependant plusieurs jours pour une décantation plus complète car de la boue et autres déchets parvenaient toujours à s'infiltrer dans le puits. Au bout de quelques années, il devenait donc nécessaire de nettoyer le puits des couches successives de dépôts.

Ce sont ces puits qui, tout au long des siècles, ont préservé la vie dans les villes et les villages des montagnes de Palestine ; on ne pouvait compter que sur la pluie pour arroser les champs de blé, d'orge et de maïs. C'est aussi la pluie qui irriguait les vallées et les collines couvertes d'oliviers, d'abricotiers, d'amandiers et de vignes. (Quant aux orangeraies, qui se situaient sur les plaines côtières, elles étaient irriguées suivant d'autres méthodes.) Pour les saisons où il ne pleuvait pas, les puits permettaient de conserver l'eau nécessaire. Bienheureux les villages qui jouissaient d'une source à l'eau pure comme le cristal et froide comme la glace.

Dans un coin de la maison, nous gardions toujours pleine une grande jarre ; elle servait quand on voulait boire ou cuisiner. Les jours de canicule, c'était au puits que nous allions chercher une eau plus fraîche et revigorante. En hiver, elle nous semblait d'ailleurs moins froide que celle de la jarre. Nos jardins, c'était grâce à notre puits que nous les arrosions. Si d'aventure il était à sec, nous devions alors quêter de l'eau auprès des voisins, ou encore en acheter au porteur d'eau, qui était l'un des personnages typiques du Bethléem d'alors. On le rencontrait surtout dans les quartiers proches d'Aïn al-Qanat, la source du Canal, une fontaine dont les eaux venues des montagnes étaient captées depuis bien longtemps. Une véritable bénédiction pour tous ceux qui ne possédaient pas de puits.

Le porteur d'eau transportait l'eau de cette source sur son dos, dans une grande outre noire. Par la suite, lorsque l'usage des bidons d'essence se répandit, pendant la Première Guerre mondiale — l'armée ottomane les introduisit pour elle-même, puis ils furent utilisés par les compagnies pétrolières —, le porteur d'eau remplaça l'outre par quatre bidons, qu'il chargeait sur son âne. Mais il conserva son grand tablier de cuir noir qui le protégeait de l'humidité. Bien souvent il nous fallait nous rendre nous-mêmes à la fontaine, où nous remplissions jarres et bidons au milieu d'une foule affairée et bruyante de femmes et d'enfants, puis nous les ramenions à la maison, heureux malgré le trajet à accomplir.

Un puits, c'était tellement important pour nous ! Si, par malheur, nous logions dans une maison qui n'en possédait pas, les jours nous étaient bien amers.

La vie a également son puits, tout aussi essentiel. Comme une réserve d'eau, les expériences s'y accumulent et constituent un véritable havre aux jours difficiles. Notre vie n'est qu'une suite de puits. Nous en creusons un à chaque nouvelle étape pour que s'y déversent les pluies du ciel et les expériences, et, chaque fois que la soif nous tenaille, que la sécheresse frappe notre terre, nous revenons à lui.

Le premier puits est celui de l'enfance. Il recueille les premières expériences, les visions et voix, les premières joies ou peines, les désirs et les premières angoisses, le lot de souffrance et de plaisir. Lorsque l'on vient y étancher sa soif, on comprend davantage le monde et ses propres expériences. Quand les années auront passé et qu'on voudra tirer l'eau de ce puits, on ne pourra savoir si elle sera pure et fraîche, ou bien trouble, boueuse. Peut-être y aura-t-il beaucoup d'eau boueuse et très peu d'eau pure. Et quand cela serait ? L'on en vit pourtant, l'on s'en nourrit : sans ce puits-là, il ne saurait y avoir nulle richesse. Et si l'on y revient sans cesse, c'est qu'il est pour nous source vive d'humanité.

1.

Mes parents appelaient notre demeure le khan, et nous, pour tout le monde, nous étions « les gens du khan » : la maison avait certainement été jadis un caravansérail. Nous habitions une seule pièce — mais très vaste — au rez-de-chaussée de ce vieux bâtiment donnant sur la grand-route, derrière la mosquée. A côté s'alignaient des boutiques de toutes sortes, de l'épicerie à la bourrellerie. Notre khan ne possédait pas de fenêtres, mais il avait une porte, énorme, et de fer, comme celles des entrepôts. Je pouvais à peine l'ébranler tant elle était lourde. Tout près de cette porte se trouvaient de minuscules latrines, certainement construites bien plus tard, à un moment ou un autre du long règne ottoman.

L'entrée de la bâtisse consistait en une petite porte de bois, relativement récente elle aussi ; elle était censée nous isoler de la rue, mais quelques pas seulement séparaient son seuil surélevé de la grande porte de fer. A gauche, un escalier de pierre grimpait à ciel ouvert en direction du premier étage et conduisait à une porte peinte en vert, le plus souvent entrebâillée. Un homme habitait là. Il était toujours vêtu de noir, et son visage s'ornait d'une courte barbe. On le voyait invariablement à sa table, occupé à démonter et à remonter laborieusement de petits mécanismes étalés devant lui. On disait que c'était le père Youssef. Nul mieux que lui ne savait réparer les montres et tout ce qui était mécanique. A côté de sa chambre l'escalier grimpait encore, vers le deuxième étage, là où se trouvait le grenier.

C'était une grande pièce rectangulaire. Le dimanche matin, elle s'emplissait d'hommes et de femmes, ainsi que de quelques enfants qui portaient de longues chemises immaculées. Ils chantaient des cantiques, groupés autour d'un vieil homme à la longue barbe blanche et vêtu d'une tunique bleue brodée. De temps à autre, sa voix discordante s'élevait, rompant l'harmonie du chant. Aux quatre coins du grenier des bougies scintillaient.

Mon père m'avait expliqué :

— Cette pièce est une chapelle. C'est la maison de Dieu. Ce vieil homme est le curé, le père Hanna. Nous devons lui baiser la main chaque fois que nous le rencontrons.

Toute la semaine, la pièce du dernier étage embaumait l'encens, et le moindre souffle de vent nous apportait un peu de sa senteur exquise.

Le khan était profond et humide. Il était sombre aussi, sauf lorsqu'un rayon de soleil matinal se glissait par la porte ouverte. Dans un coin de la pièce, ma mère cuisinait sur un réchaud à pétrole. Celui-ci ronflait plus ou moins fort, selon l'intensité de la flamme, et j'avais le sentiment qu'il chantait. Parfois, ma mère chantait avec lui. Et, lorsqu'il rechignait à s'allumer, elle le titillait habilement à l'aide d'une tige de fer munie d'une aiguille.

Je dormais encore quand mon père partait au travail. A peine éveillés, mon frère Youssef et moi nous buvions le thé que préparait, le plus souvent, ma grand-mère, nous mangions un peu de pain et d'olives, et nous sortions. Les pavés étaient glacés et mordaient nos pieds nus. L'un après l'autre, des garçons de notre âge nous rejoignaient. Contournant la mosquée, nous descendions vers la place Bab ad-Deir[1] où attendaient des calèches et même, parfois, deux ou trois automobiles. La place s'animait peu à peu. Des gens montaient dans les calèches ou dans les automobiles, certains s'installaient dans les restaurants ou les cafés qui bordaient la place. A cette heure-là, le soleil inondait tout d'une clarté que nous ne connaissions pas dans le khan. Il brillait sur les vignes des vallées, et, de la place qui dominait le paysage, on apercevait les collines étincelantes de lumière. Le froid que nous avions ressenti en sortant de la maison se dissipait.

Un matin, après le départ de mon frère pour l'école, je restai avec ma mère et ma grand-mère à surveiller la cuisson de la *haytaliya* — c'est-à-dire du riz au lait. La marchande de lait était passée ce jour-là, et ma mère lui en avait acheté plusieurs onces, mesurées dans une tasse de fer-blanc et versées dans une casserole. L'événement était d'importance : ma mère disait souvent que, en dehors des grandes

1. C'était le nom le plus usité pour désigner la place de la Nativité (N.d.A.). (Sauf mention de l'auteur, toutes les notes sont des traductrices.)

occasions, elle n'avait pas les moyens d'acheter du lait. Le temps de monter au premier saluer le père Youssef, puis au second, pour regarder de la terrasse les garçons qui jouaient dans la rue ; le temps de les appeler et qu'ils me répondent, puis de redescendre, et le plat délicieux et tant attendu était prêt.

Ma mère le versa dans un récipient de métal, qu'elle posa à terre, dans un coin.

— Laissons-le refroidir deux heures. Je t'en donnerai un peu à midi et nous garderons le reste pour le dîner, quand ton père sera rentré. Il est comme toi : il adore la *haytaliya*.

Elle me recommanda de ne pas multiplier les entrées et les sorties, d'être « bien sage », juste le temps qu'elle se rende au marché avec ma grand-mère, pour acheter des légumes.

— Si tu sors, ajouta-t-elle, ferme soigneusement la porte, et ne laisse entrer personne.

A peine étaient-elles sorties que je regardai fébrilement la merveilleuse douceur blanche. Je tendis le doigt et y goûtai. Un vrai délice ! Mais c'était encore chaud. Bon ! Je décidai d'aller jouer. J'y goûtai une autre fois et sortis.

De l'autre côté de la rue, près de l'épicerie, je rencontrai l'un de mes amis.

— Tu sais ? Ma mère nous a fait de la *haytaliya !*

Derrière la mosquée, nous croisâmes deux autres garçons, et mon ami leur dit :

— Sa mère a fait de la *haytaliya !*

Peu après, à des enfants du quartier qui jouaient au détour de la rue, j'annonçai :

— Ma mère a fait de la *haytaliya !*

L'un d'eux s'écria :

— Menteur !

— C'est toi le menteur ! Tu n'as qu'à venir voir, répondis-je.

Et, me tournant vers les autres :

— Allons-y. Venez au khan. On a de la *haytaliya.*

— Mais... on a peur de ta mère !

— Elle est au marché avec ma grand-mère.

Et, de saut en course, nous arrivâmes au khan. Comme toujours, la porte extérieure était ouverte. Je fis entrer mes amis et, tous ensemble — nous étions sept ou huit —, nous poussâmes l'énorme porte de fer. Dans la pénombre, le plat de riz au lait luisait comme un soleil. Pour avoir un peu de lumière, je le tirai près de la porte, puis je dis aux enfants :

— Asseyez-vous !

Ils s'installèrent par terre, autour de la *haytaliya.* Je leur criai :

— Attendez ! Pas avec les doigts ! Il y a des cuillers !

Dans une assiette, près du réchaud, des cuillers de bois et d'aluminium, grandes et petites, étaient rangées. Je les distribuai une à une, et finalement il n'y en eut pas pour moi. Comme mes camarades mangeaient déjà, j'attrapai une louche et, me ménageant une place, la plongeai dans le plat...

Rompant ces instants sublimes, ma mère entra, suivie de ma grand-mère. Le plat était presque vide. Le cri qu'elle poussa fit trembler les murs du khan. Les enfants lâchèrent leurs cuillers et déguerpirent, plus rapides que des diables. Je filai, moi aussi, comme le vent, avant que ma mère n'arrive à me mettre la main dessus. Mes camarades s'étaient éparpillés dans toutes les directions. Je courus jusqu'à l'église de la Nativité, où je m'arrêtai, essoufflé et seul.

Ce n'est qu'alors que je compris ce que je venais de faire : mon père, fatigué par une journée de travail, n'aurait rien à manger lorsqu'il reviendrait. J'eus peur de rentrer.

Je ne retrouvai pas un seul de mes camarades. Non loin de la porte de la Nativité, devant un puits à la margelle particulièrement large, un homme tirait de l'eau dans un seau de cuir et la versait dans une auge de pierre rectangulaire. Trois dromadaires y plongeaient la tête à en toucher le fond de leurs babines énormes. Ils aspiraient goulûment l'eau, découvrant d'horribles dents jaunes. Je m'arrêtai pour observer la courbure des longs cous, les corps gigantesques, la hauteur vertigineuse des pattes aux coussinets aplatis. Puis je leur tournai autour, en évitant de trop m'approcher. L'homme avait à peine le temps de verser l'eau que les dromadaires l'avaient déjà avalée !

Je me lassai de ce spectacle et m'en fus en flânant vers la rue adjacente. Les étalages des marchands de souvenirs m'arrêtèrent : j'admirai les chapelets, les images, les croix de nacre et les petites caravanes de chameaux en bois d'olivier.

Et la peur finit par disparaître... ou, plutôt, je l'oubliai car la faim commençait à me tenailler ! Je rentrai donc chez nous mais, arrivé devant la porte, je me sentis de nouveau pris de frayeur à l'idée de ce qu'allait faire ma mère. Je risquai la tête par l'entrebâillement et appelai :

— Maman ! Grand-mère !

Mon frère était revenu de l'école et il apparut, hilare :

— Allez, viens ! Tu fais manger tes copains avec des cuillers et toi tu te réserves la louche ! C'est pas mal, ça ! Tu nous as bien fait rire ! Entre !

Et il me traîna à l'intérieur, devant ma mère dont le regard me foudroyait.

Mais, de façon totalement inattendue, la colère fondit dans ses yeux et se mit à ressembler à un rire :

— Petit démon ! Tu distribues notre repas, maintenant ? Tu te crois le fils de Soulaïman Jasser, par hasard ? Apaise d'abord ta faim, et après, seulement, pense aux autres...

Puis elle se tourna vers mon frère :

— Youssef, voici deux piastres. Prends la casserole et cours chez la marchande de lait. S'il lui en reste, achètes-en six onces et reviens en vitesse. Je ferai une autre *haytaliya* pour ton père. Et ton frère n'en aura pas, tu peux me croire ! D'ailleurs, emmène-le avec toi, je ne veux pas le voir !

Le soir, ma mère revint sur sa menace. Elle me lança, d'un ton qui s'efforçait d'être bourru :

— Assieds-toi avec ton père et ton frère. Alors, tu veux la louche, ou est-ce qu'une cuiller te suffira ?

Tôt, le lendemain matin, mon père nous emmena, mon frère et moi, à la chapelle. Il me plaça dans l'un des rangs de petits choristes. Ils chantaient en syriaque et je n'y comprenais rien, mais je prenais plaisir à les écouter, essayant de les suivre, élevant la voix, comme eux, chaque fois qu'ils le faisaient. J'observais l'enfant qui approchait du père Hanna un encensoir. Il tenait aussi un bol de cuivre plein d'encens. Le père en remplit une petite cuiller, en parsema les braises, dans la cassolette, et bénit le tout. L'enfant fit le tour de l'autel et des fidèles, imprimant des oscillations régulières à l'encensoir qui laissait échapper des nuages embaumés.

Que de fois j'ai rêvé faire cela, moi aussi : encenser les gens, la maison, l'escalier, tout ce qu'il y avait dans le quartier d'habitants et de demeures ! Mon père assurait que le nuage d'encens libère des anges et que la bénédiction de Dieu descend sur ceux qui respirent le délicieux parfum... Combien j'ai désiré rencontrer l'un de ces anges !

Ce désir était si vif que, parfois, ils m'apparaissaient, tels des fantômes, des créatures mi-oiseau, mi-femme. Je jouais avec eux, je les invitais à déguster du riz au lait — et nous en mangerions à satiété car ma mère ne pourrait pas les voir. Peut-être même leur présence me rendrait-elle invisible !

J'entendais aussi parler des démons : de leur peau noire, de leurs cornes pointues, des flammes qu'ils crachent et du bruit que fait leur longue queue. Mais les démons n'aiment ni l'odeur de l'encens ni les beaux cantiques. Je ne pense pas non plus qu'ils apprécient la compagnie des enfants ou les plaisirs du riz au lait. Grâce à Dieu ! Car je n'aimerais pas en rencontrer un. Si cela arrivait, je lui fermerais vite au nez la porte de fer, et il pourrait bien cogner avec sa queue aussi longtemps qu'il lui plairait !

Mon frère fréquentait l'école allemande de Medbessa. Un jour, ma mère lui dit :

— Emmène ton frère avec toi, que je ne l'aie plus dans les jambes.

Et mon frère m'emmena. Mais, à l'école, le directeur me lança un bref regard, hocha la tête et demanda à Youssef :

— Quel âge a-t-il ?

— Cinq ans.

— Ramène-le chez vous. Il pourra revenir l'année prochaine.

Me voyant de retour, ma mère, furieuse, me prit par la main et m'emmena sur-le-champ à l'école grecque-orthodoxe — plus proche de chez nous, d'ailleurs. Elle trouva là un instituteur qui lui dit :

— Soyez les bienvenus ! Laisse ton fils ici et pars en paix... ou plutôt ramène-le demain matin, avant huit heures.

Mais, le lendemain matin, nous étions en plein déménagement. Cette fois, c'était par un très long escalier que nous accédions à notre nouvelle maison. Et cette maison avait aussi un nom que j'entendais pour la première fois : la *khchachi*[1].

1. Petites habitations traditionnelles de pierre, consistant en une seule pièce.

2.

A l'école, je les observe : ils prennent un crayon, ouvrent leur cahier, écrivent sur le papier blanc quadrillé. Ils relèvent la tête et fixent, derrière le maître, le tableau. Le « tableau » est en fait un assemblage de planches, clouées en carré sur un trépied, et qui se sont disjointes au fil du temps. Il a certainement un jour été noir, mais aujourd'hui il est presque blanc tant il a servi — même s'il est toujours soigneusement essuyé. Le maître y trace quelques lettres que les enfants recopient. Machinalement, chacun tire la langue, mouille le bout de son crayon, écrit, puis efface avec une petite gomme égayée d'un éléphant. S'il casse son crayon, il a un taille-crayon. Il humecte la mine qu'il vient de tailler, regarde le tableau et recommence à écrire.

C'était là mon premier jour — ou l'un des premiers — à l'école orthodoxe, qui se dressait juste derrière l'église de la Nativité. J'étais assis sur un long banc, auprès de quatre ou cinq enfants, et je demandai à l'instituteur :

— Maître, est-ce que j'écris, moi aussi ?

— As-tu apporté un cahier et un crayon ?

— Non.

— Comment peux-tu écrire, alors ?

— Sur le cahier d'un de ceux qui en ont !

Tout le monde éclata de rire, même le maître :

— Non, mon garçon. Demain, apporte un cahier et un crayon, et tu pourras écrire.

La cloche retentit peu après, pour la récréation. La petite cour était comme coupée en deux par un grand pin dont les branches s'inclinaient très bas. Je bondis sur l'une d'elles et, de là, grimpai jusqu'aux plus hautes. Quelques enfants me suivirent et nous commencions à peine à jouer que, déjà, l'instituteur tirait sur la cloche et que nous devions rentrer en classe. Nous étions au moins cinquante garçons, de tous les âges. La plupart d'entre eux étaient bien plus âgés que moi : ils avaient dix ou douze ans, parfois même quatorze, alors que moi j'en avais cinq. Comme presque tous, je marchais pieds nus. Certains pourtant, parmi les plus âgés, avaient quelquefois d'énormes godillots, récupérés par leurs parents après le départ de l'armée ottomane.

Avant midi, l'instituteur nous libéra pour le déjeuner. Je filai vers la maison et trouvai ma grand-mère dans le jardin ; en me voyant, elle scruta l'ombre de l'amandier sur le mur de la maison.

— Pourquoi rentres-tu si tôt ?

— Mais... c'est midi !

— Non, mon petit. L'ombre n'a pas encore atteint cette pierre — et elle désigna l'une des pierres qui saillaient du mur. Tu crois que je ne sais pas quand il est midi ?

— Je n'en sais rien, moi ! Le maître nous a fait sortir et nous a dit de revenir à une heure.

Grand-mère s'écria alors :

— Mariam ! Prépare le déjeuner ! Ton fils est rentré.

Ma grand-mère et moi étions liés par une affection toute particulière — dans le dos de ma mère. Elle savait celle-ci très irritable et me servait de protectrice quand j'avais fait une bêtise et que je risquais une raclée.

Je m'approchai d'elle et la tirai par sa longue robe qui effleurait le sol.

— Eh bien, qu'est-ce que tu veux me dire ? Tu as fait quelque chose de mal ?

Et je dis, en la regardant droit dans ses yeux couleur de miel :

— Grand-mère, je veux acheter un cahier et un crayon.

— Un cahier et un crayon ! Pour quoi faire ?

— Pour écrire.

— Demande à ta mère. Ce que tu veux, tu le demandes à ta mère. Ou attends ce soir, quand ton père sera rentré.

A la maison, je trouvai ma mère les yeux rivés sur une casserole dont elle remuait le contenu.

— Bonjour, petit écolier ! me dit-elle.

— Maman, le maître m'a dit d'apporter un cahier et un crayon.

— Ah bon ? Et où veux-tu que je les prenne ?

— Ça coûte une demi-piastre, les autres me l'ont dit.

— Et où vais-je la trouver, cette demi-piastre ? Allez, assieds-toi et mange ! Sans cahier et sans crayon ! Une demi-piastre ! Rien que ça !... Avant de manger, va donc porter un peu d'herbe aux moutons !

Je pris de l'herbe dans un grand sac que nous remplissions chaque fois que nous allions aux champs.

Les deux moutons blancs étaient attachés dans une petite cabane, et ils ruminaient, vautrés dans la poussière. Ils se redressèrent dès qu'ils m'aperçurent et se mirent à dévorer l'herbe pendant que je leur tapotais affectueusement l'échine, à l'un puis à l'autre.

Ma mère avait versé le contenu de la casserole dans un grand plat, qu'elle posa à terre. Nous fîmes cercle autour du plat.

— Tiens ! Midi ! dit-elle.

Par toute la ville, en effet, les cloches des églises sonnaient l'angélus, et, dans le ciel, tous les carillons se mêlaient, vibrants de joie.

Après le déjeuner, je retournai à l'école. Je jouai avec mes camarades jusqu'à ce que le maître fasse de nouveau sonner la cloche. Nous entrâmes en classe. Personne n'écrivit rien, cette fois-ci, mais le maître traça quelques lettres au tableau et nous demanda de répéter après lui les trois premières lettres de l'alphabet :

— *Alif.*

Et nous de crier :

— *Alif.*

— *Ba.*

— *Ba.*

— *Ta.*

— *Ta.*

— *Alif ba.*

— *Alif ba.*

Plus tard, en sortant de l'école, deux de mes camarades et moi nous chantions à tue-tête :

— *Seif ba,* boubayette[1] ! Un demi-pain et une courgette !

1. Le mot n'a pas de sens précis et ne sert qu'à la rime.

Nous passâmes devant la boutique de Hanna at-Tabech. La devanture regorgeait de cahiers, de crayons et de gommes. J'entrai et demandai au vendeur :

— Mon oncle [1], je voudrais un crayon et un cahier.

— Tu as de l'argent ?

— Non.

— Alors, va chercher une demi-piastre, et je te donnerai le meilleur crayon et le plus beau cahier.

Je rentrai donc à la maison. Grand-mère ramassait du linge dans le jardin. Je l'implorai du regard, et elle comprit. Sans un mot, elle glissa la main dans l'encolure de sa robe et en sortit un mouchoir, qu'elle dénoua : il renfermait quelques pièces de monnaie. Elle en prit une, ronde, avec un trou au milieu, et me la tendit :

— Tiens cette demi-piastre, et ne dis rien à ta mère. Allez, file ! Au galop !

Et je galopai jusqu'à la boutique de l'oncle at-Tabech. En échange de la pièce, il me remit un cahier et un crayon. Je lui demandai de le tailler, ce qu'il fit en me disant :

— Si tu n'as pas de taille-crayon, ça n'a pas d'importance. Tu peux te servir d'une lame de rasoir.

Je volai littéralement jusqu'à la maison, avec ce que je venais d'acheter. Ma mère n'était pas là et grand-mère, comme d'habitude, vaquait aux tâches domestiques. Près de la porte se trouvait un banc de pierre. Je m'y couchai à plat ventre et j'ouvris le cahier à la première page. Je pris le crayon tout neuf, en mouillai la pointe bien taillée du bout de la langue... mais qu'écrire ? Je tentai de me souvenir des lettres que le maître avait tracées au tableau. Le *alif* était facile : le

1. Terme de respect qui n'implique aucun lien de parenté.

maître avait dit qu'il ressemblait à un bâton. Et le *ba* ? Eh bien, un bâton couché, avec les deux bouts recourbés. J'écrivis ااا, ensuite ببب, et la ligne fut remplie. J'en commençai une autre. Puis encore une autre. Mais je m'aperçus que, malgré tous mes efforts, ma ligne allait en descendant. Je changeai la position du cahier et me remis à écrire. Et, de droite à gauche, mes lignes étaient toujours aussi tordues. Toute la page se couvrit de lignes obliques, la page d'après, et la suivante... Puis la mine de mon crayon se cassa, et je m'arrêtai.

Ce soir-là, mon cahier fut la grande attraction de la famille. Mon père me félicita, et Youssef me recommanda :

— Soigne ton écriture et ton cahier, et tâche de ne pas perdre ton crayon. Tu entends ?

Discrètement, grand-mère me fit un clin d'œil complice.

Le lendemain, je pris mes affaires et partis. Au maître j'annonçai :

— J'ai apporté mon cahier et mon crayon !

— C'est très bien ! Assieds-toi à ta place et écris.

Il me tailla mon crayon, j'empruntai une gomme et me mis à écrire. Mais mes voisins, eux, n'avaient pas de cahier, et ils n'écrivaient pas : ils riaient et s'agitaient, et leurs pieds nus remuaient sans cesse. L'un fit tomber son voisin sous la table, et un autre m'envoya un tel coup de pied que mon crayon tira un grand trait sur la page ouverte devant moi.

Pendant le déjeuner, ma mère me demanda :

— Est-ce que le maître a vu ton cahier ?

— Oui ! Et il m'a fait écrire !

— Dieu soit loué ! répondit-elle.

Alors je voulus lui montrer mon travail, mais elle me lança :

— Je sais lire, moi, pour pouvoir regarder ton cahier ?

L'après-midi, nous n'écrivîmes rien : le maître voulait dormir. Il s'assit à son bureau et appela l'un des grands :

— Ilias, c'est toi qui surveilleras aujourd'hui. Tu écriras au tableau le nom de tous ceux que tu verras parler, rire ou seulement respirer !... Les élèves de première et de deuxième année, ouvrez vos livres de lecture à la page cinq, et lisez ! Sans bruit, hein ! Vous, là-bas derrière, mettez vos bras sur la table... comme ça... la tête sur vos bras, et puis dormez ! Et on ne bouge pas ! Compris ?

Il ferma aussitôt les yeux. Sa tête tomba sur sa poitrine et il s'endormit du sommeil du juste.

Nous avions enfoui le visage dans nos bras, selon les recommandations du maître, mais lequel d'entre nous, petits démons que nous étions, pouvait dormir ? L'heure se passa en bavardages et en rires. Lorsque nous relevâmes la tête, nous vîmes qu'Ilias avait inscrit quelques noms au tableau. Près de l'un de ces noms, il y avait une petite croix. Soudain, un ronflement prodigieux éclata : il provenait du maître, qui se redressa d'un coup. Il scruta la classe d'un air redoutable, puis se tourna lentement vers le tableau où il lut les noms. Il appela le premier :

— Gerios ! Approche...

Effrayé, celui-ci s'avança :

— Je vous jure, monsieur, je n'ai pas parlé et je n'ai pas ri !

Le maître saisit sa grande règle.

— Ouvre la main !

— Je vous jure, monsieur...

— Tais-toi et ouvre la main !

L'enfant s'exécuta et le maître appliqua sur la paume ouverte un bon coup de règle. Il en fut de même pour le deuxième garçon. Mais le troisième, celui dont le nom était assorti d'une croix, reçut deux coups, lui. Après cela, le maître fit sonner la cloche, et nous sortîmes.

Mon voisin de table s'appelait Abdou. Nous revînmes ensemble et il me convainquit de l'accompagner chez lui, en me disant :

— Est-ce que tu sais fabriquer des *toqaâ* en papier ? Il y a seize feuilles dans ton cahier. Chaque double feuille te fait une *toqaâ.*

Sa mère était absorbée dans des travaux de couture lorsque nous nous assîmes par terre, dans un coin de la maison. D'autorité, Abdou prit mon cahier, mais je le repris aussitôt, dans un geste instinctif de refus.

— Une *toqaâ,* une seule ! me dit-il.

J'acceptai et lui tendis le cahier. Il l'ouvrit et arracha les deux feuilles du milieu. Il les plia d'une certaine façon pendant que je l'observais attentivement. Il replia l'un des coins, l'introduisit entre les deux bords et glissa le tout sous son aisselle. Il rabattit le bras, retira rapidement la *toqaâ* et la secoua avec force. Elle produisit un fantastique bruit d'explosion ! Abdou refit le pliage, recommença l'opération, et cela éclata une nouvelle fois. C'était vraiment formidable !

— Tu veux que je t'en fasse une ? me demanda-t-il.

— C'est moi qui la ferai !

J'arrachai alors les deux feuilles du milieu, préparai une *toqaâ* et la fis éclater ! Ensuite, nous en fabriquâmes une autre, et encore une autre, jusqu'à épuisement du cahier. Oum Abdou[1] nous jetait des regards distraits en nous disant de temps à autre :

— Pas trop de bruit, les enfants !

Et c'est dans un vacarme d'explosions que nous sortîmes, les poches débordant de *toqaâ.* Nous les distribuâmes à la ronde et chacun se mit à faire éclater la sienne... jusqu'au coucher du soleil, lorsque toutes furent déchirées.

Je me dépêchai de rentrer. Grand-mère me demanda :

— Où est ton cahier ?

— Le maître me l'a pris.

Ma mère m'interrogea aussi :

— Où est ton cahier ?

— Le maître me l'a pris.

— Pourquoi ? Pour le regarder ?

— Il l'a rangé dans son tiroir pour qu'il ne se perde pas.

Et puis mon père rentra du travail, et il me demanda :

— Où est ton cahier ?

— Chez le maître.

Pendant le dîner, Youssef me posa la même question : il reçut la même réponse.

Cette nuit-là, je m'endormis en pensant aux *toqaâ,* et je regrettai de ne pas en avoir gardé au moins une, pour la faire exploser à l'école. Quelque chose aussi me tourmentait : la question angoissante

1. Lorsqu'elle devient mère, une femme reçoit en surnom le nom de son aîné ; Oum Abdou signifie « la mère d'Abdou ». De la même façon, le père prendra le nom de son aîné, précédé du mot « Abou », qui signifie « père de ».

de savoir comment je pourrais acheter un autre cahier.

Et le lendemain, de nouveau à l'école ! Je n'avais plus que le crayon et j'en griffonnai le pupitre. Chaque fois que la mine se cassait, j'empruntais un taille-crayon et taillais mon crayon... et il fondit de moitié.

A la maison, la même question me pleuvait constamment dessus : « Où est ton cahier ? » ce à quoi je répondais toujours : « Chez le maître. »

Au matin du troisième jour, lorsque la cloche sonna, Abdou me tira par le bras pour entrer, mais je lui dis :

— Qu'est-ce que c'est que cette école ? La cloche, toujours la cloche !

— Zut pour l'école, mon vieux ! Tu viens ?

— On y va !

Nous filâmes vers la place de la Nativité. Des automobiles y étaient garées, des hommes et des femmes en étaient sortis. Ils étaient grands et blonds, assez âgés, et ils portaient des appareils photo. Ils se mirent à nous parler dans une langue inconnue, puis nous firent signe de nous mettre face à eux, devant la porte de l'église, et nous photographièrent.

Soudain, midi sonna. Je courus à toute allure à la maison. Grand-mère accueillit chaleureusement le « petit savant » :

— Aujourd'hui, je t'ai préparé le meilleur plat de lentilles qui soit. Va chercher un oignon, écrase-le pour l'ouvrir et mets-y du sel.

Mais l'oignon augmente l'envie de lentilles, et les lentilles font manger de l'oignon ! Alors je mangeai jusqu'à l'indigestion, puis me laissai tomber sur le dos. Énervée, ma mère me cria :

— Debout, et à l'école ! Est-ce que tu l'as oubliée ? Et dis au maître de te rendre ton cahier !

— Doucement avec le petit, intervint ma grand-mère. Laisse-le se reposer un peu !

— Oui ! On peut dire que tu l'as pourri, toi ! répliqua ma mère.

Et je me rendis chez Abdou.

Ainsi, Abdou et moi passâmes nos journées à descendre dans la vallée ou à flâner sur la place de la Nativité. A l'heure où les écoliers rentraient chez eux, nous rentrions aussi chez nous, pour faire croire à nos parents que nous étions très assidus.

Mais quatre ou cinq jours à peine s'étaient écoulés lorsque, un midi, je trouvai ma mère qui m'attendait à la porte du jardin. Je n'avais pas fini de pousser la barrière qu'elle m'attrapait par l'oreille et me traînait brutalement en hurlant :

— Où est ton cahier ?

— Je te l'ai dit, maman ! Chez le maître !

— Chez le maître, menteur ?

Elle me gifla.

— J'ai rencontré Oum Abdou ce matin. Elle m'a tout raconté.

Et elle me gifla sur l'autre joue.

— Menteur ! Tu as rempli la rue Ras Iftis de tes *toqaâ* ! Vaurien ! Et, en plus, tu te moques de nous ? Je te jure que tu ne verras plus jamais l'école !

J'écopai d'une raclée mémorable, malgré l'intervention de ma grand-mère. Tout ce qu'elle put faire, alors que je pleurais dans le jardin, fut de me glisser dans la main un morceau de pain et une tomate, et de me pousser à m'enfuir. J'allai m'asseoir sur l'escalier qui donnait sur la route et avalai mon maigre déjeuner. Le sel des larmes brûlait encore mes yeux, et les pincements de ma mère avaient laissé une douleur cuisante sur mes joues et mes cuisses.

Ce soir-là, mon père décida de m'envoyer à l'école des syriens-catholiques. L'instituteur était un voisin : mon père saurait ainsi si j'allais bien à l'école et si j'apprenais convenablement l'alphabet.

3.

NOTRE maison, c'était une petite pièce aux murs de pierres grossières ; elle s'ouvrait sur un jardin où poussaient deux grenadiers, un ou deux amandiers et un grand figuier. A côté une cabane, de pierres tout aussi grossières ; devant la cabane une cour carrelée, et au milieu la margelle du puits. Cette cour menait à un autre jardin bordé de grenadiers. Entre notre gîte et la cabane — abritant des moutons et des poules — serpentait une allée qui séparait les deux jardins et se terminait par un portail vétuste fait d'un alliage de tôle rouillée et de planches vermoulues. Une vieille vigne couvrait en partie l'allée.

Des troncs d'arbres et des branches agglomérés à l'aide de boue et de terre formaient le toit, de la maison comme de la cabane. De l'intérieur, on pouvait en suivre l'enchevêtrement étroit d'un bout à l'autre du plafond bas. Plusieurs fois par an, mais surtout quand l'hiver approchait, mon père, secondé par le reste de la famille, se chargeait de tasser le toit au compresseur. Cette opération n'empêchait évidemment ni les infiltrations d'eau ni le vacarme de la pluie, mais elle réussissait en général à les réduire. Des rats nichaient dans les branches du plafond ; couché sur le dos à même la terre ou sur une natte, j'assistais aux luttes qui les opposaient. Il arrivait fréquemment qu'un rat en fasse tomber un autre, et alors Fella, notre chatte, s'en emparait habilement et l'emportait au jardin où elle l'achevait, avec toute sa science de félin. C'est que, malgré la délicatesse de son apparence et la douceur de son nom[1], Fella se montrait d'une agressivité de tigresse lorsqu'une proie se présentait. Maintes fois je fus témoin de ses combats contre les rats et de sa façon de les figer de terreur avant de les tuer. Un jour, pourtant, elle affronta un rat énorme, presque aussi grand qu'elle; elle faillit perdre la bataille quand il leva sa patte de devant comme une griffe pour lui déchirer le museau, mais elle réussit à le faire fuir et il disparut — de sa vue tout au moins.

L'arrière de notre maison était surplombé de murs, puis d'autres maisons qui s'étageaient sur les flancs de la montagne où le village s'était construit depuis des temps reculés. Côté façade, le portail donnait sur une impasse qui aboutissait à un escalier très raide : il menait à la rue principale, connue alors sous le nom de Ras Iftis, rue de la Tête écrasée, mais que l'on appela plus tard la rue de l'Étoile. Les marches étaient irrégulières : d'innombrables pieds, au fil du temps, les avaient polies. A droite, tout en bas de l'escalier — et il n'était pas large —, se dressait une somptueuse bâtisse en pierres taillées, dont le portail de fer avait été peint en blanc — il y avait belle lurette. A gauche, au pied d'un mur élevé, se trouvait une mangeoire près de laquelle un âne blanc était attaché. Chaque

1. *Fella* signifie « seringa ».

fois qu'il se mettait en travers de l'escalier, la tête dans sa mangeoire et l'arrière-train tourné vers l'imposante demeure, il s'appropriait plus de la moitié du passage. Cet âne appartenait au docteur « Roumi[1] », qui habitait la grande maison. Je crois bien que personne n'appelait le docteur par son vrai nom — et d'ailleurs, quelqu'un le connaissait-il, ce nom ? C'était le médecin le plus fameux du village, et on ne prononçait le surnom de docteur Roumi qu'avec le plus grand respect. On le croisait, monté sur son âne qui se distinguait de ses nombreux congénères par l'aristocratique blancheur de son pelage, alors que les autres étaient plutôt gris — couleur de misère... Sa mallette dans la sacoche rouge de sa monture, qu'il dirigeait avec une hauteur dédaigneuse à l'aide d'une courte badine, le docteur se rendait chez un malade ou un autre. C'était un petit homme corpulent, sans moustache ; quelques fils d'argent ornaient ses tempes. Il portait un chapeau et ne souriait jamais — à rien ni à personne.

Entre ce médecin et moi — entre son âne et moi ! — aucun courant de sympathie ne put jamais passer. L'une de mes premières expériences dans ce quartier (j'avais cinq ans), je la dois à ce respectable animal. Je m'apprêtais un jour à monter l'escalier pour rentrer chez nous. L'âne, solidement campé sur ses pattes, en bloquait presque toute la largeur — il venait apparemment de finir son picotin. Du crottin et de la paille couvraient les premières marches. J'évitais de mon mieux les crottes pour atteindre l'espace minuscule que la croupe de l'âne voulait bien laisser libre.

1. « L'étranger ».

De sa queue l'animal chassait les mouches et les tiques. Je ne pense pas qu'au passage je me sois beaucoup attardé à admirer ni les insectes ni la queue, mais peut-être ai-je tendu la main vers elle, simplement pour m'en protéger. La ruade qu'il me décocha fut une formidable riposte. Elle m'atteignit à l'épaule et à la poitrine, et le coup déclencha mes hurlements. J'arrivai en haut des marches tout tremblant et en larmes. Ce fut là une leçon aussi douloureuse que précoce ; j'en retins de ne plus jamais m'approcher des ânes ni de ce qui leur ressemblait un tant soit peu, ou alors, si j'y étais vraiment forcé, de ne le faire qu'avec beaucoup de circonspection.

Une fois, ma mère tomba gravement malade et dut s'aliter quelques jours. Je ne comprenais pas bien ce qui lui arrivait, mais je la voyais gémir et se tordre de douleur sur son matelas, à même le sol. Ma grand-mère me demanda de courir chercher le docteur Roumi avant qu'il ne parte faire la tournée de ses malades. D'une façon ou d'une autre, je mesurai l'urgence de la chose, sinon je ne me serais jamais risqué chez le médecin — avec l'âne attaché à la mangeoire, à quelques pas seulement de la porte ! Je pris mon courage à deux mains et me ruai à l'intérieur de la maison. Le docteur était dans l'entrée, s'apprêtant à sortir. Avant même que je puisse lui dire bonjour, comme me l'avait bien recommandé grand-mère, il m'interrogea sévèrement :

— Où vas-tu comme ça ?

— M… Maman est malade, docteur, bafouillai-je.

— Et qui est ta mère ?

— Maman ? Ou… Oum Youssef… La femme du Haj Ibrahim…

— Tu veux que j'aille la voir ? Où habitez-vous ?

Je ne me souviens pas exactement de ses paroles, auxquelles je n'avais d'ailleurs pas saisi grand-chose à cause de son accent étranger. Mais j'avais dû me faire suffisamment comprendre puisqu'il m'accompagna en haut de l'escalier, puis à la maison. Là, ma grand-mère l'accueillit ; elle prit dans le *mizal*[1] un coussin et le posa sur la natte pour permettre au médecin de s'asseoir. La visite ne dura guère. Il examina ma mère, la rassura, écrivit une ordonnance qu'il remit à ma grand-mère, puis il se leva et demanda cinq piastres. Malgré sa douleur, ma mère s'écria, stupéfaite :

— Cinq piastres ! Et qu'avez-vous fait, docteur, pour réclamer cinq piastres ? Pour la même somme, mon mari travaille du petit jour au coucher du soleil !

Et je compris alors qu'il nous demandait l'impossible.

Le médecin ronchonna, puis lâcha :

— Bon... Donnez-moi deux piastres ou trois...

Mais ma mère glissa la main sous son oreiller et en tira un *chilin*[2], qu'elle lui tendit fièrement :

— Non, non. Tenez, et merci !

Il prit la pièce et la glissa dans une poche du gilet qu'il portait sous son veston. Je remarquai une fine chaînette qui courait d'un des boutons à cette poche : il la tira soigneusement et une montre jaune apparut ; il l'ouvrit, regarda l'heure, en referma le couvercle étincelant avec un joli petit claquement, et

1. Endroit où matelas et coussins sont empilés durant le jour.
2. Déformation de « shilling ». En Palestine, le shilling valait cinq piastres.

la remit dans sa poche. Puis il saisit sa mallette et sortit.

— A l'école maintenant, mon chéri ! Et vas-y en courant ! me dit ma mère.

Pour ma nouvelle école, elle m'avait cousu un sac que je portais autour du cou et où je mettais toutes mes affaires : en plus d'un cahier neuf j'avais un livre de lecture et un cahier d'écriture. J'attrapai le sac et descendis vers Tariq al-Jadida, la rue Neuve, où, tout près d'une église récemment édifiée, se dressait l'école. Elle consistait en une seule grande pièce, remplie de longs bancs.

Lorsque j'entrai, le maître, M. Samuel, m'arrêta et me dit, en une langue très littéraire[1] :

— Pour quel motif vous êtes-vous mis en retard, jeune homme ?

— J'ai amené le docteur voir ma mère.

— Pourquoi cela ? Serait-elle souffrante ?

— Elle a mal au ventre, m'sieur !

Les enfants se mirent à rire comme si je venais de leur raconter une blague, et l'instituteur reprit, semblant savourer chaque mot :

— Contente-toi de dire qu'elle est malade... Parfait. Puisse Dieu l'aider à se remettre. Prends ta place à présent.

Chaque fois que M. Samuel parlait, mes camarades et moi restions bouche bée devant les mots qui sortaient de ses lèvres ; nous n'y comprenions pas grand-chose, même si nous en devinions parfois le sens...

1. L'arabe dit littéraire (celui qui est écrit) est souvent très différent de l'arabe parlé.

Il nous avait appris l'alphabet dès les deux premières semaines, puis nous avait distribué des livres de lecture. Il passa rapidement sur les pages du début qui — déclara-t-il — n'en méritaient pas davantage. « *Ras-rous* ; *dar-dour*[1] »... nous lisions les mots, et nous les recopiions. Il ramassait nos cahiers, les corrigeait avec une belle encre rouge, puis nous les rendait en s'écriant :

— Votre écriture ? Une véritable écriture de chat...

Entre les leçons de lecture et d'écriture, il nous racontait des histoires en guise d'instruction religieuse. Ainsi, il nous apprit comment Dieu modela l'argile et en créa un homme, qu'il nomma Adam. Et comment, alors qu'Adam dormait à l'ombre d'un arbre du paradis, Dieu prit l'une de ses côtes et en créa une femme, qu'il appela Ève. Il nous raconta encore une histoire affligeante : comment Caïn le criminel tua son frère, le doux Abel. Je me représentais Dieu pétrissant l'argile comme ces maçons que je voyais un peu partout à Bethléem. J'imaginais aussi le terrible visage de Caïn et son front marqué par la malédiction divine, Caïn errant par les villes et les champs, et je scrutais le front des gens que je croisais, en me demandant si Caïn n'était pas l'un d'entre eux.

Ce matin-là, quand je gagnai ma place, le maître parlait du Déluge et de l'Arche que Noé avait peuplée d'oiseaux et d'animaux. Je pensai alors à l'âne du docteur Roumi et je regrettai que Noé n'ait pas abandonné l'ancêtre de cet âne-là aux flots du

1. « Tête-têtes ; maison-maisons ».

Déluge : il nous aurait épargné cet entêté qui nous barrait le passage et nous menaçait, avec ses redoutables sabots !

L'après-midi, presque à la fin de la leçon, je sentis un besoin urgent. Je levai le doigt :

— Je peux sortir, m'sieur ?

— Nous allons tous le faire dans un instant.

Sur ce, Salim, mon voisin, leva aussi le doigt :

— M'sieur ! M'sieur ! Il faut absolument que je sorte !

Mais le maître le rabroua :

— Tu attendras. Nous sortirons tous après le « Je vous salue Marie »... Debout !

Nous obéîmes. Je me mis à me balancer d'une jambe sur l'autre, me concentrant sur le contrôle de ma vessie. L'état de mon voisin était au moins aussi pitoyable que le mien.

— Prions ! dit le maître.

Et nous commençâmes :

— Je vous salue Marie, pleine de grâce, le Seigneur est avec vous. Vous êtes bénie entre toutes les femmes...

Nous n'avions pas fini de réciter la prière qu'un filet scintillant se mit à serpenter sous les bancs, vers le maître. Salim « avait fait ». Il n'avait pas réussi à se retenir, lui. Tous les enfants éclatèrent de rire :

— Salim a fait ! Il a fait dans sa culotte !

Exaspéré, le maître cria :

— Dehors, bande de malpolis !

Si l'on avait tardé une minute de plus, j'aurais accompagné Salim dans son méfait. Je filai comme une flèche derrière l'école, dans le jardin, et me libérai sous le grand figuier, pendant que les autres continuaient à brailler. Quand je les rejoignis, Salim pleurait, la culotte et les jambes honteusement mouillées.

Sur le chemin du retour, je croisai le docteur Roumi trottant sur son âne. Je m'attendais à une question, à une parole quelconque qui aurait montré qu'il me reconnaissait, mais il continua son train pressé, frappant l'âne des deux genoux et faisant claquer sa langue, le chapeau fiché sur la tête comme un volatile étrange. Je me demandai alors : « Ma mère est-elle guérie et levée, ou bien est-elle encore alitée ? » Et je me dépêchai de rentrer avant le retour du médecin, qui ne manquerait pas d'attacher sa maudite monture en bas de l'escalier.

4.

YOUSSEF était mon aîné de quatre ans et il me semblait qu'avec ses amis il appartenait à un univers différent du mien — celui des grands. Lorsqu'il disait quelque chose je buvais ses paroles, car j'avais la sensation qu'il m'ouvrait une porte sur son monde. Lui aussi allait à l'école, mais il restait avec les garçons de son âge, ou d'autres plus âgés, et il arrivait que je ne le revoie pas de toute la journée.

En plus de ses livres d'arabe, Youssef avait un manuel d'anglais dont chaque page était illustrée d'un dessin ou d'une photo en couleurs. Je m'installais souvent à côté de lui, et il me montrait les images ; il était très fier de me lire, sous les illustrations, ces mots anglais que je n'avais pas encore l'âge d'apprendre.

Un soir, il rentra muni d'une boîte en carton.

— Tu sais ce que c'est ?... C'est une boîte à merveilles. Viens voir !

Au milieu de la boîte, il y avait un trou rond où s'ajustait une lentille grossissante qu'on appelait « le cristal ». J'y collai l'œil droit, fermai le gauche : mon frère se mit à tourner un axe sur le côté de la boîte et alors un ruban de papier se déroula. Des images de toutes sortes y étaient collées et elles se succédaient au rythme de l'axe ; mais, grossies et déformées par la lentille, elles devenaient étrangement fascinantes.

Je fus subjugué et j'espérais bien que mon frère me laisserait la boîte et me permettrait de la montrer à mes amis. Mais il la cacha, et je ne parvins pas à la retrouver.

Un après-midi, alors qu'Abdou et moi jouions place de la Nativité, nous vîmes une vraie boîte à merveilles. Elle était en bois, très grande, toute bleue, et comportait trois énormes lentilles. Son propriétaire l'avait disposée sur un chariot et décorée de miroirs, d'images bariolées représentant des femmes, des cavaliers et des chevaux.

— Venez voir les merveilles ! Des merveilles sans pareilles !

Abdou et moi brûlions d'envie de regarder, mais où trouver la précieuse somme qu'il réclamait ?

Nous nous plantâmes près de la boîte, émerveillés par ses dimensions et sa décoration. Quelques hommes s'approchèrent et le maître des merveilles les installa sur des caisses devant les orifices de verre ; ils plaquèrent leur visage contre les lentilles et lui, tout en manœuvrant l'axe, se mit à entonner, dans une langue poétique, les louanges d'Antar et Abla, du Zir Salim, d'Abou Zaïd, de l'Étoile de l'Orient, de Mounira al-Mahdiya[1]. Nous l'écoutions sans quitter des yeux la boîte qui renfermait ces prodiges, et nous mourions de dépit. Des garçons s'attroupèrent et, comme nous, se mirent à jeter sur ce spectacle des

1. Héros et héroïnes de chansons de geste et de poèmes appartenant à la littérature populaire arabe.

regards d'envie. D'autres clients s'installèrent devant les lentilles, et ils regardèrent, et puis d'autres encore. Soudain, mon camarade tira de ses vêtements une portion de galette au sésame et, s'adressant au maître des merveilles :

— Vous nous laissez regarder, avec mon copain, pour ce gâteau ?

— Toi et ton copain pour ce petit bout-là ?

— Oui. Moi et lui.

L'homme attrapa la galette, en prit une bouchée et déclara en mâchant :

— Bon, d'accord. Toi, assieds-toi ici, et toi mets-toi là.

En fait, il n'avait plus qu'un client. Il nous plaça près de lui et se mit à déclamer pour commenter les images somptueuses qui se déroulaient derrière les lentilles magiques : des chasseurs, leurs chevaux et leurs chiens... des rois... des soldats tombant morts... des femmes à demi nues... Entre ces images et ses commentaires il n'y avait qu'une infime relation, mais la magie n'en était que plus forte. Le spectacle se termina trop vite à notre gré.

Ce soir-là, mon père revint avec un vieux pneu. Ma mère apporta une bassine et lui lava les pieds — je notai alors qu'ils étaient énormes et comme taillés dans le roc. Ensuite, il se lava le visage, se sécha, puis sortit sa caisse à outils. Dedans, il y avait un marteau et une enclume, une pince, des couteaux bizarres et bien affûtés, une pierre à aiguiser noire tellement huilée qu'elle en semblait vernie, des clous de toute taille, des burins, des pelotes de fil de chanvre, du fil de fer... Mon père saisit le pneu, y découpa péniblement deux morceaux avec un couteau. Il enfonça son pied droit dans le creux d'un des morceaux et, de la pointe du couteau, il traça le contour de ses orteils. Il ressortit le pied et coupa le pneu en suivant la marque. La même opération se reproduisit avec l'autre morceau. J'étais très attentif à chacun de ses gestes.

Non sans peine il parvint à trouer les bords du caoutchouc et y fit passer une ficelle très fine. Ma mère, elle, trottait dans ses socques, allait dans la cour pour jeter un coup d'œil sur la marmite où mijotait le repas, nous lançait, à moi ou à mon frère :

— Apportez-moi deux bûches ! Tirez-moi un seau d'eau ! Remplissez la jarre !...

Entre-temps, mon père était venu à bout de son travail. Il chaussa les deux morceaux recourbés, en attacha les ficelles autour des chevilles. Très fier de son œuvre, il s'exclama :

— Tu vois, Mariam ? C'est la meilleure des chaussures !

Je n'en étais pas vraiment convaincu à voir la « chaussure », et je demandai :

— Pourquoi tu n'en achètes pas chez le cordonnier, papa ?

— Tu comprendras quand tu seras grand. Tu sais combien coûte une paire de chaussures chez le cordonnier ? Vingt piastres ! Quinze, s'il est arrangeant... Mes chaussures commencent à s'user ; je ne les mettrai plus que le dimanche. Qu'est-ce que tu en penses, chef ?

Puis il se déchaussa :

— Allez, on va dîner. Ce soir, j'ai une nouvelle histoire pour vous, celle d'al-Achrawiya.

Je me tournai vers mon frère :

— Où est la boîte à merveilles ?

— Je l'ai rendue à son propriétaire, répondit-il en riant.

— Aujourd'hui, j'en ai vu une très grande à Bab ad-Deir. Elle était magnifique !

— Tu sais, si j'avais des images, je t'en ferais une plus belle encore !

Sur ce, mon père intervint :

— Et alors ? Vous ne voulez pas d'histoire, ce soir ?

Et nous répondîmes, avec un bel ensemble :

— Mais si ! On y va, papa !

Le lendemain était un dimanche. Et, le dimanche, nous n'allions pas à l'école mais à l'église. Moi pourtant, ce jour-là, j'allai chercher Abdou pour le ramener à la maison ; il prit l'une des boîtes à chaussures en carton que son père avait rapportées chez eux quelques jours auparavant. La matinée se passa à rassembler le matériel nécessaire au projet : papier journal pour le ruban, pot de colle, morceaux de verre pour « le cristal », et deux bâtons choisis dans le bois que ma mère et ma grand-mère entassaient comme réserve de combustible.

Au bout de quelques heures tout était prêt — sauf les images. Abdou courut chez lui et revint avec quelques photos de famille assez ternes. Je n'en fus pas extrêmement séduit. C'est alors que je pensai au livre d'anglais de mon frère. Youssef était avec ses amis, à Ras Iftis ou bien au terrain de jeux du couvent du père Antoun. Je pris le livre dans son sac. Abdou n'en croyait pas ses yeux. J'apportai les ciseaux de ma mère — elle était occupée et ne prêta nulle attention à ce qui nous absorbait à ce point dans le jardin —, nous découpâmes toutes les images, page après page, et les collâmes sur le ruban. Il ne resta plus du livre que des lambeaux. Pour faire disparaître ces pièces à conviction, Abdou proposa de les brûler. Ce que nous fîmes dans l'impasse. En deux minutes les preuves du vol s'étaient envolées en fumée.

Avec notre boîte à merveilles, nous entreprîmes la tournée des amis, faisant naître autour de nous l'admiration et l'envie. Nous avions appelé la boîte le « cinéma » et, à tue-tête, nous lancions :

— Cinéma gratuit ! Pour pas un sou le cinéma !

Mais nous regrettâmes bien vite une telle générosité. Tous les garçons du quartier s'arrachèrent notre « cinéma ». La boîte fut défoncée puis déchiquetée. Le verre sauta de sa place, le couvercle tomba et il ne resta plus que le ruban aux images. Alors que je tentais de le sauver, l'un des garçons en tira un bout et le déchira. Un deuxième enfant attrapa l'autre bout, et le déchira aussi. En fin de compte, Abdou et moi nous retrouvâmes assis sur le seuil d'une boutique aux rideaux baissés, tenant entre nos mains les débris de notre œuvre. Et puis Abdou rentra chez lui. Un sentiment d'accablement m'envahit, et je me mis à pleurer.

Comme pour porter mon malheur à son comble, voilà que mon frère passa avec ses amis. Le soleil se couchait et il me vit recroquevillé dans l'encoignure de la boutique fermée. Il m'aborda, tout guilleret, et me dit :

— Viens ! On rentre à la maison...

Malgré mes efforts pour cacher mes larmes, Youssef remarqua ma détresse.

— Tu pleures ? Qui t'a frappé ? Dis-moi qui, que j'aille lui casser la figure !

Je lui montrai du doigt les images déchirées éparpillées à mes pieds.

— Ma boîte à merveilles... Ils l'ont mise en morceaux...

Il en ramassa quelques fragments, les jeta. Puis il me fit lever.

— C'est pour ça que tu pleures ? Je t'en ferai mille, des boîtes à merveilles... Allez, viens !

J'imaginai sa réaction lorsqu'il découvrirait que j'avais découpé son livre et, tout en marchant à son côté, je pleurai de plus belle. C'est alors qu'à brûle-pourpoint il me demanda :

— Où t'es-tu procuré les images ?

Je m'en remis à Dieu et lâchai :

— Dans ton livre d'anglais.

— Quoi ? Qu'est-ce que tu as dit ? cria-t-il.

Et je répétai :

— Dans ton livre d'anglais.

Il s'arrêta net et je m'apprêtai à recevoir une bonne gifle. Car Youssef était très fort et connu de tous, petits et grands, pour avoir le coup de poing facile lorsque l'on s'en prenait à lui.

Il me fit face, m'empoigna par les épaules, mais j'éclatai en sanglots.

— Tais-toi ! On s'en fiche du livre ! Demain, je peux en avoir un autre. Mais arrête, tais-toi !

Jetant des regards fiers autour de lui, il ajouta :

— Personne ne doit jamais te voir pleurer. Jamais, tu m'entends ?

Et, me traînant par la main, il courut avec moi vers la maison.

5.

La *khchachi* (comme nous appelions notre maison) avait un avantage inappréciable : ses deux jardins, avec grenadiers et amandiers, le grand figuier, et la vigne qui s'efforçait — bien inutilement — de s'étirer en tonnelle au-dessus de l'allée menant à la maison. C'est là que j'ai déchiffré mes premiers mots, que j'ai tracé mes premières lettres. C'est là que, un après-midi de froid, j'ai vu ma mère s'envelopper dans une couverture et suivre mon père à l'hôpital des sœurs de la Charité, pour en revenir quelques jours plus tard avec — à mon grand étonnement — un bébé emmailloté. Et quand je lui demandai :

— Où l'as-tu trouvé ?

Elle répondit en riant :

— A l'hôpital, mon chéri !

C'était Issa, mon cadet de six ans. Pendant longtemps, il fut pour moi un don de l'hôpital !

Dans ces jardins aussi, j'ai chanté mes premières chansons, mes premiers cantiques — dont je commençais à saisir approximativement le sens. La plupart du temps, Youssef se faisait mon professeur, en plus bien sûr de M. Gerios, notre seul maître à l'école des syriens-orthodoxes.

C'est là encore que je commençai à percevoir des différences de caractère ou de comportement chez les autres ; que je m'étonnai qu'ils dérogent à l'enseignement de leurs parents et aux sermons des gens d'Église.

Dans ces jardins, j'ai réuni des camarades et nous avons fait « du théâtre », comme ces représentations auxquelles nous assistions parfois au couvent du père Antoun. Cela nous arrivait fréquemment et nos pièces se terminaient invariablement par un combat, que je m'obstinais à prolonger tant que je n'en étais pas sacré vainqueur. Une fois pourtant, cet entêtement aboutit à un véritable petit drame — et mon visage en conserve l'empreinte. Lors de l'un de ces épilogues fougueux, plusieurs garçons se liguèrent contre moi — en particulier deux frères renommés pour avoir le coup de dents féroce. Ce jour-là, je résistais, je refusais de m'avouer vaincu ; et, insensiblement, la bagarre « pour rire » se transforma en vraie bagarre. Un des frères me mordit la joue avec une rage telle qu'il en emporta un morceau ; en même temps, l'autre frère plantait ses dents dans ma poitrine et manquait de m'arracher le mamelon ! Ils ne me lâchèrent que lorsqu'ils se rendirent compte que le sang couvrait mon visage et maculait leurs vêtements, et que je hurlais et sanglotais.

C'est dans cette maison-là encore que je pris conscience de l'âpreté de la nature, de la peur qu'elle peut inspirer. Je dormais toujours blotti contre mon père, dans la chaleur de son corps. Or, un matin, je me réveillai dans un froid glacial : il s'était levé. Avec le reste de la famille, il était en train d'essayer de repousser des monticules de neige. C'est que, toute la nuit, il avait neigé ; mon père avait voulu juger de la situation, il avait ouvert la porte, et des paquets de neige s'étaient déversés dans la maison. Je me joignis à eux et, à pleines mains ou avec des récipients de fortune, nous tentâmes de rejeter la neige. Mais où la rejeter ? Elle était partout et nous en avions jusqu'aux genoux...

Apparemment, mon père s'attendait à cette tempête car il s'était fabriqué un bâton au bout duquel étaient fixés en triangle trois autres bâtons. Il s'en servit pour repousser la neige. A nous tous, nous arrivâmes à dégager un passage vers l'extérieur. De temps à autre, mon père répétait, en considérant anxieusement les branches du toit :

— J'ai peur que le plafond s'écroule. Il faut que je monte sur le toit avant que la neige le fasse tomber sur nous !

Moi, je tremblais à l'idée que la maison s'effondre avant que mon père ne puisse nous tirer de là.

Nous voulûmes sortir avec lui mais il s'y opposa. Il avait de la neige jusqu'à mi-jambes ; s'aidant de ce bâton en triangle, il parvint à se frayer un chemin et à escalader le toit. De l'intérieur, nous l'entendions faire tomber dans le jardin des blocs entiers de neige. Il ne rentra qu'après avoir nettoyé le toit et écarté tout risque d'effondrement.

Notre maison avait un autre avantage : elle ne se trouvait qu'à quelques minutes du terrain de jeux du couvent du père Antoun. Pour nous y rendre, nous passions par le mur, derrière la maison ; mon père y avait aménagé quelques marches pour nous faciliter l'escalade. De là, nous longions d'autres jardins par un sentier grimpant qui nous permettait d'arriver directement au terrain de jeux. Le premier de ces jardins était celui de Boutros le cordonnier. Boutros était un homme robuste, à la nuque épaisse, toujours rébarbatif ; nous appréhendions de le rencontrer inopinément car il s'empressait de nous demander où nous allions ; si nous avions pénétré sur son territoire ; si nous avions volé les œufs tout frais de ses poules ; si nous avions fait fuir l'un de ses lapins. Et comment aurions-nous pu oser un seul de ces actes ? Il avait un énorme chien noir, généralement attaché à sa niche tant il était féroce, et qui nous abreuvait d'aboiements terrifiants du plus loin qu'il nous flairait...

Boutros le cordonnier — il possédait une échoppe à Harat al-Anatira[1] — avait bien des problèmes avec les chats : malgré la présence du colosse noir, ils dévastaient son poulailler et son clapier. Boutros était donc devenu expert dans l'art de les chasser, au bâton ou à la barre de fer. Lorsqu'une victime lui tombait sous la main, il la fourrait dans un sac qu'il fermait soigneusement. Puis il repartait en chasse d'une deuxième ou même d'une troisième victime, qu'il enfournait avec la première. Ensuite, il cognait le sac contre une pierre avec une incroyable violence, et les chats hurlaient, hurlaient... jusqu'à la mort. On ne savait pas si, ensuite, il les enterrait, les brûlait, ou bien s'il s'en débarrassait à la décharge la plus proche. Mais on murmurait qu'il en prélevait les boyaux, les faisait sécher et les utilisait pour coudre ses chaussures !

1. Le quartier des Braves.

Sa renommée de spécialiste en nettoyage de chats était grande, et on faisait souvent appel à lui. Il lui arrivait même de proposer spontanément ses services — en particulier à ses voisins. Ainsi l'avait-on vu un jour se présenter chez nous, muni de son bâton et de son sinistre sac. L'œil fureteur, il avait déclaré :

— J'ai vu par ici un chat un peu trop remuant...

— Pas du tout ! avions-nous rétorqué. C'est notre chatte, Fella. Elle vit avec nous, dans la maison, et elle tue les rats.

— Balivernes ! Vous ne la voyez pas venir chez moi et dévorer mes poussins ou mes petits lapins !

— Mais non, oncle Boutros ! Elle mange bien ici, et elle est heureuse avec nous.

— Je suis venu vous en débarrasser.

— Merci beaucoup de cette attention, mais nous ne voulons pas nous en débarrasser.

— Vraiment, vous ne méritez pas qu'on essaie de vous aider ! s'était-il écrié, quelque peu irrité.

Et, fourrant sous son bras le sac et le bâton, il était reparti, complètement dégoûté.

Après la maison de Boutros, on longeait une vieille demeure — deux petites pièces en bordure d'un jardin donnant sur la rue, où vivaient l'oncle Hanna Dibane et sa famille. Cet homme-là était exactement l'antithèse de son voisin ; toujours gai et plein d'esprit, assis en tailleur sur une pierre près de sa porte, il ne manquait jamais d'adresser quelques mots à celui qui passait par là. Il était aveugle. Très souvent il serrait contre lui un luth et chantait en s'accompagnant.

Tout comme nous, ses enfants fréquentaient le

terrain de jeux du couvent ; ils faisaient aussi partie du groupe de scouts et de l'orchestre. Le plus jeune, Iskandar, était louveteau avec moi ; il m'invitait parfois à l'accompagner aux noces que son père animait avec quelques amis. L'un d'entre eux était menuisier et jouait du violon ; l'autre était tapissier, et tambourinaire ; le troisième, un plombier, avait une très belle voix et chantait des *mawwals*[1]. J'aimais beaucoup les écouter. Devant eux, sur une petite table, étaient servis le mezzé et l'arak — la seule rémunération qu'ils acceptaient.

Il n'y avait pas, en ce temps-là, de radio pour nous abreuver jour et nuit de chansons et de chanteurs. Tout le monde chantait ou, du moins, tout le monde s'y essayait : on reprenait quelques mesures chaque fois que l'émotion l'emportait. Les mariages étaient l'occasion de découvrir des chanteurs nouveaux ; luth et violon, derbouka et tambourin soutenaient leurs interprétations. Et tous ceux qui écoutaient les accompagnaient dans l'euphorie la plus totale. A cette époque, des jours et des jours pouvaient s'écouler sans que l'on entende la moindre chanson hormis celles qui s'échappaient des ateliers de tabletterie de nacre où les artisans, assis par terre, chantaient en chœur, au rythme de leurs scies et de leurs poinçons, de leurs limes et marteaux — mais, bien sûr, sans véritable instrument. Les instruments de musique étaient très appréciés mais on ne pouvait avoir la chance d'entendre de vrais musiciens que lors des fêtes. Quand je me rendais au terrain de jeux et que je passais par chez l'oncle Hanna l'aveugle, je me le

1. Chants populaires à une seule voix.

représentais avec son luth, et sa musique alors semait l'allégresse sur ma route.

Cela me rappelle qu'un jour M. Gerios revint d'un voyage en Syrie. Mon père comme les autres parents avaient trouvé le temps bien long. Les raisons de cette impatience ? M. Gerios n'était pas seulement l'instituteur — et un fin connaisseur de l'arabe, du syriaque et de l'anglais — mais aussi le chantre de notre église, et sa voix était toute mélodie : l'harmonie de ses cantiques métamorphosait l'office du dimanche et en faisait un véritable paradis.

La paroisse avait ouvert l'école dans une vieille bâtisse délabrée située près du marché municipal. Elle en avait fait l'acquisition vers la fin de l'époque ottomane, et la seule pièce assez vaste avait été transformée en classe. En des temps anciens, ç'avait dû être un immense palais aux salles ouvrant à l'infini sur d'autres salles ; ce n'était plus qu'un amas de ruines dont les portes et les fenêtres étaient obstruées par les décombres. Si on tentait de les déblayer, il s'en exhalait des relents d'antique pourriture — on aurait dit l'odeur du temps à jamais enfui — dans des ténèbres que nul rayon de soleil ne troublait plus depuis longtemps.

On appelait l'endroit « les ruines de l'église », et c'était notre terrain de jeux permanent, pendant les congés ou même aux moments qui précédaient la classe — du moins tant que nous arrivions à affronter la puanteur et l'obscurité. Nous nous imaginions ces ruines peuplées de géants et de vigilantes sentinelles interdisant le passage à qui voulait y pénétrer. Défier ces géants et leurs gardiens représentait un acte de folle bravoure, étant donné les risques que cela comportait. Celui qui s'y aventurait avait tôt fait de revenir, épouvanté : il jurait avoir rencontré un monstre géant et tout blanc qui avait essayé de lui fendre la tête avec une énorme pierre, mais il avait réussi à lui filer entre les doigts. Plus d'une fois je profitai de l'inattention de mes camarades : je faisais quelque incursion dans les salles en ruine pour braver ce fameux monstre, mais je n'eus jamais la chance de le voir... heureusement pour moi et malheureusement pour lui ! Il reste que ce sentiment de frayeur était bien délicieux : il s'évanouissait dès que je ressortais au jour, et je rejoignais mes camarades pour d'autres jeux... Pendant ce temps, autour de nous, des hommes — nos pères — transportaient sur leur dos des décombres ou construisaient la nouvelle église : ils mettaient ainsi à profit leurs nombreuses journées de chômage.

Parfois, j'entourais de mon bras la taille du premier camarade venu, et nous nous mettions à sautiller ensemble ; un de nous commençait la comptine, l'autre répondait, et nous rythmions les mots pour accentuer la cadence :

— Ounia ! Ohé !

— Le chameau, où est-il ?

— Il est rentré...

— Et que mange-t-il ?

— Du grain grillé...

— Et que boit-il ?

— De la rosée...

Et j'imaginais Ounia, brune Bédouine aux yeux noirs et aux joues rouges, je voyais le roulis de ses nattes sur ses seins lorsqu'elle étanchait la soif de son chameau bien-aimé en lui offrant dans le creux de sa main des gouttes de rosée...

D'autres fois, je défiais mes camarades à la toupie que nous appelions la « fuyarde », lorsque chacun en avait une. La « fuyarde » ressemblait à une poire et une de ses extrémités était plantée d'un clou brillant : j'enroulais tout autour une grosse ficelle en commençant par la pointe et en remontant sur sa partie ventrue, décorée de cercles de couleur. Mon camarade en faisait de même avec la sienne. Ensuite, nous comptions tout haut « un, deux, trois », et chacun, avec sa technique particulière, lançait sa « fuyarde » sur le sol dallé ; elles tournaient sur leur clou à une vitesse inimaginable, elles bondissaient, mais sans perdre l'équilibre. Le gagnant était celui dont la « fuyarde » se maintenait le plus longtemps.

Le « rossignol », lui, demandait une réelle virtuosité : en forme de T, il était muni d'une cordelette de cuir ; on lançait le « rossignol » et on en fouettait le pied en y enroulant la cordelette puis en la retirant à toute vitesse pour que la toupie continue à tourner et à danser. Une douce mélodie s'élevait alors, comme si la toupie chantait ; et plus vite elle tournait, plus fort elle chantait.

Pour le jeu que l'on appelait « tape et cours », il nous fallait beaucoup de place, un sol inégal, un bâton et une petite planche rectangulaire. On posait la planche par terre, sur une bosse, de façon qu'un des bouts soit légèrement surélevé ; avec le bâton, l'un de nous tapait sur le bord de la planche : un seul coup. La planche volait et, avant qu'elle ne retombe, il fallait de nouveau taper dessus pour l'envoyer le plus loin possible, et puis courir là où elle allait retomber, et recommencer. Si le coup était manqué, un autre prenait le bâton et jouait à son tour.

Quand la cloche sonnait, nous convergions vers la grande salle dont le sol était revêtu de carreaux magnifiquement décorés. L'instituteur s'asseyait à une table où s'empilaient des livres de lecture et d'arithmétique, ainsi qu'une quantité de bâtons de tailles diverses et plus ou moins solides, destinés au châtiment des élèves paresseux ou dissipés. Derrière le maître, le tableau noir ; à ses côtés, deux grandes fenêtres : celle de droite donnait sur les ruines et sur le haut clocher du couvent du père Antoun, avec son horloge, et celle de gauche sur les coupoles de l'église de la Nativité et, au-delà, sur les montagnes.

Les bancs étaient disposés en deux séries de rangées séparées par un passage allant jusqu'à la table du maître ; entre les bancs et le mur il y avait juste assez d'espace pour permettre aux élèves de se glisser à leur place. Chaque rangée comptait cinq ou six bancs, chacun étant conçu pour cinq enfants — mais c'étaient parfois huit enfants ou plus qui s'y entassaient ! Les élèves étaient regroupés par classes : les « grands » occupaient les premiers bancs, et les plus jeunes ou les moins avancés se retrouvaient à l'arrière.

La classe des « grands » était la plus proche du maître : c'était la première. Mon frère en faisait partie, avec des garçons plus âgés que lui. Ensuite, il y avait la classe de deuxième ; puis la troisième, où l'on m'avait mis, avec des garçons de sept ou huit ans. Derrière nous, deux rangs regroupaient des enfants de quatre-cinq ans, mais aussi d'autres qui avaient bien dix ans : nous les appelions « les a.b.c. ». M. Gerios confiait aux « grands » le soin de leur enseigner l'alphabet et les premières pages du livre de lecture. Un jour, il me chargea d'un groupe d'enfants. J'avais alors huit ans, et ce fut ma première expérience de l'enseignement ; je crus y découvrir ma vocation et, pendant longtemps, je considérai ce métier comme la chose la plus extraordinaire au monde.

L'instituteur s'occupait de ses élèves par classe : il leur demandait de former un demi-cercle à côté de sa table, plaçait le meilleur près de lui, puis les autres selon leurs notes, si bien que le cancre se retrouvait tout au bout de la file ; nous l'appelions le « fainéant ». Les élèves récitaient la leçon, et le maître la relisait. S'il s'emportait contre un paresseux, il le faisait reculer de quelques places ou même l'envoyait au bout, à la place du « fainéant ». L'élève devenait alors la risée des autres, et il devait s'estimer heureux s'il ne recevait pas en prime un ou deux coups de bâton sur la paume, de ces fameux bâtons rangés sur la table. Si le maître était satisfait d'un élève, en revanche, il le faisait avancer d'une place, parfois davantage s'il en était vraiment content.

Mon frère resta en tête de file tout le temps qu'il passa dans cette école. Moi, j'occupais tantôt la première place, tantôt la deuxième, car quelquefois l'instituteur plaçait en tête de rang le fils d'un notable qui lui avait attribué près de l'école une pièce où il vivait avec sa femme. Que mon frère parvienne à se maintenir constamment premier de la file tenait du miracle ; M. Gerios lui répétait souvent : « Ah ! Tu me rappelles mon fils Ibrahim ! Tu as son visage, et ses manières. Il est parti en Amérique avec son oncle, et il ne reviendra plus... » Youssef était bien le meilleur de sa classe ; seulement le maître ne prenait nullement en considération les notes des élèves, comme il le prétendait, mais le prestige des pères et la place qu'ils occupaient au sein de la communauté — tous ces hommes étaient d'ailleurs illettrés. Sa situation comme son salaire dépendaient de leurs bonnes grâces.

Il arrivait que l'un d'entre eux fasse une visite surprise à l'école ; le maître l'accueillait chaleureusement et l'installait près de lui à la place d'honneur — une chaise exclusivement réservée à cet usage. Des élèves étaient appelés au tableau, avec leur livre de lecture — parmi eux, bien sûr, le fils de l'hôte, qui se retrouvait tout d'un coup propulsé en tête de file, comme s'il était le meilleur de sa classe. L'instituteur leur demandait de « réciter » (c'était sa seule méthode d'enseignement), et le visiteur s'extasiait devant cette langue châtiée à laquelle il ne comprenait goutte. Évidemment, le soir même ou le lendemain, le maître était invité à dîner chez ce père si fier de sa progéniture… L'habitude voulait qu'au repas figure un poulet farci — à cette époque, le poulet était la viande la plus chère — et l'absence de ce plat pouvait être regardée par l'instituteur comme une véritable offense à sa personne.

Mon père, lui, ne pensa jamais à « s'inviter » à l'école, comme il n'essaya jamais d'occuper une place en vue dans la communauté : il ne se considérait pas comme un notable ni ne se souciait de le devenir. Aussi, le jour où il invita M. Gerios à dîner, la nouvelle se répandit-elle comme une traînée de poudre, en particulier parmi les femmes. Une amie de ma mère vint la trouver :

— Si l'instituteur apprend que tu ne comptes pas lui faire de poulet, il ira dîner chez d'autres !

Devant de telles sottises, ma mère se fâcha. (D'ailleurs, quand, avec son franc-parler habituel, elle répéta cela à l'instituteur, il rejeta fermement ces allégations.)

— Je lui donnerai ce que je pourrai. Il est libre de venir ou pas, de manger ou de ne pas manger !

En l'entendant, nous fûmes, mon frère et moi, plongés dans l'angoisse : recevoir chez nous l'instituteur serait un tel renforcement de notre prestige à l'école ! Heureusement, peu de temps après, ma mère nous demanda d'attraper la poule rouge, celle qui ne pondait plus, pour qu'on l'égorge ; et ensuite, qu'on lui fasse confiance !

Ce même soir, après le retour de mon père, l'instituteur arriva. Contrairement à notre attente, et à notre grande joie, nous constatâmes qu'il parlait volontiers et semblait tout à fait à l'aise. Nous nous installâmes : nous sur la natte, lui assis sur un coussin et appuyé sur un autre, tous deux sortis du *mizal.* Ma mère posa devant lui des graines de pastèque et des pois chiches grillés à grignoter. Il se tourna alors vers mon père :

— Ton fils, là, et cet autre, je leur garantis le paradis ! Tous les deux, ils deviendront de grands maîtres dont tout Bethléem sera fier ! C'est mon cœur qui me le dit !

Ma mère, aux anges, lui présenta le poulet rôti et farci — auquel pas un de nous ne toucha... Lorsqu'il prit congé, après le café, elle confia à mon père :

— Ce qu'il est doux, cet homme ! Si doux que, s'il m'avait demandé deux de nos poules, je l'aurais fait !

Quand il parle, sa voix est ensorcelante. Alors, qu'est-ce que ça doit être quand il chante ! Dimanche prochain, je t'accompagnerai à la première messe pour l'entendre.

Le lendemain, à l'école, l'instituteur était dans une forme éblouissante. Autour de lui, les demi-cercles d'élèves se pressaient ; il en était à la leçon de lecture et il jonglait avec les classes, employant alternativement chacune des trois langues qu'il enseignait. Mais, lorsqu'il interrogea Jalil, l'un des grands — il était presque aussi grand qu'un adulte —, lui demandant de relire une phrase du livre d'arabe, celui-ci s'exécuta en trébuchant sur les mots et se trompa plusieurs fois. Pourtant, l'instituteur ne se fâcha pas : il ordonna simplement à l'élève de quitter sa place et d'aller rejoindre la rangée des « a.b.c. » pour y réviser sa leçon. Ainsi fit Jalil, et le maître reprit le cours. Mais il s'aperçut vite que Jalil amusait ses voisins. De sa table, il le réprimanda, le menaçant de lui faire goûter de quatre bâtons s'il ne cessait pas d'ajouter l'indiscipline à la paresse. Face à cette menace, Jalil obéit. Pas pour longtemps : il reprit ses pitreries, et des rires s'élevèrent de nouveau.

— Jalil ! Viens ici recevoir ta punition ! cria l'instituteur.

Jalil ne bougea pas.

— Jalil ! Je t'ai dit de venir !

Alors, Jalil lança bien fort, sur un ton de défi :

— Non ! Je ne viendrai pas !

Ce qui provoqua un rire unanime chez les élèves.

Le maître se leva, saisit l'un des plus gros bâtons et s'avança vers l'enfant. Il était sur le point de l'atteindre quand Jalil recula. L'instituteur se rua sur lui, mais l'enfant se mit à courir et se replia vers l'espace exigu ménagé entre le mur et les bancs. Hors de lui, M. Gerios s'y précipita ; l'enfant fila vers la table, entraînant le maître à sa suite, puis il se jeta de l'autre côté de la pièce, entre le mur et les bancs. L'instituteur faillit l'attraper plusieurs fois mais il le manquait constamment. Et le rire des élèves montait, le tapage augmentait. L'élève tourbillonnait autour des bancs, et le maître agitait en vain son bâton en tous sens. Jusqu'au moment où Jalil disparut par la porte...

Des rébellions ouvertes comme celle-ci étaient rares : la plupart du temps, pères et instituteurs s'entendaient parfaitement. Nombre d'entre eux, s'adressant bien fort au maître de façon à être entendus, proclamaient en désignant leur fils du doigt :

— Monsieur Gerios, ce n'est plus mon fils, c'est le vôtre. S'il se trompe, s'il se conduit mal, frappez-le : ça le dressera.

Alors M. Gerios, de sa voix mélodieuse, répétait cette maxime que les parents aimaient à entendre : « Contre la rébellion, rien ne vaut le bâton. »

Dans le fond, pourtant, il y en avait, des rebelles : beaucoup d'élèves ne fréquentaient l'école que contraints et forcés, et préféraient mille fois jouer dans les ruines ou musarder parmi la foule du marché municipal, tout proche. Mais le maître connaissait ses élèves : il savait lequel traiter par la flatterie ou la sollicitude, auquel réserver les coups ou la simple indifférence. Il était de notoriété publique parmi les enfants que certains d'entre eux n'avaient rien à redouter des coups, tel Hanna, surnommé « le Hanna aux lézards ». Son petit frère était dans ma classe. Pas une journée ne se passait sans que ce Hanna-là ne reçoive sa ration, pour paresse ou pour indiscipline. Debout devant la table du maître, il encaissait les coups mais, quand il tournait le dos pour regagner sa place, il souriait aux autres d'un air supérieur, jouant des yeux et des sourcils pour bien montrer qu'il n'avait rien senti. Tout le monde savait qu'il capturait des lézards pour enduire ses paumes de leur sang. Car le sang de lézard, pensions-nous, peut durcir la peau jusqu'à la rendre insensible à la douleur, quelle que soit la grosseur du bâton utilisé par le maître.

Mais tous les enfants ne possédaient pas l'habileté de Hanna pour la chasse aux lézards, ni sa hardiesse. On en voyait, pourtant, des lézards ! L'après-midi, quand le soleil brillait au-dessus des jardins, ils se faufilaient par les fissures et s'installaient sur une pierre pour s'exposer à la chaleur des rayons. Là, ils se mettaient à hocher la tête, de haut en bas et de bas en haut, et nous, nous leur chantions ce refrain, nous imaginant que ces hochements de tête étaient une approbation :

— Fais ta prière, monsieur le lézard !
Tes parents sont bien peinards
Ton papa est chez l'abeille
Il te ramènera du miel !

Observer un lézard me réjouissait : lorsqu'il en avait terminé avec sa prière, il filait bien vite vers son trou avant que quelque malheur ne le frappe !

Nous aussi nous faisions nos prières. Le syriaque, que M. Gerios nous enseignait, nous l'apprenions surtout par des psalmodies et des cantiques qui venaient d'un très lointain passé. Ils avaient été composés par les premiers Pères de l'Église, à Antioche, à Damas, à Jérusalem et à Édesse, ou encore dans les cités de la Mésopotamie, sur des modes musicaux codifiés par les chantres. Aidé parfois par de jeunes moines du couvent Mar Marcos[1] de Jérusalem ou de Mossoul, notre maître nous initiait aux mélodies de base et à leurs variations — en effet, sept variations différentes nuançaient chaque mélodie, selon les jours de la semaine, les périodes de jeûne ou les fêtes. Nous devions les apprendre d'oreille, sans l'aide d'aucune transcription musicale, celle-ci n'ayant été adoptée dans la musique religieuse que bien après l'époque de ces cantiques. M. Gerios savait nous y intéresser, grâce à la pureté de sa voix et à sa parfaite maîtrise de ces chants.

Dans l'église, de chaque côté de l'autel, des lutrins accueillaient deux manuscrits gigantesques, si anciens que nul n'aurait pu dire de quand ils dataient. Ces vieux livres syriaques constituaient un trésor que l'église entourait de soins jaloux et dont elle tirait grand orgueil. Leurs feuilles étaient très épaisses quelques-unes étaient en peau de gazelle — et il fallait une certaine force pour arriver à les soulever. Le corps du texte était rédigé à l'encre noire, les titres et les notations qui l'émaillaient à l'encre rouge. La perte d'un des ouvrages aurait été irréparable, les copistes de syriaque s'étant au fil des siècles faits de plus en plus rares à mesure que l'analphabétisme s'étendait.

1. Couvent Saint-Marc.

Le chœur était divisé en deux groupes, chacun faisant cercle autour d'un des lutrins, les cantiques étant chantés à tour de rôle par chaque groupe. L'église était plongée dans l'obscurité (l'électricité n'y était pas encore installée), aussi l'un des choristes tenait-il une chandelle pour éclairer le texte que l'on chantait. Étant donné la disposition autour du lutrin, certains se retrouvaient devant un texte écrit à l'envers. Nous devions donc être capables de le lire quand même, et qui plus est à la faible lueur d'une simple chandelle ! J'étais parmi les plus jeunes et, le plus souvent, les autres essayaient de me prendre ma place et ils me poussaient insensiblement jusqu'à ce que je me retrouve coincé là où il fallait lire à l'envers !

Finalement, j'en arrivai à lire n'importe quel texte, arabe ou syriaque, indifféremment à l'endroit ou à l'envers ! Il n'y avait d'ailleurs pas de quoi être particulièrement fier, car tous mes petits camarades faisaient de même. Ce qui était plus rare, en revanche, c'était de comprendre un tant soit peu ces textes. Il faut bien avouer qu'en réalité nous priions dans une langue pour nous en grande partie hermétique, mais que nous étions fort habiles à lire à l'endroit, de côté, à l'envers, à la lumière ou dans la pénombre !

6.

« *Agneau de Dieu qui portes sur toi les péchés du monde,*

Prends pitié de nous. »

Tous les dimanches matin — et de nombreux soirs de la semaine —, l'Agneau de Dieu portait nos péchés et ceux du monde, mais il semblait écrasé sous le poids de sa douleur. Cela apparaissait davantage encore au cours de la semaine sainte, car les cantiques et la musique y ajoutaient leur solennité. C'est la semaine où l'Agneau de Dieu a été sacrifié : torturé, humilié, flagellé, il porte sa lourde croix et gravit le Golgotha pour y être crucifié entre deux voleurs. Du haut de la croix, le sang coule sur le crâne d'Adam, condamné avec sa descendance aux abîmes éternels, mais sauvé par ce sang rédempteur, qui nous rachète tous avec lui, à jamais.

La semaine sainte était précédée de plusieurs semaines de jeûne et de prière. Il nous fallait les respecter à la lettre cinquante jours durant ; il nous fallait chaque jour nous remémorer la crucifixion de Jésus et ses souffrances amères. Tout le temps du carême, mon père veillait à ce que chacun de nous se lève tôt et s'acquitte de ses prières et autres génuflexions avant de vaquer à ses occupations, sans avoir rien bu ni mangé. A l'approche de la semaine sainte, M. Gerios s'appliquait à nous apprendre de vieux cantiques particulièrement appropriés à cette période de jeûne car composés sur des modes musicaux qui traduisaient la tristesse et la douleur. Notre école donnait sur le toit de l'église. Peu avant midi, nous nous y rendions tous ; le père Hanna, ou un autre prêtre, s'y trouvait déjà, et nous nous mêlions à la prière. Ce n'était pas seulement l'accent des cantiques qui distinguait ces prières-là des autres ; c'était aussi le nombre de génuflexions qui les accompagnaient. Le prêtre était un homme âgé ; il exécutait deux ou trois génuflexions, sa longue barbe frémissant sur sa vieille tunique noire, et cela le mettait hors d'haleine. Alors, il se tournait vers nous — les jeunes garçons, et une poignée de fidèles venus assister à la prière parce qu'ils étaient sans travail — pour s'assurer que nous accomplissions bien les nôtres sans en perdre pour autant le rythme du cantique. L'une après l'autre, c'étaient quarante génuflexions qu'il fallait effectuer en cadence devant l'autel — ou plutôt devant la tenture qui le cachait : elle portait l'image de Jésus crucifié, et du sang s'écoulait de ses blessures sur un crâne placé au pied de la croix.

Lorsque nous nous retrouvions ensuite, chacun se vantait d'avoir su résister, de n'avoir pas triché (ce qui était le cas de certains, qui succombaient à la fatigue), d'être venu à bout des quarante génuflexions sans jamais cesser de psalmodier et de chanter — tout cela l'estomac vide, et la gorge complètement desséchée malgré l'humidité de cette église dont le soleil n'avait jamais pu trouver l'entrée. Pourtant, à peine le prêtre avait-il prononcé les dernières bénédictions que nous nous précipitions au-dehors : la faim gigantesque qui s'emparait de nous nous éparpillait dans les rues et nous donnait des ailes. C'est en de telles circonstances que je compris que, si la faim peut être agréable lorsque l'on est sûr qu'un repas nous attend, elle est redoutable si l'on sait que rien ne viendra l'apaiser.

Cela, ma mère le savait également. Elle jeûnait jusqu'à midi — parfois jusqu'au coucher du soleil — tout comme ma grand-mère, mon père et mon frère. Elle excellait dans l'art de préparer des déjeuners chauds et légers. La plupart du temps, les lentilles en constituaient le plat principal. Mais elle accommodait aussi à l'huile d'olive toutes sortes de légumes. Un certain nombre d'aliments nous étaient interdits — viande, poisson, œufs, lait, fromage, beurre — et il nous fallait attendre jusqu'à Pâques, qui vient couronner le carême, pour pouvoir de nouveau en manger — si nous avions les moyens d'en acheter.

La seule chose que j'étais assuré de trouver sur notre table le dimanche de Pâques, c'étaient les œufs, car je me chargeais moi-même d'aller ramasser ceux que nos poules pondaient quotidiennement — et au printemps elles étaient très prolifiques. Je calculais à ma façon ce que je rassemblerais dans le grand panier réservé à cet effet. Combien ? Cent vingt ? Cent cinquante ? Et de combien de couleurs allions-nous les décorer lorsque, le samedi saint, ma mère les aurait fait cuire ?

Pâques a toujours rendez-vous avec le printemps. Les jardins jusque-là à l'abandon se mettent à reverdir et se parent de toutes sortes de fleurs, jaunes, bleues, violettes... et surtout ces fleurs rouges, d'un rouge soutenu, couleur sang, les coquelicots, que l'on appelle « les sœurs de Naâmane[1] ». Ils se redressent, les coquelicots, la rosée fait scintiller leurs feuilles entre les pierres, les chardons, les herbes folles. Ils lèvent la tête, embusqués jusque sous les clôtures de figuiers de Barbarie dont l'arrogance épineuse offre ces fines fleurs jaunes qui deviendront des fruits bardés de piquants. A l'ombre des mûriers, des pommiers et abricotiers, à l'ombre des amandiers ou des grenadiers, les coquelicots jaillissent de la terre, telles de souriantes plaies.

A perte de vue, parmi les oliviers de Wadi-l-Jamal, la vallée du Chameau, parmi les fleurs jaunes, bleues ou violettes, les coquelicots tachettent le paysage immense du sang de Naâmane. Tout au long de la route de Beit Sahour et sur les terres environnantes, les petites fleurs fragiles se balancent dans les champs de blé, dans les champs d'orge, au gré des épis verts ; par milliers, les oiseaux viennent à elles et elles les accueillent ; puis ils s'en retournent, ils tournoient et disparaissent dans le ciel qui ne connaît d'autre limite que les montagnes bleutées, au loin.

L'après-midi, des nuées d'hirondelles parcourent l'espace d'azur, de retour sur la terre aimée... A

1. Au Moyen-Orient, on appelle « sœurs de Naâmane » toute fleur rouge du genre anémone ou renoncule, et particulièrement les coquelicots. La légende du sang de Naâmane se rapporte aux coquelicots. Elle ferait référence, selon certains, à un roi ghassanide, une tribu chrétienne de l'époque anté-islamique dont le territoire s'étendait à peu près sur l'actuelle Syrie. Ce roi aurait été traîtreusement assassiné. Selon d'autres, l'origine en serait la légende assyro-babylonienne d'Ishtar et de Tammouz, dieu des Moissons et de la Fertilité, légende reprise notamment dans le mythe grec d'Adonis et d'Aphrodite.

quelque endroit de Bethléem que nous nous trouvions à jouer, chanter ou à nous raconter des histoires, les après-midi de printemps résonnaient des jeux des hirondelles tourbillonnantes qui rasaient les terrasses, puis s'élevaient bien haut dans le ciel. Nous les regardions évoluer et tournoyer, changer soudain de cap sans que l'on puisse en deviner la raison, et jamais elles ne se heurtaient. Elles emplissaient l'air d'allégresse, et cette gaieté nous gagnait à notre insu. Le tapage redoublait. Nous courions et sautions de plus belle. Nos chants et nos cris se faisaient plus aigus. Il m'arrivait de m'étendre sur l'herbe, tout seul, de suivre des yeux les vols d'hirondelles : elles roulaient comme des vagues parmi les nuages disséminés dans le ciel, et j'essayais de les compter. J'échouais, je reprenais tout de zéro, essayais encore !

En cette saison, les nuages sont tout blancs — de vrais troupeaux de moutons ; j'observais leurs métamorphoses quasi magiques. Ils s'étiraient, s'allongeaient, et voilà que les moutons devenaient de gigantesques baleines, des aigles prodigieux tendant leurs pattes et s'immobilisant au plus loin de l'espace bleu... Je pouvais rester longtemps à regarder les nuages vaporeux, à voir peu à peu rougir leurs franges au soleil couchant, puis se changer en bassins merveilleux fondus d'or. Et quand la lune se levait, atteignait en quelques heures son apogée, les nuages venaient l'entourer en des cercles d'une étonnante perfection : ils redevenaient alors des milliers de moutons, ou bien chatoyaient des éclats de la nacre qui orne les croix, les images et les statuettes.

Mais nos plaisirs ne s'arrêtaient pas au simple regard. Nous chassions les oiseaux au lance-pierres, surtout les chardonnerets et les moineaux. Quel enfant ne possédait pas sa propre fronde ? Lequel ne savait pas fabriquer, et à la perfection, ces deux objets qui nous occupaient, à tour de rôle, pendant tout le printemps et l'été : la fronde et le cerf-volant ? Nous nous ingéniions à donner à la queue du cerf-volant les formes, les couleurs, les longueurs les plus diverses, et notre imagination s'envolait là où les oiseaux eux-mêmes ne peuvent aller. Je suis sur la terrasse et je tiens la ficelle — si je réussis vraiment à faire s'élever le cerf-volant et que sa queue ne me joue pas de mauvais tour. Je l'aide et il se balance dans l'air, il vacille comme une mariée, et de cette hauteur vertigineuse on entend ses ornements cliqueter comme autant de bijoux — alors je donne davantage de fil au roulier de mes rêves les plus vagabonds.

Sans conteste, j'étais bien plus expert dans la fabrication et le lancement des cerfs-volants que dans la chasse au lance-pierres. Je n'éprouvais pas la moindre joie si j'atteignais un oiseau et que, arrivé près de lui, je le voie se débattre, tout ensanglanté. Chaque fois que j'en touchais un, je souhaitais le retrouver indemne. Mais cela n'arrivait que trop rarement.

Parfois, aux premières heures du jour, nous galopions du côté des « puits du prophète David [1] » pour y fouiller la terre humide en quête de vers ; nous les enfermions dans des boîtes d'allumettes vides — ils nous serviraient d'appâts pour les pièges métalliques que nous posions sous les arbres… Si la chance était

1. Ou les citernes de David, près de l'église de la Nativité, qui ont été taillées dans le roc à une époque indéterminée.

avec nous, on pouvait prendre un oiseau au bout de deux ou trois jours. Nous reprenions alors la boîte d'allumettes, et nous trouvions nos pauvres vers raides morts... La fois d'après, nous remplissions chaque boîte de terre humide et n'y déposions qu'un seul ver... et il restait là jusqu'à ce qu'on l'oublie ou qu'on le perde... Et moi, de nouveau, je revenais au vol des oiseaux, aux nuages pareils à des moutons errants dans les prairies du ciel... Jusqu'à ce que je décide un jour de ne plus jamais chasser.

Et reviennent à ma mémoire quelques fragments d'un cantique du carême et de la semaine sainte : « *Agneau de Dieu qui portes sur toi les péchés du monde, prends pitié de nous* » — et du monde entier. Prends pitié des fleurs et des oiseaux. Sauve-nous de la mort et des abîmes éternels afin que, tous, nous contemplions cet univers que Tu as créé, dans sa splendeur et sa diversité, dans cette beauté qui n'a ni limites ni fin.

7.

BETHLÉEM compte nombre de couvents — ce qui n'est nullement surprenant pour l'endroit qui a vu naître le Christ. Ils se réclament de diverses Églises et reflètent les vicissitudes de l'institution religieuse en Occident depuis que, au IVe siècle, l'empereur Constantin a proclamé le christianisme religion de l'État et du peuple. L'histoire de ces couvents est celle des luttes qui opposèrent les Églises chrétiennes au cours des siècles — et les facteurs nationaux jouèrent un rôle non moins important que les problèmes de dogme. C'est aussi l'histoire de l'éternel conflit Orient-Occident, et plus particulièrement l'affrontement des Arabes et des Européens. Les siècles ont vu la victoire arabe sur les Byzantins et le départ de ceux-ci des terres proche-orientales ; puis, trois siècles plus tard environ, les croisades, qui se terminèrent par l'expulsion des croisés de Palestine et de Syrie ; et enfin, sept cents ans après, le retour des Européens sous une autre forme : celle des mandats britannique et français instaurés dans la région à la fin de la Première Guerre mondiale.

Ces luttes n'ont pas empêché les contacts religieux avec la Terre sainte pendant les quatre siècles de domination ottomane sur la Palestine ; ces rapports se structurèrent de façon diverse, mais les grandes puissances en furent toujours partie prenante — de la Russie des tsars (qui se considérait comme l'héritière de Byzance et de l'Empire romain d'Orient) à l'Angleterre, la France, l'Italie et l'Allemagne (chacune possédant ses propres institutions religieuses), sans oublier l'Empire ottoman, qui reconnaissait les structures existantes afin d'éviter le déclenchement d'une guerre pour le contrôle de ces institutions. De telles luttes se produisirent pourtant de temps à autre — en dehors de la Palestine. La crise la plus violente eut lieu au XIXe siècle, pendant la guerre de Crimée, qui opposa les Russes à la coalition des Ottomans, Anglais et Français ; elle naquit de problèmes politiques complexes, la question religieuse ne constituant qu'un élément parmi d'autres. Lorsque les Anglais s'installèrent en Palestine sous le couvert du mandat, ils appliquèrent le principe du *statu quo ante* mais, pour notre malheur — et ce ne fut certainement pas innocent —, uniquement en ce qui concerne les institutions religieuses.

Dans les années vingt, les couvents qui donnaient à Bethléem beaucoup de sa personnalité culturelle et sociale étaient principalement les couvents grecs-orthodoxes. L'exemple le plus frappant était la partie ancienne de l'église de la Nativité, élevée par Constantin en 326, au-dessus de la grotte où est né Jésus-Christ. Mais on ne pouvait omettre les couvents franciscains — celui de l'Étoile de l'Orient, notamment, plus communément appelé le « couvent oriental », avec l'église Sainte-Catherine, contiguë à celle de la Nativité : on y voit la grotte où saint Jérôme traduisit en latin les Écritures, vers la fin du IVe siècle. Ni les couvents salésiens — le plus grand, bâti au XIXe siècle sur une hauteur, non loin de l'église de la Nativité, est le couvent Don Bosco, autrement dit le couvent du père Antoun.

Les franciscains, bien que l'ordre monastique ait été fondé par un Italien, étaient dans l'ensemble d'influence et de langue françaises ; les salésiens, eux, représentaient un ordre typiquement italien. On trouvait encore bien d'autres communautés chrétiennes, avec leurs propres églises, grandes ou petites : les grecs-catholiques, les syriens-orthodoxes et les syriens-catholiques, les arméniens, les protestants luthériens... Chaque couvent, chaque église possédait son école : assez rudimentaires pour la plupart, elles n'en permirent pas moins l'acquisition des bases de la lecture et de l'écriture pour la génération qui émergea dans les années vingt.

L'une des plus belles réalisations de certains couvents catholiques fut la création d'écoles primaires pour filles — très certainement parmi les premières du monde arabe. Les écolières portaient un uniforme coquet, généralement noir et blanc, peut-être inspiré des tenues des religieuses. Cela donnait à Bethléem un grand charme, lorsque les fillettes remplissaient les rues à l'heure du déjeuner, à la fin des cours de l'après-midi, ou encore le dimanche et les jours de fête quand, en rangs réguliers, elles se dirigeaient vers l'une des églises. La langue française avait son importance dans ces écoles mais, bien vite, l'accent fut mis sur l'arabe.

L'influence grecque était encore sensible dans les institutions chrétiennes orientales, et la langue du culte y était le grec. Les institutions catholiques, elles, qu'elles soient françaises ou italiennes, employaient le latin ; c'est pourquoi les catholiques arabes de Bethléem étaient appelés « latins ». Quant aux autres communautés religieuses, chacune priait dans sa langue propre. Mais, dès le milieu du siècle dernier, avec le renforcement du sentiment national, les chrétiens arabes entreprirent d'introduire la langue arabe dans les prières ; les années vingt et trente virent l'arabisation de l'essentiel des services religieux dans toute la Palestine — même si le latin et le grec demeuraient des langues liturgiques dans beaucoup des couvents les plus anciens, au côté de l'arabe. De même, comme depuis plus de mille ans, le syriaque continua à se mêler à l'arabe. Le couvent qui veillait à la survivance de cette langue dans la vieille ville de Jérusalem était le couvent Mar Marcos, qui remonte au Vᵉ ou au VIᵉ siècle et s'enorgueillit d'être construit sur les ruines d'une église antérieure, élevée par saint Marc à l'endroit même où se tint la Cène, la veille de la crucifixion de Jésus-Christ.

A l'époque, les musulmans étaient très minoritaires à Bethléem ; la plupart venaient des villages alentour et certains descendaient d'une tribu semi-nomade qui s'était peu à peu sédentarisée à l'est de Bethléem : la tribu des Bani Taâmar. Les échanges s'étaient multipliés avec les habitants de la ville, et ils avaient fini par délaisser leurs tentes pour des maisons de pierre, et par s'installer en grand nombre à Bethléem même. La mosquée, qui surplombe la place Bab ad-Deir, est l'un des monuments les plus caractéristiques ; telle qu'elle se présente actuellement, elle remonte à l'époque ottomane, mais il est probable que sa fondation date d'un temps bien plus reculé.

La grande pauvreté qui régnait en Palestine vers la fin du XIXᵉ siècle poussa les jeunes à émigrer en masse vers l'Amérique du Sud et l'Amérique centrale. La Première Guerre mondiale ne fit qu'accentuer cette misère et, au début des années vingt, l'importance de l'émigration était visible à Bethléem au nombre de demeures désormais vides et à l'état d'abandon total dans lequel se trouvaient des centaines de maisons et de vignes, tout autour de la ville.

Cependant, Bethléem était le berceau du Christ : cela constituait un atout exceptionnel, et nombre de ses habitants tiraient leurs revenus de l'artisanat. Bethléem se procurait en effet de grandes quantités de nacre brute ; dirigée vers les dizaines de petits ateliers disséminés dans les rues principales, elle y était transformée en objets pieux, chrétiens et musulmans — chapelets, crucifix, petites églises de la Nativité ou dômes du Rocher miniatures, sans parler des coffrets et cadres précieux incrustés de nacre —, que l'on vendait aux visiteurs. La ville ne comptait aucun hôtel — peut-être en raison de la proximité de Jérusalem. Aussi, lorsque des étrangers se trouvaient dans l'obligation d'y passer quelques nuits, ils profitaient de l'hospitalité de l'un des couvents. Il en fut ainsi jusque vers la fin des années cinquante.

Une autre particularité de Bethléem était le marché du samedi. La ville était depuis longtemps un centre de commerce et de troc pour la région située au sud de Jérusalem. Tous les samedis, dès l'aube, des milliers de villageois et de Bédouins se regroupaient dans ce marché renommé, que l'on appelait pour une raison inconnue le « marché de la bonde » — il fut ensuite réorganisé et officiellement baptisé « marché municipal ». Cela ressemblait à un jour de fête et les rues se peuplaient de vendeurs et d'acheteurs. Au marché, hommes, moutons, chèvres, chevaux, ânes, chameaux, tout se mêlait si étroitement qu'il devenait quasi impossible de fendre une masse si dense. Les paniers d'œufs et les poulets côtoyaient les paniers de légumes, les sacs de blé, d'orge, de maïs ou de fourrage, les bidons de sirop de caroube, de pâte de datte, de pâte de sésame pressé, d'huile d'olive ou d'huile de sésame, de beurre salé... Les vendeurs et les acheteurs étaient en réalité souvent des femmes ; elles promenaient leurs robes amples aux couleurs vives et richement brodées en emplissant l'air de leurs cris et de leurs rires, ce qui ajoutait un éclat particulier à cette fête hebdomadaire. Pendant toute mon enfance, l'une des figures les plus fameuses du marché fut une femme de la famille Qarraâ. De taille colossale, elle était dotée d'une forte personnalité et d'une voix de tonnerre ; elle se comportait en véritable tyran — mais un tyran plein d'équité — et on avait recours à elle chaque fois qu'une situation s'envenimait. Mais malheur à celui qui refusait son verdict : il avait alors affaire à la plus virulente des langues !

En ce seul jour, les boutiquiers réalisaient un profit plus considérable que tous les autres jours de la semaine réunis : c'était le jour de l'épicier, du coiffeur, de l'étameur, du ferblantier, c'était le jour du vendeur de *halwa* (les villageois en achetaient à profusion) et surtout du tanneur, l'un des artisans les plus éminents. Sa production était très diverse : cela allait du soulier (il ressemblait beaucoup à la bottine arabe traditionnelle, mais en plus grossier et en plus solide, et les Bédouins en raffolaient) à la cartouchière, en passant par la selle et la bride pour les chevaux ou les ânes.

Le tanneur vendait aussi des poignards, de toutes les tailles et des formes les plus variées. Il n'y avait pas un Bédouin — ou ce qui pouvait y ressembler de près ou de loin — qui n'ait, suspendu au poignet, un bâton incrusté de balles et de clous, ou encore, fiché au beau milieu du ceinturon, un poignard qui faisait sa fierté — et pouvait lui servir à se défendre en cas de besoin. Mais il lui suffisait de lever son bâton sur quelqu'un ou de brandir son poignard pour se retrouver entre les mains de la police. Il finissait sur la place Bab ad-Deir, au poste, et l'affaire entraînait alors — pour lui mais aussi pour sa famille — un interminable cortège de complications juridiques, de compromis ou autres dédommagements.

8.

Le couvent du père Antoun abritait un grand orphelinat réservé aux garçons où ceux-ci, en plus des cours d'instruction religieuse, recevaient une formation professionnelle. Ainsi devenaient-ils — sinon prêtres — forgerons, menuisiers, imprimeurs, tailleurs, mécaniciens ou cordonniers : dans les institutions salésiennes, on accordait beaucoup d'importance à l'enseignement des métiers qui répondaient aux besoins immédiats de la société.

Les prêtres responsables à ce moment-là de la gestion du couvent étaient amateurs d'art — plus particulièrement de musique et de théâtre. Ils développaient chez leurs élèves le goût de ces disciplines, alors relativement étrangères à la société de Bethléem. Ils choisissaient les plus belles voix pour la chorale de l'église, leur enseignaient le chant et le solfège, leur apprenaient à interpréter en latin des cantiques à plusieurs voix qui dataient de la Renaissance ou de l'époque baroque.

Ils formèrent ainsi un orchestre avec des cuivres et des instruments à vent importés d'Italie. Pour les grandes occasions, l'orchestre parcourait les rues de la ville en exécutant des airs joyeux. Les instrumentistes arboraient un uniforme, et chacun avait sous les yeux, fixée à son instrument, une petite tablette soutenant sa partition ; le défilé suivait un ordre rigoureux : les tambours d'abord, et leur rythme entraînant, puis les trompettes, les clarinettes et les tubas dont le cuivre étincelant s'enroulait autour du cou. Quelques-uns des membres de l'orchestre ne résidaient pas au couvent.

Le couvent possédait également un terrain de jeux « pour externes », accessible à tout enfant de la ville, quel que soit son rite ou sa confession ; le père Domaggi s'en occupait avec un dévouement remarquable. De temps à autre, il rajoutait des balançoires, des activités ou des jeux originaux, ce qui renouvelait l'intérêt des enfants et les amenait toujours en grand nombre. Le père Domaggi les connaissait un par un, nommément ; il était secondé par un jeune homme tout aussi attentionné.

Le terrain ouvrait son portail de fer à quatre heures, c'est-à-dire après la sortie des classes. Mais souvent, bien avant l'heure d'ouverture, des grappes d'enfants s'agglutinaient devant la grande porte noire, près de la maison de Baddour, et cognaient avec insistance, dans l'espoir qu'un prêtre viendrait ouvrir. Certains escaladaient la haute enceinte du couvent et se laissaient retomber dans le terrain. Pour l'empêcher, le père Domaggi avait dû hérisser le haut de l'enceinte de tessons de verre, ce qui n'avait guère eu d'effet dissuasif. De l'intérieur, le mur était entièrement tapissé d'un épais rideau vert constellé de ces fleurs dorées que nous appelions des « montres » car elles avaient la forme d'un disque coloré orné en son centre de quelque chose qui ressemblait à deux aiguilles mobiles et que nous arrachions pour aspirer, du cœur de la corolle, une goutte délicieusement parfumée, à la saveur de miel.

Les vendredis et les dimanches, le terrain était ouvert dès le matin. Le soir, quand la cloche sonnait, les enfants devaient interrompre leurs jeux pour entrer dans l'église ; là, devant l'autel surmonté d'une statue de la Vierge, ils assistaient à un court office ponctué de cantiques latins et arabes que l'assistant du père Domaggi accompagnait sur un petit orgue. Le prêtre concluait les prières par un rapide sermon, dans un arabe hésitant à fort accent italien dont les enfants riaient sous cape mais que, à force de l'entendre, ils comprenaient. Le sermon traitait généralement des problèmes du terrain de jeux, mais il insistait sur l'amour envers la Vierge Marie, la protection qu'elle nous accordait, l'importance de lui adresser une prière chaque fois que nous éprouvions peur ou angoisse car elle interviendrait pour nous auprès de Dieu, et Dieu ne refuse jamais son intercession. Certains dimanches après-midi, au moment de la procession, le père Domaggi recevait un prêtre, le père Awda, un merveilleux orateur ; son sermon, prononcé dans un arabe très beau, nous ravissait et, en sortant, nous demandions au père Domaggi d'inviter de nouveau ce prêtre à la première occasion.

Un soir, après l'un de ces sermons, je rentrai à la maison chargé d'un fardeau que je n'avais encore jamais soupçonné : j'avais — comme tout le monde, selon les dires du prêtre — deux anges sur les épaules, un bon et un mauvais. Le bon ange se tient sur l'épaule droite, le mauvais sur la gauche, et ils me soufflent à l'oreille leurs murmures incessants. L'un me met en garde, l'autre me tente. L'ange du bien me répète : Rien n'est plus beau que la piété et l'accomplissement du devoir ! L'ange du mal affirme : Rien n'a plus d'attrait que la faute et la consommation du péché ! Moi qui avais toujours rêvé de rencontrer un ange, voilà que — bon gré mal gré — je me retrouvais avec d'eux d'entre eux partout où j'allais, sans même être capable de les voir... le premier voulant me guider vers le paradis, et l'autre me poussant vers l'enfer.

Heureusement, dans un autre de ses sermons, le prêtre nous tranquillisa : l'enfant n'est pas responsable de ses actes avant l'âge de neuf ans. Moi, j'en avais sept ou huit. Que les anges se chamaillent donc au-dessus de ma tête ! Mon père et ma mère répondraient devant Dieu de mes actes et de mes paroles !

Mais le péché... qu'était-ce que le péché ? Pour lequel de mes actes, pour quelle parole Dieu pourrait-il demander des comptes à mes parents ? Je ne savais pas au juste. L'affaire paraissait cependant sérieuse. Il me fallait écouter attentivement mon ange gardien — si j'arrivais effectivement à l'entendre chuchoter dans mon oreille (laquelle ? la droite ?). Et je devais aussi repousser le mauvais ange — ou au moins le dénoncer auprès de l'autre s'il me tentait.

Lorsque je demandai à mon père ce qu'était le péché, ma question le fit d'abord rire, puis il me demanda :

— Qu'est-ce que tu as à voir avec le péché ?

— Le père nous a dit : Éloignez-vous du péché. Est-ce que le péché, ce sont les paroles du mauvais ange ?

— Mon petit, le péché c'est le vol et le mensonge.

Ne vole pas et ne mens pas. Si tu t'en abstiens, tu seras à l'abri du péché. Autre chose : n'invoque pas en vain le nom de Dieu. N'abuse pas de ce nom béni. Et puis, n'insulte personne. Les injures sont un péché pour Dieu.

Les recommandations de mon père étaient bien difficiles à suivre, mais je ne les oubliai jamais.

Le couvent possédait aussi sa troupe de scouts, constituée d'externes, dont faisaient partie Youssef et, pour une courte période, mon frère aîné, Mourad. Moi, j'étais louveteau ; j'avais une tenue verte, un chapeau vert décoré d'un insigne à tête de loup, de grandes chaussettes de laine que l'on tirait jusqu'aux genoux, et de gros souliers que je portais les jours d'entraînement et pour les parades (tout cela marqué à mon nom et rangé dans une armoire fermée à clé, dans une pièce réservée aux vêtements des scouts). Après que j'eus participé avec mes camarades à quelques séances d'entraînement, le père Domaggi me choisit comme chef de peloton. Je prenais la tête de mon équipe, marquais lentement le pas, et lui nous entraînait de ses coups de sifflet qui me crevaient les tympans : j'étais juste sous sa barbe et je pouvais apercevoir les poils de ses narines qui se soulevaient et s'abaissaient au-dessus de ses moustaches, au rythme sonore de ses inspirations et expirations.

J'eus par la suite d'autres activités, j'appris par exemple à battre le tambour — je m'entraînai un temps à la clarinette, mais mes poumons n'avaient pas la puissance nécessaire, à cause de mon jeune âge ou peut-être d'une constitution fragile, et j'abandonnai cet instrument. Je conduisais donc mon équipe au son du tambour que j'accrochais à mes épaules (l'ange du bien et l'ange du mal devaient probablement se le disputer). Certaines parades se déroulaient au théâtre du couvent, et le garçon qui était tout en haut de la pyramide humaine, c'était moi, debout sur les épaules de deux scouts, eux-mêmes debout sur les épaules de trois autres qui, eux, étaient alignés sur la scène face au public ! J'avais toujours très peur de tomber de cette hauteur en faisant le salut des deux doigts, à la façon des louveteaux, et en moi-même je priais Dieu et la Vierge de me permettre de tenir les quelques secondes critiques qui précédaient la chute du rideau.

Mais, par-dessus tout, il y avait le cinéma du père Domaggi. Celui-ci avait transformé le hall qui se trouvait au-dessus de l'église en salle des fêtes qui servait surtout aux projections, le dimanche soir après la procession. Ceux qui n'avaient pas participé à la prière n'avaient pas le droit d'y assister. Aussi l'affluence à l'église, au terrain de jeux d'une façon générale, était-elle énorme le dimanche. Dès que la cloche sonnait, le grand portail noir se refermait pour empêcher celui qui n'aurait pas rempli son devoir envers Dieu de se faufiler dans la salle de cinéma.

Dans ce hall, entassés par terre, nous suivions éblouis ces images mouvantes et muettes — si l'on ne tenait pas compte du ronflement de l'appareil de projection, au fond de la salle. C'est là, dans ce petit espace, que j'ai passé les heures les plus merveilleuses de ma vie à regarder Charlie Chaplin, Maciste, et d'autres encore dont j'ignorais le nom. Séance après séance, j'admirais les Zoulous, Tom et Cub chassant le lion, le tigre ou l'éléphant dans la brousse africaine, et en imagination je vivais avec eux la fièvre des safaris, les chevauchées, et j'appareillais sur les mêmes bateaux vers les grandes cités... Ce hall minuscule où nous étions assis en tailleur sur un vieux tapis nous transportait instantanément dans un monde féerique !

Le père Domaggi actionnait l'appareil de projection mais il tenait aussi le rôle du commentateur. Car, de temps à autre, apparaissaient sur l'écran des mots que nul autre que lui n'était capable de lire, et il nous les expliquait pour nous permettre de comprendre les péripéties. Il s'entêtait même lorsque le commentaire n'était plus nécessaire, après la cinquième, ou la dixième projection d'un film, quand nous savions l'histoire par cœur, de a à z, y compris chaque geste et jusqu'au moindre hochement de tête, et que nous prenions plaisir à voir les scènes se dérouler exactement comme nous l'escomptions. La plus belle surprise que pouvait nous faire le père Domaggi lors des réunions en semaine, après les prières, était de conclure son sermon en nous annonçant, les yeux pétillants et délicieusement tentateurs :

— Et maintenant, les enfants, nous allons tous ensemble au cinéma...

Probablement sous l'influence des films que nous avions vus, Georges, Soulaïman et moi — nous avions alors environ sept ans — nous grimpions dans le grand mûrier du jardin de Georges, sur lequel nous avions planté des clous recourbés que nous tournions à droite ou à gauche : l'arbre était un avion, nous ses pilotes, et chaque fois que nous manipulions les clous, l'avion nous emportait vers les étoiles. Plus nous prenions de l'altitude, plus nos chants montaient et emplissaient le monde. Puis notre avion atterrissait, nous bondissions de notre arbre à la recherche des lions et des tigres, parmi les figuiers ou derrière les clôtures des jardins ; et nous en capturions au moins un avant de retourner vers l'avion.

Tout cela était aisé — en imagination. Nous aspirions à plus difficile, à plus ambitieux. Je n'avais encore jamais vu la mer qu'au couvent, dans les films. L'idée d'une si vaste étendue, de ces eaux houleuses, me fascinait. Nous n'avions pas de fleuve à Bethléem, pas même un ruisseau — il n'y avait que la source du Canal, comme on l'appelait. Les bassins de Soulaïman [1] aussi — j'en entendais parler mais ils étaient éloignés et l'accès en était interdit. Mes amis et moi n'avions pas d'autre choix : si nous voulions une mer, nous devions en fabriquer une...

Cela nous demanda du temps, car nous avions décidé de creuser dans un jardin une mer où les bateaux pourraient naviguer. Chacun apporta qui une pioche qui une binette, et on se mit à l'ouvrage. Ce ne fut pas facile. Après plusieurs jours d'un travail épuisant — nous avions gardé notre projet secret afin que nul ne risque de le faire échouer —, nous obtînmes un trou assez vaste ; il ne restait plus qu'à le voir rempli d'eau « avec des vagues ». La nature vint à notre aide : il se mit à pleuvoir à torrents, ce qui nous enferma chez nous. La pluie tomba toute la nuit et je fus incapable de dormir tant j'étais anxieux de voir cette « mer » que nous allions couvrir de navires.

Le lendemain matin, malgré la pluie qui persistait, je courus vers le trou : il débordait d'eau — et

1. Ou vasques de Salomon, à cinq kilomètres au sud de Bethléem, trois vastes bassins qui servaient à l'alimentation en eau de Jérusalem.

qu'importait si c'était de l'eau boueuse ! Je criai : « La mer ! » et je courus chez Georges pour lui annoncer le miracle... Nous passâmes la journée à fabriquer des bateaux en papier, et nous les emportâmes à « notre mer » pour les lâcher dans les vagues troubles...

L'abondance des pluies, cet hiver-là, fut pour nous un bienfait et une revanche, elle nous offrit pour quelque temps une mer ; mais, assez vite, le trou fut drainé et finit par être complètement nivelé. Combien de fois, en jouant sur les berges de notre mer, nous avons plongé nos pieds dans la boue, quitte à subir, de retour à la maison, des réprimandes pour notre malpropreté ! Avant de passer le seuil, je devais verser une écope d'eau sur mes pieds pour en ôter la boue, puis je m'approchais de l'endroit où ma mère avait allumé le brasero, une marmite y mijotait qui exhalait sa chaude vapeur. Ma mère était plongée dans ses travaux de couture, ma grand-mère filait la laine de nos moutons — et je leur racontais comment je sillonnerais les mers, un jour, quand je serais un homme.

Chacun des garçons qui fréquentaient le terrain de jeux possédait un carnet marqué à son nom, dont avait la charge l'auxiliaire du père Domaggi, qui était aussi l'organiste de l'église : un jeune Italien enclin à la plaisanterie qui s'appelait Giuseppe mais que, par amitié, nous surnommions Bibi. Il rangeait les carnets par ordre alphabétique dans un petit coffre. Dès notre entrée dans l'église, il nous les distribuait ; lorsque nous sortions nous passions devant lui, qui se tenait derrière l'orgue, près de la porte, et chacun lui présentait son carnet qu'il tamponnait du mot « présent ». Au fil des jours, le carnet se remplissait de l'empreinte de ce tampon, dans les colonnes indiquant les semaines et les mois. Celui qui avait réuni, dans l'année ou le trimestre, le plus grand nombre de « présent » bénéficiait d'un plus beau cadeau le jour de Noël ou pour toute autre fête.

Justement Noël approchait, et on prévint les enfants de venir un après-midi au terrain de jeux. Nous assistâmes à une courte messe et on nous demanda de grimper jusqu'au hall supérieur. Après la bousculade des escaliers, un spectacle grandiose nous attendait : au milieu de l'estrade se dressait un grand arbre décoré d'étoiles, de boules étincelantes, de lumières clignotantes et de guirlandes multicolores. Près de l'arbre une grotte, et la mangeoire où dormait l'Enfant Jésus ; sa mère, Marie, était assise à son côté et saint Joseph, debout, contemplait — tout comme le faisaient deux vaches et un âne — le miracle de cet enfant qui rayonnait d'un halo de lumière ; les anges étaient suspendus en un cercle qui voletait au-dessus. Autour de l'arbre et de la grotte, un parterre de papier bleu, rouge, jaune était jonché de piles de cadeaux.

Nous nous assîmes sur le sol et le père Domaggi nous parla de sa joie à nous accueillir au couvent, à constater notre assiduité à l'église de sorte que la Vierge Marie nous connaissait tous à présent, qu'elle priait pour chacun de nous et nous accordait chaque jour sa grâce.

Ensuite, le père Awda se leva et dit dans son arabe si pur que, en nous récompensant pour notre régularité et en essayant ainsi de nous encourager à persévérer, le père Domaggi s'inspirait de la vie même de Notre-Seigneur — n'avait-il pas dit : « Laissez venir à moi les petits enfants et ne les en empêchez pas, car le royaume de Dieu est pour ceux qui leur ressemblent » ? Il nous expliqua que Jésus était absolument comme nous, qu'il était pauvre, qu'il manquait de tout. Voyez comme il est né, dans une grotte où l'on parquait les animaux pour l'hiver. Le froid était rude, la neige tombait. Sa pauvre mère, épuisée, le déposa dans la mangeoire pour qu'il soit au chaud. Lorsqu'il grandit, il marchait dans les rues de Bethléem, de Nazareth ou de Jérusalem pieds nus, comme nous, il était à peine vêtu, et ses vêtements déchirés ne le protégeaient pas de la rigueur de l'hiver ni du feu de l'été. La nature est cruelle ; nous ne pouvons tous supporter sa rudesse comme le fit le Messie mais, malgré tout, il nous faut prendre exemple sur lui. Heureux les pauvres car le royaume de Dieu est à eux...

Après cela, Bibi grimpa sur l'estrade pour la distribution des cadeaux ; il tenait une liste de noms qu'il lisait l'un après l'autre et, dévorés d'impatience, nous avancions pour recevoir le présent qui nous était attribué. Le mien fut une paire de bottines.

Je volai littéralement à la maison : je n'avais jamais porté de bottines semblables et j'étais fou de joie. Comme d'habitude, Youssef était avec moi, lui aussi avait reçu un cadeau, mais nous l'oubliâmes aussitôt. Ce soir-là, tout le monde fêta mes bottines, qui étaient si belles, si imposantes, si magnifiques qu'elles éclipsaient tout le reste ! Mon père, ma mère, ma grand-mère n'étaient pas moins heureux que moi. Au contraire, mon père, qui se prétendait expert en cordonnerie et possédait sa propre boîte à outils avec enclume, couteaux pointus, marteau et clous, pour la réparation des chaussures familiales, tourna et retourna les bottines, en renifla le cuir, examina la semelle et la couture de l'œil du connaisseur, et enfin, d'un ton sentencieux, il loua la perfection du travail en ajoutant :

— C'est sans doute l'œuvre des orphelins du couvent, ils sont très habiles.

Je posai les chaussures sur le rebord de la fenêtre, l'une contre l'autre, pour mieux les contempler, mais cela ne me suffisait pas : je brûlais de voir arriver le matin afin de les porter.

Pendant la nuit, alors que tout dormait, une idée subite m'horrifia : et si ce n'était pas ma pointure ? Les bottines pouvaient être trop grandes, ou trop petites... Je quittai la tiédeur de ma couche avec précaution pour ne pas réveiller mon père endormi à côté de moi et, tâtonnant dans l'obscurité, je parvins à la fenêtre, saisis une des bottines, y glissai le pied. Je pris l'autre, l'enfilai, fis deux petits pas, et je sentis le cuir froid et épais mordre mes orteils : une morsure délicieuse... car elles étaient à ma pointure, juste à ma pointure. Je fus rassuré. Je remis les bottines sur le rebord de la fenêtre, me recouchai et, l'esprit tranquille, je m'endormis.

Au réveil, lorsque je voulus les mettre, ma mère me dit :

— Pourquoi n'attends-tu pas le jour de la fête pour avoir quelque chose de neuf à porter ?

— Mais c'est encore loin, la fête !

— Un peu moins de deux semaines.

En effet, selon le calendrier oriental adopté par les orthodoxes, Noël est en retard de treize jours sur le calendrier occidental. Par ailleurs, cette fête est précédée chez nous d'un jeûne de vingt-cinq jours. Mes parents attachaient autant d'importance aux périodes de jeûne qu'aux jours de fête. Le jeûne, du reste, résout un problème d'une manière qui convient à Dieu mais aussi à l'homme : on ne consomme ni viande ni poisson, pas de graisse, pas d'œufs ni de lait, sous quelque forme que ce soit, et comme cela nécessitait un argent que nous ne possédions pas, jeûner nous permettait de satisfaire Dieu tout en transformant une contrainte en vertu. Tant que nous avions, si peu que ce soit, du pain, des olives, des légumes — ce qui a toujours été la nourriture la moins chère —, nous nous en contentions et nous étions heureux.

Mais, quand la fête est là, il faut bien qu'un peu de viande, de lait et de fromage nous permettent de rompre le jeûne, après la messe de minuit à l'église de la Nativité. Quand la fête est là, il faut avoir quelques piastres à dépenser. Ma mère gérait notre budget mieux que mon père. A cette époque-là, il était ouvrier dans le bâtiment : il prenait des pierres chez le tailleur de pierre (qui les dégrossissait au burin et leur donnait la taille demandée) et les transportait sur le dos jusque chez le maçon, pour cinq ou six piastres par jour. Il confiait sa paie hebdomadaire à ma mère, et c'est avec beaucoup de sagesse qu'elle l'utilisait. Pourtant, malgré son sens de l'économie, elle savait bien qu'après nous avoir nourris il lui fallait aussi nous habiller : elle cousait elle-même nos vêtements, les rapiéçait, se débrouillait avec les rares morceaux de tissu dont elle pouvait disposer et qu'elle tirait parfois de vieux habits.

En hiver, les choses se compliquaient davantage

encore. Car l'emploi dans le bâtiment se faisait plus rare et mon père allait d'un chantier à l'autre, passant sa journée à la recherche d'un travail, puis il rentrait exténué et mort de faim. Il ne se plaignait jamais. Avant de se coucher, debout dans un coin de la pièce, il priait, remerciait Dieu pour sa bonté et ses bienfaits, puis il s'assurait que mon frère et moi avions fait de même avant de nous déshabiller, à coups de récitations de « Notre Père qui êtes aux cieux » et grâces lui soient rendues pour ses faveurs.

Comment aurais-je pu deviner que mes bottines neuves allaient révéler de la façon la plus aiguë nos problèmes de survie quotidienne ? Mon père était sans travail et l'argent ne suffisait même pas à l'achat des lentilles qui constituaient généralement notre menu en période de jeûne. La fête approchait : comment nous offrir ce qui aurait fait nos délices et dont nous avions tant envie ? Quand je rentrai de l'école à midi, ce jour-là, ma mère s'était entendue avec mon père pour... vendre les bottines ! Elle connaissait des voisins relativement aisés qui seraient ravis de les acquérir pour un prix raisonnable. Nous pourrions ainsi acheter une partie de ce qui nous manquait pour la fête.

Ce raisonnement ne m'enchanta pas du tout. Mais il m'était difficile de contredire à la fois mon père et ma mère. Eux-mêmes d'ailleurs n'étaient guère heureux de cette logique du besoin. Et ma mère me dit :

— Nous allons vendre ces bottines, mais je t'en procurerai d'autres.

— Et comment ? dis-je, en larmes.

— Je t'emmènerai en ville et je t'en achèterai une

paire au quartier juif. On dit que ça ne coûte pas plus de deux piastres.

Le lendemain, ma mère avait vendu les bottines quinze ou vingt piastres et, deux jours après environ, comme la pluie avait cessé et que le ciel s'était éclairci, elle m'emmena à Bab ad-Deir et nous nous installâmes dans une voiture. Elle insista pour me garder sur ses genoux, comme un bébé, afin de ne pas payer la piastre ou la demi-piastre qu'aurait coûté ma place. C'est ainsi que j'effectuai mon premier voyage vers cette ville prodigieuse qu'est Jérusalem. Je vis Bab al-Khalil [1], grouillante d'hommes et d'animaux, et, lorsque nous descendîmes de voiture à Souiqa, je fus sidéré de voir qu'il existait sur terre une telle concentration de boutiques et de gens, et au milieu d'un tel vacarme !

Nous empruntâmes des rues étroites et tortueuses et, à chaque tournant, le spectacle se transformait, les odeurs changeaient, même les bruits étaient différents. Nous débouchâmes enfin sur une ruelle : des deux côtés, des boutiques collées les unes aux autres ouvraient toutes grandes leurs portes, chacune — à ce qu'il me sembla — remplie de chaussures usagées, rangées par paires sur des étagères qui s'élevaient à l'infini ! C'était l'entrée du quartier juif, et l'odeur y était forte : une étrange odeur de moisi, de renfermé. Par certaines portes entrebâillées j'apercevais l'intérieur des maisons, des hommes vêtus de noir qui portaient d'étonnants chapeaux de fourrure, des femmes, des enfants en grand nombre ; des poules

1. La porte de Jaffa, qui a toujours été l'entrée principale de Jérusalem. Son nom arabe signifie « porte d'Hébron ».

couraient librement entre leurs jambes, et l'odeur de leur fiente dominait toutes les autres.

Je suivis ma mère dans une boutique dont le propriétaire était assis près de la porte, derrière une machine à coudre. Il portait un tablier de cuir et, quand ma mère lui demanda de nous montrer ce qu'il avait pour moi, il répondit avec un accent bizarre auquel je ne compris rien. Ma mère, elle, y parvenait, et elle m'expliqua que c'était l'accent des juifs maghrébins. A cette époque, il suffisait de dire de quelqu'un qu'il était « moghrébin » (avec un *o*) pour qu'aussitôt s'impose l'image d'un magicien aux mille secrets et expert en maléfices — cela parce que, dans les contes, le Maghrébin était toujours l'étranger qui cherchait à nuire au héros par toutes sortes de ruses et de sortilèges... Et c'est avec un certain effroi que je regardai cet homme descendre l'une après l'autre les paires de chaussures pour me les faire essayer. Aucune ne plut à ma mère, mais elle finit par demander le prix de l'une des paires : tout juste deux piastres. Elles étaient rapiécées, mais le marchand affirma que mettre des pièces aux chaussures en renforçait la solidité et qu'ainsi je pourrais les porter pendant très longtemps ! Ce à quoi ma mère répondit, à sa manière directe :

— Allons donc, pas de bêtises ! Vous ne voyez pas que c'est un enfant ? Ces souliers raccommodés seront trop petits dans six mois...

Pour ce prix-là, nous ne trouvâmes aucune paire qui ne soit pas rapiécée. Nous nous en remîmes à Dieu — et moi je remis mes pieds à ces chaussures pitoyables. De retour à Bab al-Khalil, nous grimpâmes dans une voiture et, pendant plus d'une heure, nous attendîmes l'arrivée d'autres passagers. Je passai l'heure à tambouriner sur le plancher de la voiture pour m'habituer à mes souliers.

Chez nous, personne ne s'extasia devant mes chaussures « neuves ». Je secouai les pieds pour me déchausser, comme on secouerait ses chaînes. Puis, pieds nus, je m'élançai vers la « mer » — elle n'était pas encore totalement nivelée. Je devinai l'ange du mal sur mon épaule gauche, il s'agitait et se raclait la gorge, et je sentis qu'il allait prononcer des mots que je ne devais pas entendre. L'ange du bien, lui, resta muet tout le temps que j'éclaboussai d'eau mes pieds enfin libres.

Le jour précédant le Noël orthodoxe, de bruyantes festivités eurent lieu place Bab ad-Deir, en l'honneur du patriarche grec-orthodoxe qui arrivait de Jérusalem à la tête d'un grand cortège. Il fut accueilli par un orchestre composé de cuivres, un détachement de la police et de la cavalerie, des haies de scouts, des chœurs, des prêtres aux longs cheveux[1] et des porteurs d'étendards. Des centaines d'enfants, habillés de neuf ou en guenilles, participaient à la gaieté et au chahut. En bordure de la place étaient installés une multitude de vendeurs de *halwa* blanche, de *simsimiya*, de *ghreïba*, de *mamoul*, des gâteaux qui attiraient les enfants de leurs appels mielleux. Mes amis et moi ne nous lassions jamais du spectacle et de l'amusement de ces festivités.

La nuit de Noël, malgré la fatigue de la veillée, nous ne dormîmes que trois ou quatre heures tant était grande notre impatience de voir poindre l'aube.

1. Les prêtres orthodoxes se laissent pousser les cheveux.

Ma mère réveilla chacun d'entre nous, haussa la mèche de la lampe :

— Vous n'entendez pas les cloches de l'ange ?

Car c'était lui qui sonnait, emplissant la nuit du carillon de la Nativité et annonçant les premières heures du matin.

Sans hésiter, Youssef, mon père et moi bondîmes hors de nos couvertures, nous nous habillâmes — ma mère m'obligea à porter deux pardessus l'un sur l'autre —, nous sortîmes dans les ténèbres en soufflant sur nos doigts gourds, et nous hâtâmes vers l'église de la Nativité.

La pluie tombait par intermittence ; la place scintillait sous la lumière des rares réverbères, des reflets frémissaient dans les flaques d'eau, entre les grandes dalles ; les vendeurs de gâteaux étaient encore là et ils se protégeaient de la pluie contre les hautes murailles de pierre, les marchands de grillades agitaient un éventail au-dessus de leur brasero rempli de charbon et ils s'interpellaient les uns les autres, le visage éclairé par le flamboiement rouge, les vendeurs de marrons soufflaient sur les braises, qui les chauffaient en même temps que leur précieuse marchandise. On voyait aussi des vieillards portant des cruches énormes aussi hautes qu'eux, à la base desquelles était fixé un foyer de braises vives, qui scandaient : « *Sahlab* chaud, chaud le *sahlab*[1] ! » La foule, infatigable, se pressait sur la place comme si nul n'avait dormi cette nuit-là.

Derrière sa porte étroite et basse, taillée dans le roc, la vaste église, au plafond finement décoré, demeurait

1. Laitage parfumé et sucré que l'on mange dans des bols avec des gâteaux secs.

sombre, malgré les centaines de lampes à huile multicolores dont les flammes menues dansaient entre les grands piliers de marbre poli, en un scintillement d'étoiles. Devant l'autel illuminé de cierges, des milliers de fidèles et de visiteurs s'agglutinaient ; le chœur psalmodiait des cantiques byzantins, accompagnés par le carillon ininterrompu du clocher de la basilique.

Nous rencontrâmes beaucoup de connaissances, venues, comme nous, à la messe de minuit. Au milieu d'une foule dense d'hommes, de femmes, d'enfants, nous descendîmes l'escalier de marbre aux marches glissantes qui menait à la grotte où naquit le Messie ; elle était noyée dans les vapeurs de l'encens et la fumée des cierges, et réchauffée par l'haleine des fidèles qui avaient assisté à la messe précédente. De sa voix écorchée par les ans, l'éminent prélat lut dans l'Évangile l'histoire de la Nativité, comme s'il le faisait pour la première fois : il évoqua ces bergers qui ne demandaient qu'un peu de chaleur pour eux et leurs moutons, par cette nuit de froidure où la neige recouvrait les pâturages dans les plaines et les collines, lorsqu'un chœur d'anges apparut, illuminant le ciel de l'éclat de leurs auréoles, et les anges annoncèrent aux bergers la naissance du Sauveur, à Bethléem, et ils chantaient : « Gloire à Dieu au plus haut des cieux, paix sur la terre et allégresse en l'homme… »

Au retour, alors que les cantiques s'éloignaient et que faiblissait le son des carillons, le soleil levant domptait les nuages, là-bas sur l'horizon bleuté. Je contemplais ce spectacle, émerveillé, croyant véritablement voir le chœur céleste qui emplissait le monde de sa musique et répandait le message de l'Annonciation.

A la maison, ma mère et ma grand-mère avaient déjà commencé à faire cuire le repas de Noël. De la grosse marmite posée sur le réchaud à pétrole s'échappaient de délicieuses odeurs de viande, de cette viande que ma mère avait achetée avec ce qui restait de l'argent des belles bottines. Les bottines... Dans l'animation de la fête, au milieu des chants, je les avais oubliées.

Chacun, ce matin-là, savoura un repas qui couronnait un jeûne sévère de vingt-cinq jours. Alors que ma mère enlevait la « nappe » étalée sur le sol et la repliait, mon père déclara en se calant dans son coussin :

— Si seulement tu n'avais pas vendu ces bottines, Mariam ! Nous en avons privé le petit, et c'est jour de fête !

— Ce qui est arrivé est arrivé, répondit ma mère. Sois béni, Abou Youssef ; un jour, c'est mille paires que nous lui achèterons !

Pendant des années, à chaque Noël, j'eus une pensée pour ces bottines que je n'avais jamais portées, et puis je finis par les oublier dans les tourbillons joyeux de la fête — ou bien dans les vagues de tristesse que, certaines fois, un Noël dur et impitoyable nous apportait.

9.

NAOUM était l'une des célébrités du quartier. Au regard des enfants comme des adultes. Les petits aimaient ce compagnon farceur et bon joueur, et les grands le trouvaient toujours dans leurs jambes, sur les routes, dans les maisons, en compagnie tant des jeunes filles que des vieilles femmes.

Il était grand et, malgré ses quatorze ans, il gardait un visage d'enfant. Son bras gauche, quasi paralysé, était constamment plié au niveau de la ceinture, la main était comme suspendue au poignet, et les doigts crispés se recourbaient vers la paume ; sa main droite, elle, était un peu plus grande, et valide. Il portait tout au long de l'année le même *qonbaz* [1] à rayures qui lui tombait jusqu'aux chevilles et bénéficiait de temps à autre d'un raccommodage. Sa jambe gauche n'avait ni la force ni la souplesse de la droite : il la traînait en marchant et clopinait malgré lui mais, bizarrement, cela ne l'empêchait pas de se déplacer à toute vitesse. L'un de ses jeux favoris consistait d'ailleurs à nous défier à la course. Et, la plupart du temps, il gagnait.

1. Vêtement palestinien, sorte de longue tunique fermée tout du long par des boutons.

J'avais sept ou huit ans lorsqu'il attira mon attention — ou qu'il commença à nous fréquenter, mes camarades et moi. Il lui arrivait souvent de surgir en pleine classe et de demander à M. Gerios de lui apprendre à lire — ce qui suscitait le rire et le chahut. Le maître lui disait de s'asseoir et l'oubliait aussitôt. Quand Naoum en avait assez, il se levait, déclenchant de nouveau le rire, et il sortait. Comme l'école était proche du marché, il s'y rendait pour aider les femmes à porter chez elles leurs paniers de légumes, en échange d'une demi-piastre ou d'un peu de nourriture. Tout au bout du quartier se trouvait « Haouch Dabdoub », une maison aux multiples pièces, chacune habitée par une famille entière, avec ses grands et ses petits, ses femmes et ses enfants, ses poules et ses lapins. Lorsque Naoum arrivait chez l'une d'entre elles, on le nourrissait, puis il se promenait d'une famille à l'autre, portant un bébé par-ci ou se disputant avec un enfant par-là. Les femmes commençaient par rire, ensuite elles le grondaient :

— Allez, Naoum, file, espèce de coquin ! On doit travailler.

Cela les gênait, en effet, de devoir s'accroupir devant lui sur leurs tabourets bas pour faire la lessive ou la cuisine, car cette position marquait leurs cuisses sous la robe. Mais on ne se débarrassait pas facilement de Naoum. Il ne quittait une pièce que pour entrer dans une autre. Les enfants se pressaient autour de lui, leurs mères les excitaient, et tous se mettaient à crier :

— Allez, danse, Naoum, danse !

Il dansait sous les applaudissements. Et on chantait :

> — *L'ours entra dans la danse*
> *il écrasa toute l'assistance*[1] !

Un jour, il arriva en courant à la maison, me prit par la main et me dit, essoufflé :

— Tu veux voir un ours ? Viens avec moi. Vite, avant qu'il s'en aille !

Je courus avec lui jusqu'au café Abou Chamoun, où un attroupement d'enfants, d'hommes et de femmes bloquait la rue, faisant cercle autour d'un gitan et de son ours. L'homme agitait d'une main un tambourin, de l'autre il tenait un bâton et une corde fixée à un anneau qui perforait le museau de l'animal. Tous deux firent le tour du public, puis le gitan ordonna à l'ours de se lever ! Et celui-ci se dressa sur ses pattes arrière. Ensuite l'homme tendit le bâton, que l'ours attrapa et fit passer derrière sa nuque épaisse en l'appuyant sur ses épaules. Le gitan tapa alors sur son tambourin, et l'ours se mit à se balancer et à danser, sous les rires et les réflexions des spectateurs.

Une impression étrange m'envahit : l'ours ressemblait à Naoum ! Je jetai un regard vers mon camarade, mais il était captivé par l'animal qui se balançait devant lui. Quand le gitan remuait la corde, la tête de l'ours suivait le mouvement, et il continuait sa danse pataude au rythme du tambourin. Brusquement, il retomba à quatre pattes et se mit à tourner au milieu du cercle pendant que son maître, pour recueillir quelques pièces, présentait son tambourin renversé aux rieurs qui se dispersaient déjà.

1. Refrain populaire dans tout le Moyen-Orient.

Naoum ne manquait aucune de ces attractions. Étant l'un des piliers du quartier, il arrivait toujours à savoir, à sa façon naïve, tout ce qui l'intéressait, et il n'y avait pas un garçon ou une fille, pas un homme ni une seule femme dont il ne connaisse le nom, la demeure et la famille. Depuis notre déménagement dans la maison de Haouch Dabdoub, dont le grand portail donnait presque directement sur la rue Ras Iftis, Naoum veillait à ce qu'aucune occasion de spectacle ne m'échappe, qu'il s'agisse d'un ours danseur ou d'un singe comédien. A Bethléem, on voyait plus souvent des singes que des ours, ils étaient plus drôles, ils amusaient davantage les gens — et savaient leur soutirer quelques pièces avares. Le montreur de singes était un artiste d'un genre particulier : entre lui et son singe (ou ses singes) existait une véritable entente. Naoum demandait invariablement au montreur :

— Dis au singe de nous faire « Comment dort »...

Alors l'homme, d'un geste théâtral, lui signifiait de se taire, et il susurrait :

— Et maintenant, honorable singe, montre à ce public généreux comment dort la vieille femme...

Le singe se couchait sur le côté, penchait sa tête vers la poitrine, remontait les genoux sur son ventre, et il faisait « un petit somme ». L'assistance éclatait de rire, et le montreur déambulait cérémonieusement au milieu des spectacteurs en agitant une fine baguette, puis il susurrait de nouveau :

— Et maintenant, honorable singe, montre à ton public généreux comment dort la jeune fille...

Le singe se mettait sur le dos cette fois, il remuait doucement la tête de droite à gauche et il écartait bien ses pattes tendues... Les rires fusaient, et Naoum riait plus fort que tout le monde. Je ne comprenais pas vraiment pourquoi on riait.

Il ne se passait pas de saison sans que quelque troupe s'arrête dans notre ville, de grands cercles se formaient autour de l'attraction, qui pouvait durer une heure ou deux, surtout s'il s'agissait de tours de magie. « Voyez mes mains, elles sont vides... *Boch*[1] », disait le magicien, et soudain il en sortait des œufs, des balles multicolores, des lapins. Il s'enfonçait un foulard dans la bouche et, quelques secondes après, un bout de ficelle dépassait de ses lèvres, son compagnon l'attrapait, se mettait à tirer dessus et de la bouche du magicien il extirpait alors des foulards, des drapeaux, des morceaux de fer, des lames rouillées. Et la ficelle s'étirait, s'étirait, amenant avec elle une chose après l'autre, et cela n'en finissait pas. Ensuite, il avalait des sabres ou crachait des flammes. C'est à cette époque-là que j'entendis parler autour de moi de Salim al-Achi, un ami de Mourad, mon frère aîné ; ce Salim louait et réparait des bicyclettes dans une petite échoppe de la place Bab ad-Deir. Les tours étonnants qu'il exécutait lors des soirées données en l'honneur des notables lui avaient valu le surnom de Salim le magicien. Je le revois encore, un jeune homme petit, au visage émacié, qui ne souriait jamais mais dont les yeux étonnamment grands rayonnaient[2].

Pourtant, ce qui m'ensorcela le plus, ce fut une troupe de gitans — trois danseuses, avec deux musi-

1. Mot d'origine turque, qui signifie « rien du tout ».

2. Ce jeune autodidacte devint une légende vivante pour ses prouesses en matière d'hypnotisme et son habileté à évoquer les esprits par l'entremise de sa sœur. Après son départ pour Jérusalem, ensuite Beyrouth, il se fit appeler Dahich Bey, puis Docteur Dahich. Il créa une méthode connue sous le nom de « Dahichiya » (N.d.A.).

ciens — qui se produisit devant le café Abou Chamoun. Il m'était déjà arrivé de voir, lors des mariages, des gens danser, de les entendre chanter, mais ces gitanes, dans leurs amples robes aux couleurs voyantes, se mouvaient avec une liberté, une souplesse et une coquetterie que je n'avais encore jamais rencontrées. Le joueur de *tounbour*[1] arrachait à son instrument des mélodies roucoulantes et la gaieté gagnait la rue entière. Évidemment, Naoum était le premier à arriver à la « fête » et le dernier à en partir. Lorsque les spectateurs lançaient vers les gitans des pièces de monnaie, Naoum en ramassait quelques-unes, preste malgré son infirmité, pour les rejeter aux pieds des danseuses comme s'il était lui-même le généreux donateur ; les gitanes, alors, renversaient le buste, balayant le sol de leur chevelure épaisse, leurs épaules se mettaient à vibrer, et elles exhibaient une poitrine opulente, sans interrompre un seul instant le claquement de leurs castagnettes ni le chant de leurs voix aiguës. Abou Chamoun, lui, vêtu de son éternel costume ottoman, allait et venait dans l'assistance, proposant café, limonade ou boissons gazeuses.

Un événement fit grand bruit à Bethléem, et on en parla pendant toute une saison : un cirque planta un jour son chapiteau sur la place du marché municipal. Youssef m'y emmena plusieurs fois, en compagnie de Naoum, Abdou, Georges, Soulaïman, et d'autres encore, et nous suivions, dans le remue-ménage le plus total, la construction d'échafaudages de toutes sortes et le serrage des cordes entre les mâts du chapiteau. Quelques jours après, nous assistâmes à la

1. Instrument à six cordes.

première représentation. Une partie du spectacle me laissa pantois : un homme et une femme marchèrent sur une corde tendue bien haut à travers la place, et se livrèrent à de telles acrobaties que j'en étais mort d'inquiétude, comme si j'allais moi-même tomber dans un abîme sans fond, mais heureusement rien n'arriva. Youssef me fit remarquer :

— Regarde l'homme ! Il a fixé à ses pieds un morceau de savon de Naplouse, et pourtant il ne glisse pas ! il ne tombe pas !

La jeune fille suivait son partenaire sur la corde, elle glissait, légère et souriante — j'aperçus l'éclat d'une dent en or —, et on pouvait entendre de mâles soupirs d'admiration s'élever jusqu'à la place Bab ad-Deir !

Naoum affirma que, si on le laissait faire, il marcherait sur la corde aussi bien que le meilleur des funambules ! Et on lui rétorqua :

— C'est ça, tu as raison, Naoum. Maintenant, laisse-nous regarder !

Peu de temps après, il vint me chercher pour aller voir un charmeur de serpents à la longue barbe. Un cercle de spectateurs se refermait déjà autour de lui ; il venait de déposer une besace et il commença à souffler dans sa flûte. Un gros serpent passa la tête hors du sac, se haussa et se mit à se balancer en mesure, puis apparurent à son côté les têtes d'autres serpents. Naoum me serrait le bras de peur et d'émerveillement, mais je n'étais moi-même pas moins effrayé et fasciné que lui.

Toutes ces curiosités qui faisaient frissonner la rue le temps d'une heure ou deux étaient plutôt rares. Naoum le savait. S'il vivait dans l'attente d'un spectacle inespéré qui animerait la rue, il appréciait pourtant la chaleureuse tranquillité de notre quartier et ne redoutait que les jours de pluie et de froidure. Ses coins préférés étaient les seuils des riches demeures, côté rue. Les portes ne s'ouvraient pas souvent, et le seuil était fait de grandes pierres polies par le temps, parfois surélevées et aussi hautes qu'un banc. Il s'asseyait là, blotti dans l'encoignure, frottait ses pieds nus l'un contre l'autre tout en scrutant les passants, en attendant la sortie des classes. Il avait toujours sur lui quelque chose : des bonbons acidulés, une poignée de graines de pastèque, des pois chiches grillés, ou encore des mégots — des cigarettes Dradim — qu'il ramassait dans les rues et conservait dans une boîte usagée pour les offrir à l'une de ces vieilles ou moins vieilles femmes qui s'occupaient parfois de lui. Il possédait aussi des boîtes de fer-blanc aux tailles et aux formes les plus variées, qu'il se procurait dans les décharges. Justement, près de l'école des Frères, il y avait un dépotoir où il se rendait de temps à autre, comme s'il partait pour une chasse au trésor ; il en revenait encombré de détritus, boîtes et autres bouteilles qu'il distribuait avec prodigalité à ses amis, en échange d'une participation à leurs jeux.

Par un jour de canicule, peu avant midi, je le trouvai tapi à l'ombre d'un grand portail, et il s'élança vers moi de sa démarche clopinante :

— Je n'en pouvais plus de t'attendre ! Tu ne sors jamais de chez toi ?

— J'étais à l'école ce matin, mais je n'ai pas classe cet après-midi.

— Et où vas-tu ?

— Chez Georges. Nous allons dans les jardins.

— Et les moutons ? Où sont-ils ?

— Mon père les a vendus la semaine dernière. Maintenant, il cherche à avoir deux agneaux.

Me prenant par la main, Naoum s'écria :

— Je t'accompagne chez Georges, et on l'emmène avec nous au dépotoir.

— Il fait chaud... Et puis j'ai mal aux yeux.

— J'ai trouvé un nouveau dépotoir. Pas celui des frères, un autre. Il est formidable, tu sais ! Tout près de la coupole. Il est plein à craquer de trucs superbes ! Allons-y !

Nous courûmes jusqu'à la maison de Georges. Il était assis par terre, un livre à la main. En face de lui, son père l'encourageait à lire ; une *keffieh* sans *agal*[1] couvrait sa tête et sa nuque, et une grande pipe pendait sous sa moustache épaisse, lâchant des ronds de fumée. Dès que Georges nous aperçut dans la cour, par la porte entrebâillée, il lâcha son livre et courut nous rejoindre.

Tout au bout de la cour se trouvait un fossé ; nous y descendîmes et de là sautâmes sur la grand-route, nous hâtant vers la coupole. La coupole était l'un des lieux marquants de Bethléem ; pour moi, elle représentait la frontière entre le connu et l'inconnu. Tant que j'étais en deçà, je me sentais en sécurité, dans les limites d'une ville que je connaissais comme elle me connaissait ; mais, au-delà, où s'étend la route de Jérusalem, je m'aventurais dans un monde mystérieux et obscur. Une inscription sur un rocher, « Limites de la ville de Bethléem », ne pouvait que confirmer cette

1. L'*agal* est la cordelette qui sert à nouer la *keffieh*.

impression d'une véritable ligne de démarcation entre le familier et l'étranger.

La coupole était un petit édifice carré effectivement surmonté d'une coupole ; sur son mur le plus bas, qui faisait face à la route, deux petites fenêtres, toujours ouvertes car sans vantaux. Le nom entier de l'édifice était la coupole de Rachel. Mon frère m'avait raconté que Rachel, la mère de Joseph le pieux, était en voyage avec son mari, Jacob, lorsqu'elle mourut sur cette route et fut enterrée là. Elle laissait un fils de deux jours, que l'on nomma pour cela Benjamin [1].

On voyait parfois des hommes étranges, vêtus de longs manteaux noirs et de chapeaux, noirs aussi ou bien de fourrure, au visage sévère encadré de fines papillotes et d'une longue barbe. On les appelait « hakhamat ». Ils arrivaient en voiture, pénétraient à l'intérieur de la coupole et, aussitôt, de drôles de lamentations s'élevaient. S'il nous prenait l'envie de nous approcher des fenêtres, nous avions tôt fait de nous en éloigner, gagnés par une vague crainte. Nos mères ne nous recommandaient-elles pas de nous méfier de ces juifs dont elles disaient que, pour leurs fêtes, ils volaient les enfants et les égorgeaient afin de pétrir la pâte de leurs galettes avec du sang ? Nous étions donc fort étonnés de constater que, bien que nous les croisions très souvent, aucun d'entre eux n'essayait de nous attraper. Évidemment, nous ne leur en donnions jamais l'occasion en restant précautionneusement hors de leur portée...

1. Les Arabes considèrent le nom de Benjamin comme la déformation de *ben Youmaïn*, fils de deux jours.

Il faisait, ce jour-là, une chaleur torride. Je souffrais d'une conjonctivite depuis deux ou trois jours, et les yeux me piquaient douloureusement. Il me sembla que, cette fois, la route vers la coupole était bien longue, que l'éblouissement y était plus intense, la blancheur de la poussière plus aveuglante. J'étais trempé de sueur, je la sentais dégouliner sur mes tempes, mon cou, le long de mon dos, entre mes jambes. Naoum nous décrivait les trésors de ce dépotoir qu'il venait à peine de découvrir. Juste avant d'arriver à la coupole, nous devions passer devant une vieille masure dont la façade disparaissait sous une vigne alourdie de grappes de raisins verts. Soudain Naoum cria :

— L'ourse ! Attention ! L'ourse est sortie...

En effet, une grosse femme difforme venait de s'asseoir sous la vigne et il semble bien qu'elle craignait pour ses raisins. Nul ne pouvait s'approcher sans aussitôt recevoir un flot d'injures. Pourtant, nous ne pouvions faire autrement que passer devant sa vigne pour quitter la route et arriver aux trésors de Naoum. Celui-ci interpella la femme :

— Comment va, l'ourse ?

Il lui jeta un caillou, puis il fila en claudiquant, Georges et moi sur ses talons. La femme se lança à nos trousses et nous bombarda d'une pluie de pierres en hurlant d'une voix éraillée :

— Espèces de voyous ! Fils de chiens !

Tout en courant, j'imaginais que c'étaient ses grosses lèvres qui nous poursuivaient et, sous leurs effrayantes moustaches, poussaient ce ululement continu et dément.

Arrivés au dépotoir, nous étions hors d'haleine ;

moi, les cuisses me brûlaient sous l'effet de la transpiration et de la chaleur t mes yeux enflammés larmoyaient. J'évitais soigneusement à mes pieds nus les éclats de verre et les morceaux de ferraille aussi aiguisés que des couteaux, et nous commençâmes à fouiller les immondices à la recherche de quelque chose à rapporter. L'odeur était infecte, nous soulevions des nuées de mouches qui se collaient à nous. Un peu plus loin, des oliviers semblaient dormir sous le soleil ardent ; ils nous parurent luisants de propreté malgré la poussière qui les couvrait. Mes camarades sautaient d'un tas à l'autre, et par moments on entendait un cri :

— Hé ! Regardez !

Je me lassai vite, ne dénichant rien qui me plaise, j'abandonnai la ferraille, les chiffons, les bouts d'os, pour l'un des oliviers d'en face, et je m'étendis sur la terre rouge, à l'ombre. Qu'il y faisait frais ! J'aurais bien voulu m'endormir là mais Naoum et Georges ne cessaient de s'exclamer, et les brûlures aux yeux et entre mes jambes empiraient, m'interdisant le moindre repos.

Nous repartîmes au coucher du soleil, et ce retour fut pour moi un calvaire. Georges nous quitta devant chez lui — il rapportait plusieurs talons de chaussures et un miroir cassé —, je laissai Naoum près d'un grand portail où il passait parfois la nuit — lui avait fourré sous ses vêtements toutes sortes de déchets — et c'est à bout de forces que j'atteignis la maison.

— Où es-tu allé, mon chéri ? s'écria ma mère. Tu as les yeux tout enflammés. Qu'est-ce que c'est que cette rougeur bizarre ? Viens que je te les nettoie.

Elle se tourna vers ma grand-mère.

— Apporte-moi ses gouttes, mère.

Elle me nettoya les yeux puis s'assit par terre, m'allongea devant elle, posa ma tête contre sa poitrine et me mit des gouttes.

Je lui parlai de ma douleur cuisante aux fesses. Elle baissa mon pantalon, ma culotte et, après un bref regard, s'exclama :

— C'est tout rouge ! Où étais-tu donc tout l'après-midi pour te mettre dans cet état ?

Elle apporta une écope d'eau froide, me la versa petit à petit entre les cuisses, recommença avec une autre écope, puis me lança un morceau de toile :

— Allez, sèche-toi... On dirait un singe, à courir les rues les fesses rouges... Regarde un peu tes jambes et tes pieds ! On jurerait que tu passes ton temps dans les dépotoirs ! Lève-toi et va te laver, comme un être humain que tu es.

De ma vie je ne souffris autant que cette nuit-là. Tout le monde dormait, et moi je me retournais sur ma couche, à côté de mon père. Il s'en rendit compte et me chuchota dans l'obscurité :

— Qu'y a-t-il ? Pourquoi ne dors-tu pas ?

— J'ai très mal aux yeux, papa. Mes yeux... mes yeux...

Et je me mis à pleurer. Ce qui réveilla ma mère.

— Chut, mon chéri. Je vais te remettre des gouttes et ça ira mieux. Un instant !

Elle se leva, haussa légèrement la mèche de la lampe et je fus aveuglé par cette lueur. Elle me mit contre elle, fit tomber quelques gouttes dans mes yeux. Ensuite elle alla baisser la mèche. A cette époque, elle allaitait encore mon frère Issa et, lorsqu'elle vit que je ne pouvais pas dormir, elle me prit à côté d'elle, sortit son sein et pressa un peu de son lait dans mes yeux. Cela me donna une légère sensation de fraîcheur, de repos.

A peine m'étais-je assoupi contre sa poitrine que je fus de nouveau réveillé par des brûlures terribles, aux yeux mais aussi aux fesses, et je ne pus retenir mes plaintes. Alors des conciliabules s'élevèrent dans les ténèbres ; mon père proposait d'attendre le matin, ma mère rétorquait : « Mais le petit est malade », et ma grand-mère : « Il faut trouver un autre remède que ces stupides gouttes. »

Et, à l'unanimité, ils prirent leur décision.

— Peux-tu faire pipi ? me demanda ma mère.

— Je vais essayer.

Elle me tendit un récipient :

— Fais là-dedans.

Je m'exécutai. Elle prit le compte-gouttes, le remplit d'urine et m'en inonda les yeux. Ensuite, après m'avoir essuyé, elle me recoucha près d'elle — de l'autre côté il y avait mon petit frère — et se mit à me tapoter doucement la poitrine, à me chantonner des berceuses, comme si j'étais un bébé moi aussi. Et je m'endormis.

Le lendemain matin, j'étais seul quand je me réveillai sur le matelas posé à terre. Par la porte ouverte, je pouvais apercevoir la cour baignée de lumière et, au loin, les montagnes bleutées, qui resplendissaient. Prudemment, je tâtai mes yeux : la douleur s'était dissipée, comme par enchantement. De chez les voisins me parvinrent des éclats de voix : des femmes s'esclaffaient, battaient des mains. Elles chantaient : « *L'ours entra dans la danse, il écrasa toute l'assistance.* » Je bondis de mon lit, passai mon pantalon et filai les rejoindre pour applaudir Naoum.

Il dansait. Le produit de sa chasse au trésor formait des bosses sous ses vêtements. Il respirait la vitalité, malgré sa crasse et son air de niaiserie. Tout à coup il se figea, puis courut vers la route. Notre voisine, Oum Choukri, commenta :

— Pardi ! Il a entendu les chants des gitans et il y court. Il ne lui manque que de se marier avec une bohémienne comme lui !

En entendant cela, je m'élançai pour le suivre. Mais ma mère me vit et, avant que j'aie même atteint le portail, elle m'ordonna de rentrer immédiatement... et sur un ton si sévère que je compris sans nul doute possible qu'elle ne plaisantait pas. Je rentrai donc.

10.

En 1927, un séisme terrorisa la population : il secoua toute la Palestine mais particulièrement Naplouse, où son intensité détruisit maintes habitations et fit de nombreuses victimes.

Il n'épargna pas Bethléem : beaucoup de maisons s'effondrèrent, les plus vieilles surtout, et les plus délabrées, des bâtiments se fissurèrent, la terre se fendit un peu partout ; la peur s'installa dans les cœurs, et les habitants s'abîmèrent en prières matin et soir, demandant à Dieu le pardon de leurs péchés et l'apaisement de sa colère.

Sur ces entrefaites, le patriarche Ilias III arriva à Bethléem, inquiet pour sa communauté ; il venait de son siège de Mardin, en Turquie — lequel siège fut par la suite transféré à Homs, en Syrie. Sa venue fut pour nous quelque chose comme la visite d'un envoyé du ciel ; son visage rond et barbu rayonnait d'infinie bonté. Il vint même visiter notre école, paré de la majesté et de la dignité de ses habits sacerdotaux noir et vermeil, la tête couverte d'une calotte noire qui luisait, la poitrine ornée d'une riche chaîne où pendait un grand crucifix incrusté de pierres précieuses rouges et bleues. Il nous parla — à nous les petits, bouche bée — de la nature unique du Christ, réfutant les allégations de « ces hérétiques qui ont dénaturé les paroles des premiers Pères au point d'attribuer au Messie deux natures ». Je crois bien qu'à ces instants-là, en écoutant sa belle voix de velours, j'arrivais à saisir des choses très graves, malgré leur complexité pour mon intelligence d'enfant.

Quand on annonça que le patriarche célébrerait en personne la messe le lendemain matin — qui se trouvait être un dimanche — et qu'il prononcerait une « homélie apostolique », chacun attendit avec impatience le moment de l'écouter.

Mon père nous réveilla avant l'aube, mon frère et moi nous devions servir cette messe si attendue. A jeun, comme de coutume, nous arrivâmes tous trois à l'église avant le lever du soleil. Les cierges n'étaient pas encore allumés et nous aidâmes le sacristain ; peu après arrivèrent le prêtre, les diacres, les choristes, puis l'église se remplit petit à petit. Enfin le patriarche entra, prêtres et évêques s'empressaient autour de lui. Il prit place sur un fauteuil — qui ressemblait davantage à un trône sculpté et doré et qu'on avait apporté à son intention le matin même — devant le grand rideau qui sépare l'autel du reste de l'église et qui est entièrement peint : on y voit le Messie sur la croix entouré d'anges portant des coupes pour y recueillir le sang qui coule de ses paumes clouées, et le soldat romain sur son cheval, qui perce de sa lance le flanc du Christ, provoquant un flot de sang. Alors les chœurs entonnèrent les cantiques, et les chantres — dont Youssef et moi — lurent les pages des grands manuscrits posés sur des lutrins, de chaque côté de l'autel.

Après plus de deux heures de cantiques, de psaumes et d'oraisons, le rituel pouvait commencer. Nous nous glissâmes derrière l'autel pour revêtir l'aube des enfants de chœur, le patriarche passa un surplis de brocart chamarré, éblouissant, et les prêtres des aubes aux couleurs chatoyantes. Le rideau fut tiré : nous apparûmes, nous les servants de la messe, debout de chaque côté de l'autel, et le prélat entama le cérémonial, assisté par les prêtres, les choristes, les thuriféraires.

L'église était bondée et les fidèles, recueillis, tenaient des cierges allumés qui enfumaient l'atmosphère. J'étais debout, immobile depuis près de quatre heures, quand arriva le moment de l'homélie. J'éprouvais une fatigue inhabituelle, j'avais des crampes d'estomac, mais je décidai d'ignorer ma douleur et de ne penser qu'au sermon, dont je ne voulais pas perdre un mot. Le patriarche s'approcha d'un lutrin placé au centre, qui soutenait un énorme manuscrit de l'Évangile à couverture d'argent, où étaient gravées des scènes de la vie du Christ.

Pour une raison que j'ignore, c'est à moi et à deux de mes camarades qu'on demanda de se tenir, cierge en main, devant l'estrade. Le patriarche leva haut sa crosse surmontée du serpent de Moïse (qui redonne vie à quiconque le regarde) ; de sa main droite il brandit un grand crucifix au socle orné d'une somptueuse traîne, dessina dans l'espace le signe de la croix, et sa voix puissante résonna : « Au nom du Père, du Fils et du Saint-Esprit » — c'est alors que, me tordant de douleur, je poussai un long gémissement et, bien malgré moi, m'effondrai et perdis connaissance.

Les fidèles avaient les yeux braqués sur l'éminent prédicateur, qu'ils regardaient comme ils l'auraient fait pour un saint venu d'un autre âge, et ma chute soudaine devant le patriarche dut provoquer une certaine confusion. Plusieurs hommes se précipitèrent ; l'un d'eux, devançant mon père, me souleva, et on m'emporta à l'air libre.

J'ouvris les yeux dans les bras d'un homme que je ne connaissais pas, au milieu de gens bruyants, on me portait, on montait un escalier, et je ne comprenais pas ce qui arrivait. Je vis seulement qu'on m'emmenait au club de la paroisse où l'on m'allongea sur un canapé. Ayant repris quelque peu mes esprits, je m'assis et, avant d'avoir pu prononcer un mot, je sentis mon estomac se contracter et je rejetai le peu qu'il contenait... Quelqu'un me demanda pendant qu'on nettoyait le carrelage :

— Qu'as-tu mangé aujourd'hui, petit ?

— Rien du tout, absolument rien, balbutiai-je.

Mais, brusquement, je me souvins que, la veille, pris de faim, j'avais croqué des concombres verts et jaunes avec leur peau, et que je m'étais couché sans rien manger d'autre. Le résultat, on venait de le voir.

Je me sentais terriblement fatigué et je me tus. Assis à mon côté, mon père s'excusait du dérangement causé par son fils.

Rassurés, les hommes retournèrent à l'église afin d'écouter la fin du sermon. Malgré mes protestations, mon père me prit dans ses bras pour descendre l'escalier ; la porte de l'église était ouverte, et la voix forte du patriarche nous parvenait, envoûtante.

Tenté un instant, mon père s'arrêta ; la voix nous apportait des mots étranges, que j'écoutai blotti contre sa poitrine : « ... et comme l'a dit saint Éphraïm dans son message aux ermites d'Édesse : Attachez-vous à la foi et à la prière, soyez comme le Messie dans le désert, ne craignez ni la faim ni les bêtes féroces, alors la boue du péché ne pourra vous souiller car vous vous serez affranchis du joug des choses de ce monde et de la tyrannie de la possession... »

Puis mon père se hâta vers la route, et je lui demandai :

— Qu'est-ce que ça veut dire, la tyrannie de la possession ?

— Je te jure que je n'ai pas compris un mot ! Tout ce que je sais, c'est que tu m'as fait très peur et que tu m'as privé d'un sermon exceptionnel...

Et pourtant, le matin même, ma mère, plongée dans la préparation du repas, nous avait dit :

— Pourquoi ne mangez-vous rien avant d'aller à la messe ?

Ce à quoi mon père avait répondu :

— Dieu nous en garde ! Tu veux qu'on fasse comme les catholiques ? Ils prennent un bon déjeuner et puis, à neuf heures, quand le soleil est déjà bien haut, ils s'en vont à l'église comme s'ils allaient à la promenade... Tu ne sais donc pas que Dieu — qu'Il soit loué — n'accepte de prière que de ceux qui ont faim ou sont à jeun ?

Ma mère avait approuvé :

— C'est vrai, Ibrahim, tu as raison.

Encore une fois nous déménageâmes. J'ignorais ce qui poussait mon père à décider, de temps à autre, ces déménagements impromptus. Par la suite, je compris que la raison principale était le montant du loyer — à savoir s'il était moins élevé que le précédent —, et peut-être les dimensions de la maison étaient-elles une incitation supplémentaire. Nous avions quitté la *khchachi* pour Haouch Dabdoub et, peu après, nous allions à la maison Fathou — du nom du locataire, Fathallah ; il occupait l'étage et nous sous-louait le rez-de-chaussée ; on y accédait en descendant un escalier qui suivait la pente naturelle du terrain et aboutissait à un grand jardin, la porte de la maison se trouvant en bordure de ce jardin. Le déménagement dura deux jours, épuisants. Nous transportâmes les matelas et toutes nos affaires sur le dos ou en ballots sur la tête, avec l'aide de quelques amis et voisins. La nouvelle maison consistait en une pièce assez grande, qu'une cloison de bois séparait de la bergerie et du poulailler. Celui-ci était en réalité un trou dans le mur extérieur, au niveau de l'une des marches de l'escalier, les poules y avaient donc accès en toute liberté. Mais pour rentrer les moutons, nous devions leur faire traverser notre maison, puis refermer sur eux une porte dans la cloison. Cette cloison était un véritable nid à punaises ; elles y grouillaient de façon si prodigieuse que, malgré toutes nos tentatives, nous ne réussîmes jamais à nous en débarrasser ; par les nuits chaudes, elles envahissaient la literie et nous suçaient le sang avec une obstination hargneuse.

Cette maison avait pourtant ses avantages : son plafond voûté était construit en dur et la présence d'un étage nous évitait les problèmes d'infiltration et de bruit, les jours de pluie. Dans un coin du plafond, une trappe carrée nous reliait directement à la pièce du haut, et c'était par là que nous communiquions avec la famille Fathou, en particulier lorsque Soulaïman, le benjamin des enfants de Fathallah, devint l'un de mes meilleurs amis.

De notre maison nous pouvions embrasser du regard toute la région : Tariq al-Jadida, la vallée que cette route longe, les collines qui la surplombent ; un large panorama s'offrait, limité au nord par les hauteurs que coiffent Ramat Rahil [1] et le couvent Mar Ilias [2] avec sa coupole caractéristique — derrière ces collines se cachait Jérusalem —, et, à l'est, par les montagnes bleues où naissait le soleil.

Cet espace infini ouvert sur le monde me procurait une jouissance toujours renouvelée : chaque matin nous assistions au lever du soleil dans ses couleurs tumultueuses ; chaque soir, assis sur l'escalier de pierre, nous regardions vers le nord une illumination qui venait de derrière les collines et s'étendait sur tout l'horizon. J'interrogeai Youssef à propos de cette étrange lueur, et il n'hésita pas :

— Ce sont les lumières de Jérusalem. Dieu a voulu pour elle qu'elle s'illumine au milieu des ténèbres qui règnent sur l'univers...

Au bout de la cour qui menait à la maison se dressaient deux grands amandiers dont nous nous partagions les fruits encore verts avec nos voisins. Mais ces arbres étaient autrement importants pour moi : je pouvais les escalader et là-haut, dans ce vaste espace, je me sentais comme sur le toit du monde.

1. La coupole de Rachel.
2. Le couvent Saint-Élie.

Mon imagination m'entraînait alors vers ces étendues reculées qui supportaient le ciel, et je rêvais de les atteindre, de grimper vers ces lointains, de pratiquer une ouverture dans un morceau de ciel et de pouvoir ainsi pénétrer là où je verrais Dieu et les anges...

Il existait cependant un petit désagrément dont Youssef et moi devions nous arranger lorsqu'il nous arrivait de tarder et que nous rentrions après la nuit. A l'orée du chemin qui descendait de la route principale à la cour de la maison, il nous fallait passer devant un énorme figuier dont le tronc et les branches s'enchevêtraient. Or on disait que, sous ce figuier ou parmi ses branches, habitait depuis longtemps un mauvais génie. Son histoire ? On racontait qu'une nuit, sous cet arbre, un homme avait été assassiné à coups de couteau. Son sang s'était répandu sur le sol et la terre s'en était abreuvée. Quelques jours avaient passé avant qu'on ne découvre le cadavre et ne le rende à sa famille. On ne sut jamais qui avait tué cet homme, et personne ne le vengea. Du sang ainsi versé, un mauvais génie naquit ; il veille la nuit, guettant celui qui passera sous l'arbre ou simplement le longera, pour s'en saisir et demander vengeance — s'il ne l'étrangle pas dans un accès de colère... Chaque fois que, de nuit, nous approchions du figuier, tremblants de peur à l'idée de le voir surgir, nous filions comme des flèches en nous signant plusieurs fois de suite, car les mauvais génies sont comme les démons : ils redoutent le signe de la croix, qui les pétrifie et les rend inoffensifs...

Tout près de chez nous vivait Georges, mais aussi Khalil Zamiriyeh, le propriétaire de la plupart des vergers alentour, plantés de grenadiers, de mûriers et de figuiers. L'oncle Khalil était fabricant de croix et de chapelets de nacre, et il travaillait à domicile, secondé par sa femme. Il écoulait sa marchandise auprès des marchands de souvenirs de la place de la Nativité. Georges, Soulaïman et moi étions souvent conviés à venir l'aider dans son atelier : assis par terre, nous percions les grains des chapelets, ou encore nous frottions l'envers des petites croix avec une sorte de cire bleue pour y faire apparaître les mots « Bethléem » ou « Jérusalem » (en lettres latines) qu'il savait graver dans la nacre avec une rapidité étonnante. En échange, il nous permettait de jouer dans ses vergers, même quand les arbres portaient des fruits. Mais, si nous amenions quelques amis avec nous ou si nous malmenions trop ses arbres, il avait vite fait d'accourir en hurlant, un fouet à la main : nous détalions aussitôt, et lui nous pourchassait en nous lançant force injures et en faisant claquer son fouet... Pourtant, quelques jours après, il nous pardonnait, oubliait tout et nous invitait de nouveau à venir l'aider.

Le grand verger contigu à notre porte était en contrebas de la maison. En le traversant on pouvait raccourcir la distance jusqu'à Tariq al-Jadida, que nous empruntions pour nous rendre à Wadi-l-Jamal et aux oliveraies ; nous trouvions toujours quelque chose à y faire : cueillir des fleurs ou des plantes sauvages, chasser les criquets et les cigales, les escargots, les lézards. Nous avions donc pris l'habitude de sauter dans le verger sans même nous donner la peine de disposer en un semblant d'escalier quatre ou cinq pierres, ce qui nous aurait facilité la tâche. Nous étions toujours pressés d'aller jouer et nous faisions tout pieds nus — sauter, courir ou grimper. Même le football se jouait pieds nus.

Ce matin-là, comme je bondissais dans le verger pour rejoindre mes camarades, j'atterris en plein sur un tesson de bouteille — on aurait dit qu'il n'attendait que moi. Ce misérable bout de verre ouvrit en deux mon pied droit. Je roulai à terre, dans la poussière et les cailloux, dégageai mon pied qui dégouttait de sang, puis escaladai le mur comme je pus et rentrai en gémissant. Ma mère s'occupa immédiatement des soins, sans me faire grâce pour autant de ses éternelles récriminations au sujet de mes diableries et de mon agitation permanente. Les soins consistèrent à nettoyer la plaie — qui était profonde — puis à la panser de la façon habituelle : avec des toiles d'araignées — ce qui ne manquait pas près de chez nous, merci mon Dieu. Je dus rester cloué sur une natte trois jours et, sans mon petit frère Issa et Fella, notre douce chatte, ç'aurait été un enfer. Au bout de ces trois jours, je pris un vieux chiffon, l'enroulai autour de mon pied ; malgré la douleur, malgré les mises en garde de ma mère comme de ma grand-mère, je recommençai à courir et à sauter avec mes camarades, et retournai à l'école.

En passant devant le figuier hanté, je songeai tout à coup que le génie pouvait bien avoir un lien avec ce qui m'était arrivé. Alors, puisque ce damné avait versé mon sang, il n'aurait plus aucun droit sur moi ! J'en parlai à Youssef, qui partit d'un grand rire :

— Quel rapport entre toi et le génie ? Tu es innocent. Le génie guette l'assassin, le vrai !

— Mais... pourquoi tu as peur du génie quand tu reviens la nuit ?

Youssef hocha la tête :

— Je n'en sais trop rien... Nous ne devons plus avoir peur. Ni toi ni moi. A partir de ce soir, nous n'aurons plus peur. D'accord ?

— D'accord ! Nous n'aurons plus peur !

Georges et moi étions ce jour-là chez Khalil Zamiriyeh, l'aidant à composer des rosaires, lorsque le père de mon ami vint lui apprendre qu'un groupe de garçons un peu plus âgés que nous s'apprêtaient à se rendre à Jérusalem en compagnie de notre instituteur, M. Gerios : monseigneur Mikhaïl allait les ordonner diacres au couvent Mar Marcos, le lendemain matin. Le père de Georges proposa à son fils :

— Pourquoi n'irais-tu pas avec eux ? Tu pourrais passer la nuit chez ta tante, à Jérusalem, et tu reviendrais demain, après la prière.

Georges se tourna vers moi :

— Qu'est-ce que tu en penses ? Tu veux venir avec moi ?

— Je dois d'abord demander à ma mère.

Et je courus la prévenir que j'allais à Jérusalem pour assister à l'ordination au couvent, et que je dormirais avec Georges chez sa tante. Hélas, ma mère refusa de se prêter à cette lubie soudaine.

— Comment vas-tu aller à Jérusalem ?

— A pied.

— Et le retour ?

— A pied.

— Non ! Tu n'iras pas.

Mais elle ne refusa pas sur ce ton tranchant qu'elle employait d'ordinaire pour être obéie et retourna à ses occupations sans réitérer son refus. Georges arriva peu après ; il portait des chaussures, je mis donc les miennes. Comme presque tous les samedis, ma mère avait fait griller des graines de pastèque, j'en remplis une des poches de ma veste. Nous savions que, pour aller vers Jérusalem, les garçons passeraient par la route en contrebas.

Postés sous les amandiers, nous n'attendîmes pas longtemps. La haute stature de l'instituteur nous apparut, quatre garçons l'accompagnaient, et tous marchaient d'un pas rapide. Je criai à l'intention de ma mère :

— Maman ! Je vais à Jérusalem avec eux !

Georges et moi sautâmes dans le verger, et nous rejoignîmes le groupe sur la route. Je me sentais terriblement excité à l'idée d'aller à Jérusalem avec mes camarades — je n'y étais allé qu'une fois, le jour de ces abominables bottines dont je voulais effacer jusqu'au souvenir.

Quel merveilleux après-midi que celui-là ! Enfin je dépassai la coupole de Rachel, et j'atteignis le grand caroubier, à gauche. Tel un immense dôme vert, ce caroubier surgissait de la terre, seul de son espèce au milieu des oliviers poussiéreux ; c'était cet arbre qui nous offrait la fraîcheur et l'ombre de ses branches touffues lorsque, par les brûlantes journées d'été, nous nous étions éloignés en quête de raisin à cueillir. C'était aussi notre étape favorite sur le chemin du couvent Mar Ilias, ou quand nous en revenions — jusqu'alors, le couvent était resté le point le plus avancé que j'aie atteint à pied vers Jérusalem.

Nous laissâmes derrière nous le beau caroubier, le vieux portail du couvent et son puits abandonné, en direction d'al-Baqaâ at-Tahta, et de là à at-Touri. Aux environs du bassin du Sultan[1], les remparts de la vieille ville et le minaret du prophète David[2] s'offrirent à nos yeux, baignant dans la lumière violette du soleil couchant. Et nous grimpâmes jusqu'à Bab al-Khalil.

La distance était de huit kilomètres, je le savais grâce à des pierres rectangulaires qui jalonnaient la route et où était inscrit un chiffre ; je pris plaisir à m'asseoir quelques instants sur chacune d'elles, fier d'avoir été capable de marcher autant. Plus tard, au fil des années, je parcourrai cette route des dizaines de fois, je connaîtrai le moindre de ses cailloux, de ses rochers, j'en connaîtrai chaque olivier, chaque vigne, je connaîtrai une à une les rares maisons qui la bordaient alors, et jusque dans leur plus petit détail.

Le soleil venait de se coucher. Après Bab al-Khalil, nous descendîmes Souiqa par de larges marches de pierres polies ; de chaque côté de la rue, les boutiques allumaient leurs lanternes. Nous atteignîmes les premières arcades, et un carrefour : une rue grimpait en lacet vers le couvent, une autre à gauche vers le Quartier Chrétien, et une troisième menait à

1. Il existait autour de Jérusalem un grand nombre de citernes pour la collecte des eaux. Le bassin du Sultan — Birkat as-Soultane — approvisionnait la Citadelle. Il avait été ainsi nommé en l'honneur de Soulaïman le Magnifique, qui l'avait fait réaménager.

2. Il se trouve dans la Citadelle, qui est l'ancien palais d'Hérode, reconstruit au XIVe siècle par les Mamelouks. La Citadelle est également appelée (mais sans aucune base historique) la tour de David.

Bab Khan az-Zeit[1], puis à la mosquée al-Aqsa. Georges et moi nous séparâmes des autres, leur donnant rendez-vous le lendemain matin au couvent. Un escalier nous conduisit à une petite ruelle. Les maisons s'entassaient sur d'autres maisons, les fenêtres étaient accroupies au-dessus des portes, les escaliers se blottissaient dans les recoins ; çà et là quelques lumières jetaient de pâles reflets qui ne faisaient que souligner l'obscurité qui régnait dans la rue. Je nageais dans le ravissement, mais il s'y mêlait un peu de crainte, et j'interrogeai mon camarade :

— Tu connais le chemin pour aller chez ta tante ? Tu es bien sûr ?

Il me tira par le bras et m'entraîna sous une arcade assez basse, en direction d'une autre ruelle :

— Pas seulement de jour ! La nuit aussi !

Peu après, nous débouchions dans une cour grouillante de femmes et d'enfants, sur laquelle ouvraient plusieurs portes. Georges courut vers une femme âgée occupée à allumer sa lampe, en criant :

— Ma tante ! Ma tante !

La femme se retourna, heureuse de la surprise, et elle ouvrit les bras. Georges fit les présentations ; après nous avoir abondamment souhaité la bienvenue, elle étendit sur le sol une couverture matelassée et nous y installa. Ensuite elle apporta une pastèque sur un plateau de cuivre, qu'elle posa devant nous, puis un couteau, et elle fendit la pastèque en s'écriant :

— Mon Dieu ! Faites qu'elle soit rouge !

1. La porte du Khan-de-l'Huile. C'est le nom de l'une des rues les plus importantes de la vieille ville. Le marché central s'y trouve.

Et elle était rouge, appétissante, avec des pépins bien noirs. Nous étions recrus de fatigue après une si longue marche, aussi cette pastèque fut-elle pour nous un délice total, pour la vue, pour l'odorat et pour le toucher. La tante de Georges apporta encore du fromage de Naplouse, du pain, elle coupa des tranches de pastèque. J'observais les rides qui plissaient son visage bienveillant.

— Allez, mes chéris, mangez ! Après, vous me raconterez ce qui vous amène chez nous !

Le soleil n'était pas encore levé quand Oum Yaqoub, la tante de Georges, nous réveilla.

— Ne faites pas de bruit, nous recommanda-t-elle. Yaqoub dort encore, il ne va pas à la prière. Je vous ai préparé du thé, des olives et du fromage... Mangez, et après vous irez au couvent... La messe va être très longue.

Nous nous étions couchés avec nos vêtements, nous n'avions donc qu'à nous chausser. Étendu sur le dos, bouche ouverte, Yaqoub (il avait au moins trente ans) dormait profondément. Après le petit déjeuner, la tante nous souhaita bonne route et ajouta :

— Je vous retrouverai là-bas, après.

Au couvent, je fus émerveillé par l'église, avec son autel sculpté et recouvert de dorures, ses chandeliers immenses, ses lampes scintillantes, et quelques tableaux gigantesques, accrochés très haut, vers lesquels je ne pouvais m'empêcher de lever des yeux éblouis. Je participai au service de la messe mais, en réalité, j'étais complètement noyé dans la masse des choristes, des diacres et des prêtres, tous des virtuoses du chant et des litanies, comparés à nous.

Et puis ce fut l'ordination. Tout ce que je compris fut qu'elle signifiait le « passage de la main », du Christ à l'apôtre Pierre, puis aux Pères de l'Église, et cela depuis près de deux mille ans. L'évêque allait donc poser la main sur ma tête et ce serait la bénédiction de Jésus en personne que je recevrais...

Il commença par me couper une mèche de cheveux et, la main sur mon crâne, il prononça une prière en syriaque ; ensuite, il étendit sur mon aube de choriste une écharpe qui symbolisait le premier degré de cette consécration. Je n'arrivais pas à y croire et il me semblait vivre un rêve.

Enfin les fidèles sortirent, j'ôtai l'aube blanche et l'écharpe dans le petit vestiaire attenant à l'autel, puis me mêlai aux gens dans le grand hall découvert. Poussé par la curiosité, je grimpai à l'étage et me mis à errer au hasard dans le désordre de cette vieille bâtisse, en me remémorant le Messie, qui avait pris dans l'une de ces pièces son dernier repas avant d'être trahi puis crucifié. Les moines se retiraient dans leurs cellules sans me prêter la moindre attention. Je regagnai le hall et, là, je n'aperçus personne de notre groupe. Même Georges avait disparu. Je sortis assez inquiet et me retrouvai dans des ruelles qui m'étaient parfaitement inconnues ; malgré mon enchantement devant ces rues qui montaient et descendaient, se ramifiaient sans cesse, toutes tortueuses et pleines d'enfants endimanchés, l'inquiétude, l'angoisse même prit le dessus ; je me persuadai que jamais je ne saurais reconnaître le chemin de la maison d'Oum Yaqoub.

Subitement je fus dans le tumulte et l'agitation de Souiqa. Je gravis les marches polies en direction de Bab al-Khalil et décidai d'aller vers cette place toute proche où les voitures et les carrioles attendaient les clients pour Bethléem et Hébron.

Je croisai un vendeur de jus de réglisse : il portait contre sa poitrine protégée par un tablier rouge une gigantesque jarre dont l'ouverture était obstruée par un gros morceau de glace ; de la main gauche il entrechoquait deux assiettes de cuivre qu'il faisait fort joliment cliqueter en mesure ; dans sa ceinture étaient rangés plusieurs gobelets de cuivre. « De la réglisse... froid le jus de réglisse... », chantonnait-il. Si un client s'arrêtait devant lui, sa main droite attrapait l'un des gobelets, sa poitrine se penchait et, avec habileté, il versait par le bec métallique de la jarre un mince filet marron qui retombait dans le verre en bulles bouillonnantes et s'arrêtait à ras bord...

C'était un spectacle bien alléchant mais je dus me contenter du plaisir des yeux... et je flânai au milieu des voitures et des carrioles, examinant les conducteurs avec un rien d'anxiété, et l'espoir que l'un d'eux me connaîtrait. Mais qui, dans cette ville, pouvait connaître un petit étranger de huit ans, qui n'avait en poche que quelques graines de pastèque ?

Levant le bras, je me tâtai la tête à l'endroit où l'évêque m'avait coupé une mèche ; peut-être la bénédiction du ciel descendrait-elle sur moi à travers le vide laissé par la défunte mèche ?

Je n'avais plus d'autre choix : il me fallait rentrer à la maison à pied. J'étais debout depuis le lever du soleil, et je remarquai l'heure sur une grande horloge noire accrochée au-dessus d'une boutique, du côté de Bab al-Khalil : onze heures.

Pour oublier ma fatigue, mais aussi parce que la route était en pente, j'accélérai le pas. Le soleil me bravait mais je n'en avais cure. Je rentrais chez moi, j'allais tout raconter à mes parents, Jérusalem et mon ordination. La route s'étirait devant moi. La distance se faisait interminable d'une borne kilométrique à l'autre... J'étais en sueur, j'avais soif et faim. Et j'étais épuisé. Je dévisageais chaque conducteur de voiture, de carriole qui me dépassait — et si je le connaissais ? ou si lui me connaissait ? — en vain. A la quatrième borne, je me reposai un peu, assis sur un rocher, puis je repris ma marche.

J'avais couvert presque cinq kilomètres et n'espérais plus aucun secours ; le soleil me bombardait de ses rayons ; je ne levais même plus la tête à l'approche d'un véhicule quelconque lorsqu'une voiture me dépassa à toute allure, s'arrêta net, puis recula jusqu'à moi.

— Eh ! Où vas-tu par cette chaleur ? me lança le conducteur. Qu'est-ce que tu fais sur cette route ?

Je le reconnus sur-le-champ. C'était Abou Naïm. Un homme grand et corpulent, toujours appuyé sur un gros bâton qu'il agitait constamment en parlant de sa voix puissante, comme si ce geste renforçait la majesté ou la capacité de conviction de son discours. Son fils Naïm était dans la même classe que moi, et nous allions souvent l'un chez l'autre.

— Je viens de Jérusalem, répondis-je, et je rentre à la maison.

— Allez, grimpe ! me dit-il d'autorité.

La voiture était pleine à craquer, aussi rétorquai-je :

— Comment cela ?

— Mets-toi là, entre ce monsieur et moi. C'est

interdit de prendre quelqu'un en plus, mais on s'arrangera.

L'homme assis du côté de la portière m'ouvrit, et je me faufilai sur le siège de cuir moelleux, près du conducteur et de son gros bâton.

— Mais, mon oncle, je n'ai même pas une piastre !

Abou Naïm se mit à rire et me tapota la joue, égayé :

— Qui te demande quelque chose, petit vaurien ?... Mais attention, hein ! Si tu vois un policier, baisse la tête et cache-toi entre tes jambes. Compris ? Allons-y.

Et il démarra.

Il me demanda des nouvelles de mon père, et je lui racontai ce que j'avais fait le matin. Il s'étonna que son fils ne soit pas venu avec nous à la messe d'ordination et que personne ne l'ait mis au courant. J'étais obligé de me faire tout petit et nous respirions une forte odeur d'essence, mais la voiture était extrêmement confortable. Nous arrivâmes à Bethléem sans avoir croisé aucun policier. Je descendis à Ras Iftis et courus vers la maison. Mes parents s'apprêtaient à prendre le déjeuner dominical et mon père m'affirma :

— J'avais dit que je n'avalerais pas une bouchée avant que tu n'arrives. Je surveillais la route. Comment es-tu revenu ? Raconte-nous un peu ce que tu as fait.

— Attends ! J'enlève juste ces maudites chaussures...

Après le déjeuner, je courus jusque chez Georges pour voir ce qui lui était arrivé. Sa mère m'apprit qu'il était chez les voisins, chez Khalil Zamiriyeh. Je m'y rendis et, dès que Georges m'aperçut par la porte, il s'empressa, tout heureux :

— Ma tante m'a conduit à l'arrêt des voitures et m'a payé ma place. Où étais-tu ? On t'a cherché partout. Viens chez l'oncle Khalil.

En entrant, je trouvai là un jeune homme : il était vêtu d'un costume européen à la coupe bizarre et portait un chapeau. J'appris qu'il revenait du Chili pour rendre visite à sa famille après une longue absence. Son nom était Michael et c'était le beau-frère de l'oncle Khalil. Il semblait gentil, et il commença à nous raconter sa vie à Santiago, mais dans un arabe tellement farci d'espagnol que nous avions peine à le comprendre. Ce que nous comprîmes pourtant, c'est qu'il était célèbre pour sa force prodigieuse. Il retira brusquement sa veste, releva ses manches et exhiba des muscles durs comme le roc. Puis il me demanda :

— Tu as une piastre ?

— Pas un sou.

— Bon. Moi, j'en ai une.

Il sortit une pièce ronde de sa poche, me la tendit :

— Est-ce que tu peux la tordre avec tes doigts ?

— C'est du fer, comment pourrais-je faire ça ?

— Donne, que je te montre.

Il prit la pièce entre le pouce et l'index et la plia comme il l'aurait fait d'une feuille de papier. Puis il saisit par les deux bouts une barre de fer que Khalil Zamiriyeh utilisait dans son travail et, avec une force stupéfiante, il la tordit. L'oncle Khalil criait :

— Non, Michael, non ! Je n'en ai pas d'autre !

Alors, un sourire de supériorité aux lèvres, Michael lâcha :

— Très bien ! Prends !

Et il redressa complètement la barre.

Sa force nous sidéra et, le lendemain, nous revînmes avec une quantité de capsules de bouteilles de limonade que nous avions ramassées dans la rue ; nous voulions qu'il nous les torde. Sans un rire, sans même un sourire, il en prit trois ou quatre, les tordit et nous les jeta. Il parlait peu, ce jour-là, et son visage reflétait une tristesse inexplicable.

Quand je repartis tout seul le voir, quelques jours plus tard, je trouvai l'oncle Khalil dans tous ses états et sa femme secouée de gros sanglots — elle pleurait visiblement depuis des heures. Je courus immédiatement chez Georges, et sa mère me raconta que Michael s'était rendu la nuit précédente au Club de la jeunesse de Bethléem, que là il avait entraîné vers la porte l'un des membres du club, qu'il l'avait lardé de coups de couteau, que l'homme s'était effondré dans une mare de sang « en tressaillant comme un oiseau égorgé ». Après cela, Michael était reparti chez lui, mais la police l'avait arrêté en route et emprisonné au poste de Bab ad-Deir.

Sur-le-champ je pensai au mauvais génie que nous redoutions de voir surgir du figuier — qui était d'ailleurs à moins de cinquante pas de là —, et j'interrogeai la mère de Georges :

— Est-ce que Michael a vengé la mort de quelqu'un de sa famille ?

— Qu'est-ce que j'en sais ? Mais on dit qu'il sera pendu, le pauvre...

Le Club de la jeunesse se trouvait derrière l'église de la Nativité, et nous allions souvent tout près de là, Georges et moi, avec d'autres camarades. Le lendemain matin, avant l'école, nous filâmes nous poster devant sa porte — c'était juste en face de l'imprimerie du journal d'Issa al-Bandak, *La Voix du peuple*[1]. Le club était ouvert, comme déserté. Après quelques hésitations, nous en franchîmes le seuil : dans un coin près de l'entrée, une mare de sang séché s'étalait, sombre, effrayante ; des éclaboussures souillaient un peu partout le sol et les murs, preuve des spasmes violents qui avaient secoué l'homme poignardé.

Tremblants, nous nous dépêchâmes de sortir. J'imaginais Michael aux muscles d'acier plongeant son couteau, frappant et frappant encore, et la victime se débattant dans son sang. Je me mis à trembler davantage et je sentis mon estomac se tordre.

— Il était fort..., souffla Georges, accablé.

— Oui... très fort, articulai-je.

Sur le chemin de l'école, chacun se taisait. Ce jour-là, je ne compris rien aux leçons. L'image de la mare de sang, des taches sur les murs ne me quittait pas. Michael était-il venu de l'autre bout du monde pour exécuter la volonté de vengeance du génie installé dans le figuier ? Un autre génie allait-il naître à présent du sang versé à l'entrée du club ? Allait-il guetter ceux qui y entreraient de nuit pour exiger lui aussi sa vengeance ?

Depuis ce jour, il me fut impossible de passer par là sans me remémorer ce terrible spectacle ni ressentir une impression d'épouvante. Je n'avais en réalité rien vu, sauf cette mare de sang, mais cela suffisait presque

1. *La Voix du peuple* était un hebdomadaire nationaliste, s'intéressant particulièrement aux communautés palestiniennes d'Amérique du Sud. Son directeur, Issa al-Bandak, fut aussi maire de Bethléem.

à me persuader que j'avais assisté au meurtre. J'aurais préféré ne jamais être venu au club, et je ne me doutais pas alors que, quelques années plus tard, cette mare allait grossir, et s'étendre jusqu'à engloutir le monde entier.

11.

IL était une fois, il y a bien longtemps, au lointain temps de jadis, il était, dans notre pays, un vieil ermite appelé Malik.

Cet ermite avait renoncé aux joies de ce monde : il avait quitté la ville pour une grotte de la montagne et il y vivait d'un peu de pain, de dattes et d'eau, qu'il se procurait chaque semaine au village le plus proche.

Dans sa grotte, notre ermite priait et jeûnait du matin au soir. Il glorifiait Dieu, implorant grâce et miséricorde. Ses jours s'écoulaient dans la dévotion la plus profonde.

Une nuit, il réussit à chasser de son esprit toute pensée tentatrice. Alors qu'il tenait à la main la pierre dont il se frappait la poitrine chaque fois que le diable tentait de le séduire, il fut persuadé que l'intensité de ses prières et sa grande piété avaient satisfait Dieu, et il alluma une bougie. La lueur éclaira le rocher inégal recouvert d'étranges herbes, devant lequel il était agenouillé.

Il cala la bougie dans une fente du rocher et s'écria :

— Dieu !... Ô mon Dieu !

Il attendit un peu, en vain. Il se dit que Dieu ne l'avait pas entendu, préoccupé qu'il était par les problèmes des humains — les bons comme les méchants — et il haussa la voix :

— Ô Dieu !... Mon Dieu !

Comme aucune réponse ne venait, il se frappa la poitrine de sa pierre et lança un appel qui se répercuta d'un bout à l'autre de la grotte :

— Ô Dieu !... Ô mon Dieu !...

La flamme de la bougie tressaillit, comme sous un souffle de vent, et elle faillit s'éteindre ; mais elle se reprit à briller, puis sa lueur devint aussi intense que la flamme la plus ardente, et c'est alors qu'une voix tonna :

— Malik ! Mon ermite bien-aimé ! M'as-tu appelé ?

L'ermite se prosterna et, le front à terre, il demanda :

— Mon Dieu, es-tu content de moi ? Ai-je bien rempli mes devoirs envers toi ?

— Oui, je suis assez content, répondit la voix. Mais, à quelques milles d'ici, il existe un homme qui mérite ma grâce bien davantage.

— Serait-ce un autre ermite ?

La voix se fit douce :

— Non, Malik. C'est un homme pauvre ; il se nomme Ibrahim et il fabrique des meules. Va, renseigne-toi.

— Ainsi ferai-je, mon Dieu, afin de savoir comment t'être agréable.

Le lendemain matin, Malik prit son bâton, sortit de sa grotte et descendit au village où il se mit en quête d'Ibrahim, le meulier. Il le trouva près d'une cabane en ruine, assis à même le sol, à l'ombre de vieux sacs qu'il avait tendus et accrochés à de solides branches sèches du mur de la cabane. Il travaillait au burin et au marteau une pierre presque arrondie.

L'ermite le salua. Le meulier leva les yeux et, cessant de travailler, il répondit au salut de la façon la plus charmante. Il examina l'homme échevelé et en haillons debout devant lui, appuyé sur un grand bâton, et, comme le visiteur se taisait, il demanda :

— Désires-tu acheter une meule ?

— Je n'ai pas besoin de meule, mon ami. Je suis venu te voir.

Ibrahim appela sa femme, qui s'empressa.

— Offre donc quelque chose à manger à notre honorable invité.

— Non, merci. Je ne veux rien. Simplement un gobelet d'eau.

Malik s'accroupit et interrogea l'homme assis au milieu des éclats de pierre.

— Que fais-tu de ces meules, Ibrahim ?

— Tous les deux ou trois jours, j'en termine les deux pierres et le manche, et je vais les vendre à la ville.

— Et puis ?

— Je les vends quatre dirhams. J'en donne deux aux pauvres et, avec les deux autres, j'achète à manger et quelques bricoles pour ma femme et pour moi.

— C'est tout ?

— J'aimerais tant faire plus ! Lorsque je vois la misère qui m'entoure, je me dis qu'il faudrait tailler des meules et encore des meules pour en vendre davantage, mais Dieu, dans sa sagesse, ne m'a donné que deux mains.

L'ermite se leva, se préparant à partir :

— Dieu te bénisse ! Ta vertu est grande.

A son tour Ibrahim se leva et il demanda :

— Quel est ton nom, digne ermite ?

— Je m'appelle Malik et je suis venu apprendre auprès de toi.

— Auprès de moi ? Un homme comme toi ? A Dieu ne plaise !... Écoute, nous avons quatre poules, dont trois sont des pondeuses. Que dirais-tu d'en emporter une ?

Comme l'ermite refusait, Ibrahim insista :

— Nous avons déjà six ou sept œufs. Prends-les dans ta retraite, cela pourra t'être utile.

Et il demanda à sa femme d'aller les chercher. Mais Malik déclina poliment cette seconde offre : il devait se rendre à la ville pour une affaire urgente, et transporter des œufs serait bien encombrant.

Ibrahim s'exclama alors :

— Et tu veux aller à la ville comme ça, pieds nus ? Ô homme plein de vertu ! Je ne le permettrai pas ! Tu vas essayer mes chaussures, peut-être t'iront-elles.

Ibrahim se précipita dans sa cabane et en ressortit, une paire de bonnes chaussures à la main.

— Mais... c'est à toi ! se récria Malik, au comble de la stupéfaction.

— Et après ? Tu en as plus besoin que moi, et tu n'as aucune ressource. Moi, j'ai ces pierres que je transforme en meules et, avec l'argent qu'elles me procurent, j'achète tout ce qu'il me faut.

Il ne restait plus à Malik qu'à précipiter son départ ; il se détourna en disant :

— Que Dieu te protège, tu es un saint homme !

Notre ermite regagna sa grotte, bien persuadé que sa vanité l'avait déconsidéré aux yeux de Dieu car il s'était cru le meilleur et le plus pieux des hommes. Il décida donc de s'adresser de nouveau à son Créateur.

La nuit venue, il alluma une bougie et, après prières, génuflexions et invocations, il s'écria, d'une voix brisée par le remords :

— Dieu ! Ô mon Dieu !

La réponse ne se fit pas attendre cette nuit-là :

— Que désires-tu, Malik ?

L'ermite se frappa la poitrine des deux poings :

— Te demander pardon, mon Dieu ! Pardon pour mes péchés et mes mauvaises pensées ! J'ai rencontré Ibrahim, ton serviteur, et, comme tu me l'avais dit, sa vertu est sans égale.

— Tes péchés te sont pardonnés, répondit la voix, puisque tu sais reconnaître les mérites et la piété d'autrui.

Malik leva la tête, il contempla la flamme vive de la petite bougie qui illuminait le rocher devant lui.

— Pourtant, ô mon Dieu... pourquoi laisses-tu un tel homme dans la misère ? Pourquoi ne pas lui accorder une plus grande fortune ? Il pourrait multiplier ses bienfaits...

— Ô Malik, voudrais-tu m'enlever Ibrahim ? Ne vois-tu pas que cet homme pieux et fervent, je crains de le perdre ?

Mais l'ermite refusait de se rendre aux arguments de Dieu :

— Tu as beaucoup donné à des hommes qui valent peu et qui n'hésitent pas à bafouer ta volonté et à rejeter ton amour. Pourquoi alors ne rien donner à cet homme de bien dont la vie est tout entière consacrée à ta volonté et à ton amour ?

— Malik, tu me fais craindre pour lui...

— Je m'en porte garant, mon Dieu.

— Je vais le perdre par ta faute !

— Au contraire ! Il se rapprochera davantage de toi !

— Malik...

— Mets-le à l'épreuve, mon Dieu, et moi avec lui !

— Tu vas me l'enlever. Pourtant, j'exaucerai ton vœu à cause de ton incroyable insistance.

— Que désires-tu que je lui dise, ô mon Dieu ?

— Va le voir demain, dis-lui de compter, à partir du mur arrière de sa cabane, cinquante et un pas en direction du figuier rabougri. Il aboutira à un rocher recouvert de mousse. Qu'il creuse là, à hauteur d'homme, et il trouvera un trésor que personne ne viendra lui réclamer... Es-tu satisfait ? Maintenant, ne t'avise plus de me parler avant un an au moins !

— Ô mon Dieu, combien grande est ta puissance !

La voix s'éleva pour la dernière fois, quelque peu excédée :

— Il suffit ! Si Ibrahim se détourne de moi, si je le perds, je l'enverrai en enfer, et toi avec ! Souviens-t'en !

Le lendemain, l'ermite fit ce que Dieu lui avait ordonné. Il demeura avec le meulier pendant que celui-ci comptait cinquante et un pas, puis qu'il creusait au pied du rocher recouvert de mousse. Il creusa toute la journée ; enfin la pioche buta sur un coffre de fer, Ibrahim brisa le couvercle et, pêle-mêle, lui apparurent des pièces d'or, des colliers de perles, de diamants, des pierres précieuses de toutes les tailles et de toutes les couleurs.

Le soleil était couché lorsque Ibrahim et sa femme, aidés par l'ermite, entreprirent de sortir le coffre du trou. Ce ne fut pas facile car le coffre était grand et lourd, et les heures de la nuit passent vite. Mais enfin ils y parvinrent : ils traînèrent le coffre jusqu'à la cabane, et alors l'aube poignit.

Ibrahim puisa une pleine poignée de cet or étincelant et l'offrit à Malik :

— Prends, c'est pour toi.

Mais l'ermite refusa d'y toucher ; il se mit à épousseter son froc déchiré et à nettoyer sa longue barbe des brindilles qui s'y étaient accrochées, puis il dit :

— Tout ce que je veux, c'est un gobelet d'eau, car j'ai très soif.

Il but, serra dans ses bras son ami, son frère, lui souhaita tout le bien possible ; et, reprenant son bâton, il confia Ibrahim et son épouse à la protection de Dieu. Lorsqu'il atteignit sa grotte, il était à bout de forces mais au comble de la satisfaction. Il rendit grâce à Dieu, s'étendit sur le sol et s'endormit d'un sommeil de plomb.

Les jours passèrent. Car, dans les contes, les jours passent comme le vent, ou comme un rêve. Malik était serein : il savait qu'Ibrahim ne décevrait pas son attente. Aussi ne pensa-t-il même pas à se mêler de ce qu'il faisait. Il lui fallait, quant à lui, se tenir à l'écart des choses de ce monde, s'abîmer dans le jeûne, la prière et la dévotion ; peut-être alors Dieu l'agréerait-il s'il l'invoquait une nouvelle fois...

Le printemps s'écoula, l'été, puis l'automne, et l'hiver arriva, rude comme toujours, amenant tempêtes et pluies. Mais il prit fin, cédant la place à un printemps resplendissant qui revêtit les collines d'herbe verte saupoudrée de fleurs rouges et jaunes.

Et quand l'été fut revenu, Malik pensa qu'il devait rendre visite à Ibrahim, son ami, son frère, pour voir comment, grâce à la générosité de Dieu, il avait dispensé les bienfaits autour de lui.

Il descendit au village et se dirigea vers la cabane. Il la trouva dans le même état de délabrement : les sacs, déchirés, pendaient sur leurs bâtons, au-dessus de quelques pierres abandonnées. Il frappa à la porte, sans s'attendre à la moindre réponse. Quelle ne fut pas sa surprise de voir paraître la femme d'Ibrahim, hirsute, pâle, vêtue de haillons...

Aux questions qu'il lui posa elle répondit :

— Ce qui est arrivé ? Il m'a quittée, et n'est plus revenu. Va à la ville, demande où est le palais de ton ami Ibrahim. Et puis interroge-le sur ce qui est arrivé.

Fort troublé, Malik se hâta vers la ville et s'enquit du palais d'Ibrahim, le meulier. On le lui indiqua : c'était, en dehors de la ville, une maison à trois étages qui se dressait dans un parc aux grands arbres chargés de fruits, et entourée d'une haute grille noire dont les extrémités étaient recouvertes d'or.

Le portail était fermé, et Malik le secoua. D'une petite pièce sur le côté sortit un homme colossal, vêtu d'une chemise de brocart et d'un pantalon doré. Il tenait un fouet et parla à travers la grille :

— Que veux-tu ?

— Voir mon ami Ibrahim.

L'homme lui lança un regard où l'étonnement se mêlait au dédain :

— Voir Ibrahim bek[1], toi !

1. Titre de noblesse.

La réponse fut simple :

— Dis-lui que son ami Malik est à la porte, et il viendra sur-le-champ.

Le portier fit claquer deux fois son fouet ; un serviteur arriva en courant et l'homme lui chuchota quelques mots à l'oreille. Le serviteur se précipita vers la maison. Il ne tarda pas et, à son tour, chuchota quelque chose à l'oreille du portier. Malik était agrippé à la grille. Et le portier lâcha :

— Ibrahim bek dit qu'il ne connaît personne de ce nom. Va-t'en !

— Mais je suis son ami ! Je dois le voir.

L'homme ouvrit une petite porte dans le grand portail et sortit, menaçant Malik de son fouet :

— Tu vas déguerpir, ou bien tu veux tâter de mon fouet ?

— Tu peux me frapper, je ne bougerai pas d'ici avant de l'avoir vu.

Alors le portier abattit son fouet sur le dos de l'ermite, il lui envoya son pied dans le bas-ventre, comme il l'aurait fait à un chien, et il cria :

— Va-t'en, sale mendiant ! Les invités vont arriver ! Le bek sera furieux de savoir qu'ils auront vu à sa porte un va-nu-pieds de ton espèce, avec son bâton et ses haillons !

Et il le cingla une dernière fois de son fouet.

Tout en gémissant, Malik s'éloigna un peu et il s'assit sur une pierre, bien en vue :

— Je resterai ici jusqu'à ce que le tailleur de meules vienne.

Des hommes et des femmes affluèrent, plus richement habillés les uns que les autres, montés sur des chevaux à la ligne parfaite ou installés dans des voitures étincelantes. Le large portail leur fut grand ouvert. De la maison s'élevèrent des chansons et la musique d'un orchestre... Malik essayait bien de se faufiler dans la maison en se mêlant aux invités, mais, chaque fois, des portiers et des gardiens accouraient pour l'en empêcher et le repoussaient à coups de fouet jusqu'à sa pierre.

La journée s'écoula, et la nuit. Juste avant l'aube, les convives sortirent, ivres et chancelants, ils enfourchèrent leur cheval ou grimpèrent dans leur voiture, et s'en furent. Malik était recroquevillé sur sa pierre, il avait grand faim et soif, mais sa détermination était intacte. Le silence régnait dans la maison et les lumières s'étaient éteintes.

Malik se mit debout et s'approcha de la grille. Avant que les sbires du palais ne puissent réagir, il rassembla ce qui lui restait de force pour crier, en direction des fenêtres :

— Ibrahim ! Ibrahim ! Ô tailleur de meules !

Après plusieurs appels, une fenêtre s'ouvrit et Malik aperçut une silhouette ; il savait que c'était son ancien ami.

— Ibrahim, c'est moi, Malik ! Je suis venu te voir.

Pour toute réponse, la fenêtre se ferma violemment.

Quelques instants plus tard, l'énorme portier arriva ; il s'empara du bâton de l'ermite, le cassa en deux et s'abattit sur lui à coups de fouet, de pied et de poing. L'ermite tomba, le front dans la poussière. Il sanglotait.

Il finit par se relever et s'éloigna en se frappant la poitrine. Les larmes coulaient sur ses joues et sur sa barbe. Lorsqu'il atteignit sa grotte, après une marche épuisante qui lui parut interminable, le soleil s'était déjà couché. Il se jeta à terre, fourbu, avala une gorgée d'eau, mâcha un morceau de pain et quelques dattes sans cesser de se frapper la poitrine et de gémir.

Puis, allumant une bougie, il se prosterna, pria, invoqua :

— Dieu ! Ô Dieu ! Si tu acceptes encore de m'écouter, réponds-moi, mon Dieu !

L'éclat de la bougie s'intensifia, et la voix qu'il n'avait pas entendue depuis de si longs mois tonna :

— Malik ! Malik ! Qu'as-tu fait de l'homme que j'aimais ?

Malik répondit, des sanglots dans la voix :

— Pardonne-moi, mon Dieu ! Je l'ai voué à l'enfer, et je m'y suis voué aussi ! Je suis un pécheur, un ignorant, un insensé qui t'a désobéi, qui a discuté ta sagesse et ta volonté !

— Combien il m'en coûte de te voir brûler dans les flammes de l'enfer après tout ce que tu as enduré...

— Mais j'étais garant d'Ibrahim, ô mon Dieu ! Je mérite ton châtiment.

— Tes pleurs et tes plaintes m'attristent, Malik. Tes souffrances te suffisent. Ne va plus jamais au palais d'Ibrahim, laisse-moi faire et retourne à ton jeûne et à tes prières.

Une fois encore, les jours de notre conte passèrent comme le vent, ou comme un rêve. Pour Ibrahim, ils passèrent comme un cauchemar. Car, deux jours plus tard, une épidémie gagna ses troupeaux, qui furent totalement décimés en une semaine. Quelques jours après, les bateaux qui transportaient ses marchandises sombraient, et deux semaines suffirent pour que la grande compagnie qu'il avait fondée soit ruinée. Les créanciers affluèrent. Il n'eut plus de quoi payer ses employés, ses serviteurs, ses courtisanes. Et ils le quittèrent, l'un après l'autre. Ses amis — les amis des plaisirs et des fêtes — l'abandonnèrent, de même que ses concubines. Son palais venait à peine d'être hypothéqué qu'il était déjà saisi. L'été touchait à sa fin lorsque Ibrahim se retrouva à la rue, sans argent, sans terres, sans personne pour seulement lui dire bonjour. Dieu accorde et Dieu reprend...

Le vent d'automne soufflait sur la cabane en ruine. La femme était dehors et jetait des poignées de maïs aux poules affamées quand elle vit son mari, vêtu de son vieil habit, approcher, se diriger vers l'abri de jadis et arranger les sacs déchirés sur les bâtons abandonnés. Elle se frotta les yeux, croyant être victime d'une illusion. Mais non, c'était bien lui, Ibrahim, et personne d'autre ! Son cœur se mit à battre violemment et elle courut vers lui :

— Ibrahim !

Il lui lança un coup d'œil furtif, puis se pencha sur les objets amoncelés sur le sol, comme s'il cherchait quelque chose :

— Où donc est ma pioche, femme ? Où est mon marteau ? Et mon burin ?

Stupéfaite, elle demanda :

— Qu'est-ce que tu veux en faire ?

— Je les avais laissés ici. Qui les a déplacés ?

— Ils sont là... Je suis désolée, les poules les ont souillés.

— Ça ne fait rien, va. Je les nettoierai.

Il regarda autour de lui :

— Nous avons encore quelques bonnes pierres, Dieu merci... Allez, ma femme, fais-moi frire deux œufs. Je vais préparer mes outils. Les gens ont besoin de meules, il y a si longtemps que je n'en ai pas fait...

Plusieurs jours après, l'ermite descendit au village, et il lui vint l'idée de passer chez la femme d'Ibrahim pour s'assurer qu'elle allait bien. Ibrahim était assis sous son abri, il travaillait la pierre de son burin. Apercevant l'ermite, il se leva et courut vers lui, le serra dans ses bras avec ardeur ; ses yeux débordaient de larmes. Malik le regardait, tout aussi ému, et il l'embrassa sur les deux joues.

— Femme ! s'écria Ibrahim. Viens saluer notre cher ermite ! Et fais-lui frire deux œufs !

Mais l'ermite le reprit :

— Non, non ! Un gobelet d'eau...

Ibrahim le tira par la main, le fit asseoir près de lui et s'accroupit parmi les éclats de pierre.

— Ton absence a été longue, Ibrahim.

— Oui, bien longue. Mais me voilà de retour.

L'ermite prit le gobelet d'eau que lui tendait la femme d'Ibrahim et il demanda, tout en l'approchant de ses lèvres :

— Tu as donc repris ton travail ?

— Oui, je m'y suis remis. Et j'ai également retrouvé la crainte et l'amour de Dieu.

L'ermite but d'un trait ; de petites gouttes d'eau humectèrent sa moustache et sa barbe hirsute.

— Que votre eau est douce, ce matin ! Je n'aurai plus besoin de boire de toute la journée !

Puis il se leva, salua et s'en alla.

Voilà l'une des histoires que mon père nous contait et qu'il reprenait inlassablement au cours des veillées, après son retour du travail, et après le dîner que nous prenions toujours ensemble. Il savait les mots qui fascinent et, s'il n'était pas trop fatigué, il développait le récit, rallongeait les dialogues, s'attardait en descriptions. La plupart de ces contes — lorsqu'ils n'appartenaient pas aux *Mille et Une Nuits*, comme je le découvris plus tard — exaltaient la vertu, l'ascétisme et la pauvreté.

Il est fort probable, d'ailleurs, que Malik, l'ermite, ait été l'un des modèles de mon père, sans qu'il en fût bien conscient. Et sans doute l'autre modèle était-il Ibrahim le meulier — avant que l'argent ne le pervertisse. Car mon père était convaincu qu'il est plus facile à un chameau de passer par le trou d'une aiguille qu'à un riche d'entrer dans le royaume de Dieu ; et il tenait à aller au paradis pour y contempler la face de Dieu. Tout ce qu'il demandait, en ce bas monde, c'était de vivre, avec sa famille, de la façon la plus humble possible. La richesse, pour lui, c'était cela. Et cela lui suffisait.

12.

YOUSSEF était de plus en plus réfractaire à l'école syriaque et, au cours de l'automne 1928, il résolut de ne plus y aller. Il n'avait alors que douze ans ou à peine plus, et pourtant il dévorait tout ce qui lui tombait sous la main — il savait à la perfection tromper la vigilance des libraires pour feuilleter les revues et y lire quelques articles avant que les rares exemplaires disponibles ne soient épuisés. Mourad, notre aîné, avait quant à lui quitté le couvent Mar Marcos de Jérusalem, et il était apprenti dans une menuiserie. Youssef lui rendait parfois visite, et il s'était persuadé qu'il y avait davantage à apprendre là que dans cette misérable école, minuscule et surpeuplée.

Avant de s'abandonner aux délices de la menuiserie, cependant, il décida de s'inscrire à l'école publique. L'enseignement y était gratuit, il le savait par certains de ses amis ; de plus, chaque matière était enseignée par un instituteur particulier, et celui qui sortait de cette école pouvait devenir « fonctionnaire du gouvernement », avec un traitement mensuel atteignant trois et même quatre guinées. Aussi un matin, sans prévenir personne, Youssef se rendit-il à l'École nationale de Bethléem, et le directeur l'inscrivit sur-le-champ en troisième année primaire.

Ce fut un bouleversement total. Pour Youssef, bien sûr, mais aussi pour moi. Dès son retour, il me montrait ses livres et ses cahiers, me rapportait ce qu'avait dit tel instituteur ou tel autre, et, jour après jour, cela attisait en moi l'envie de pénétrer dans cet univers.

Un soir, il m'installa près de lui et ouvrit son livre d'anglais pour me lire l'histoire d'Aladin et la lampe merveilleuse. Assis sur une natte, nous parcourions à la lueur d'une lampe à pétrole le *New Method Reader's* et nous rêvions : notre petite lampe si terne devenait celle d'Aladin, magique, qu'il suffisait de frotter pour qu'en jaillisse le génie qui rendait les miracles possibles.

Je déclarai un jour, comme si je tenais entre mes mains la lampe merveilleuse :

— Je veux entrer à l'école publique, comme toi !

— On ne t'acceptera pas maintenant, objecta Youssef. Le premier trimestre est presque terminé. Il faut attendre la rentrée.

Et l'attente commença.

A la fin du premier trimestre, Youssef revint en courant à la maison : il était premier de sa classe... Un mois ou deux après, l'un de ses maîtres, M. Jabbour, lui dit qu'on l'avait inscrit en troisième année par erreur et qu'à partir du troisième trimestre il suivrait les cours de quatrième, pour passer en cinquième dès le début de l'année suivante. Lui, toujours premier, se serait bien attendu à changer de classe chaque mois tant il avait conscience d'être plus intelligent que les autres élèves.

Youssef avait des cheveux longs, épais, et il n'en était pas peu fier. Aussi ce matin-là, lorsque les élèves, en rangs dans la cour, apprirent de la bouche du directeur les nouvelles directives d'une circulaire officielle — ils devaient tous avoir « la boule à zéro », ou à + 1 au maximum —, il considéra que cela concernait tout le monde sauf lui.

Jour après jour, les enfants se faisaient, bien à contrecœur, tondre la tête, mais pas Youssef. Le directeur dut prendre des mesures pour faire respecter ces instructions qui s'appliquaient aux écoles publiques de toute la Palestine et que les enfants n'accueillaient pas avec beaucoup d'empressement. Il finit par menacer de renvoi tout élève qui n'aurait pas les cheveux ras. Youssef s'obstina et, un beau matin, le directeur l'interpella :

— Si demain je te vois avec cette chevelure, je te renvoie chez toi. Compris ?

Le lendemain, Youssef partit à l'école, bien coiffé, comme d'habitude. Dès que le directeur l'aperçut dans la cour — il n'était pas vraiment difficile de repérer son abondante chevelure flottant sur ses épaules au milieu de centaines de crânes quasi tondus —, il l'appela et lui brandit son bâton sous le nez. Il avait cependant un certain penchant pour cet enfant toujours premier de sa classe et à l'intelligence tant vantée. Aussi lui dit-il :

— Youssef ! Va immédiatement chez le coiffeur et ne reviens que quand il t'aura coupé cette tignasse. Tu entends ? Et à ton retour je serai là. Allez, dépêche-toi !

Youssef sortit sur-le-champ avec son cartable — et il ne revint plus. Certes, il refusait catégoriquement de se couper les cheveux mais, par ailleurs, il soupçonnait qu'il pouvait se dispenser d'aller à l'école et apprendre tout seul — du moins se le figurait-il. En tout cas, il devait chercher un travail pour aider notre père dont la maladie venait de se déclarer : il voyait bien que le peu d'argent ramené en fin de semaine ne suffisait pas à nos besoins. Ce problème de cheveux était secondaire mais, pour Youssef, pas question qu'on le voie un jour le crâne rasé ; le directeur pouvait faire ce qu'il voulait des directives et autres ordres concernant les élèves et leur tête.

Et il se rendit chez un épicier, un Arménien du nom de Khoukaz dont la boutique se trouvait au bas de l'escalier qui grimpait vers le marché municipal. Khoukaz vieillissait, il était assez petit, gros, et il se ressentait des premières atteintes de l'âge. Il connaissait Mourad et Youssef depuis longtemps et leur avait souvent proposé de les engager pour vendre avec lui les bonbons, les pickles, le riz ou les lentilles. Mourad avait d'ailleurs travaillé chez lui quelques mois avant d'entrer comme apprenti menuisier chez Abou Aqla.

Khoukaz n'en crut pas ses yeux lorsque Youssef se campa devant lui et lui dit :

— Je suis venu travailler chez vous.

— Et l'école, fiston ? interrogea l'Arménien.

— Je devais passer en quatrième, puis en cinquième, mais je ne veux pas couper mes cheveux. Alors, que voulez-vous que je fasse d'autre ?

— Eh bien, entre donc… Pour commencer, tu me regarderas faire avec les clients et ensuite tu essaieras. On dit que tu es très fort en calcul… Rappelle-toi ce que tu auras vendu et inscris-le dès que possible sur ce registre. Allez, du courage, et montre-moi ce que tu sais faire !

Pour Youssef, le temps des études était révolu.

Si l'école n'était pas à la mesure des ambitions de Youssef, comment la boutique de Khoukaz aurait-elle pu le séduire suffisamment pour le retenir ? Cela lui permit pourtant de rencontrer un grand nombre d'habitants du quartier, et il ne tarda pas à se trouver un autre travail, puis encore un autre. En deux ou trois ans, il tâta ainsi de divers métiers et finit par s'arrêter à la menuiserie, mais la scie dans une main et un livre ou une revue dans l'autre. Cependant, son salaire était toujours très modique ; ajouté aux revenus de mon père, cela suffisait à peine à nous nourrir.

Ce matin-là, je le vécus comme un tournant dans ma vie. J'enfilai mon unique veste en bon état, la culotte qui n'était pas rapiécée, je mis mes chaussures, bien astiquées, sortis dans la rue Ras Iftis, rempli d'appréhension et de délicieux espoirs, et me hâtai vers Bab ad-Deir puis, derrière l'église de la Nativité, vers les ruelles menant à l'école publique. C'était la rentrée des classes, nous étions à la fin du mois de septembre 1929.

En chemin, près de la mosquée — devant la confiserie —, je croisai un garçon de ma connaissance. Il m'aborda un peu brusquement et me proposa d'aller jouer avec lui au marché. Je m'écartai fermement : « Je veux aller à l'école », prononçai-je d'un ton résolu ; puis je le contournai et me mis à courir. Les chaussures que je portais me gênaient horriblement mais je devais les supporter et m'y habituer en l'honneur de ma nouvelle école — si l'on m'y acceptait.

Le grand portail de fer me plut beaucoup ; il était surmonté d'une pancarte portant l'inscription, calligraphiée avec soin, « École nationale de Bethléem ». Une curieuse fierté m'envahit, comme si l'école et moi nous nous appartenions l'un à l'autre. J'avançai timidement dans la cour où jouaient des garçons qui m'étaient parfaitement inconnus. Je me dirigeai vers le bâtiment, aux portes et fenêtres fraîchement badigeonnées de vert ; des professeurs allaient et venaient. J'hésitai puis, prenant mon courage à deux mains, j'interrogeai l'un d'eux :

— S'il vous plaît, où est M. Jabbour ?

Mon frère m'avait recommandé de m'adresser à lui, de le saluer de sa part — c'était son professeur préféré — et de lui expliquer qui j'étais.

Un homme marchait d'un pas lent dans le couloir ; il était grand, élégamment vêtu, et il tenait un livre.

— Voilà M. Jabbour, me répondit-on.

Intimidé, je m'approchai ; j'avais la gorge nouée et mon cœur cognait violemment :

— Je suis le frère de Youssef Ibrahim.

La chaleur de sa réaction me surprit :

— Où est-il donc, ce petit coquin, ce chenapan ? Pourquoi n'est-il pas revenu à l'école ?

— Il a un travail maintenant. Il m'envoie pour que vous m'aidiez à entrer à l'école.

Ses yeux bleus me considérèrent longuement, puis il alluma une cigarette et lâcha :

— Viens.

Et il me conduisit vers une porte où il était écrit « Directeur ». Dans la pièce se tenait un homme svelte aux cheveux blancs, qui portait des lunettes à monture métallique ; il parlait avec un élève. Le soleil inondait le petit bureau : je ne sais trop pourquoi, cela ôta un peu de ma crainte de ce directeur dont mon frère m'avait tant parlé, comme s'il était un être de légende.

— Fadil effendi [1], dit M. Jabbour. Cet enfant est le frère de Youssef Ibrahim. Vous vous souvenez de lui ? Il était premier de sa classe et vous comptiez lui faire sauter un ou deux niveaux.

Fadil effendi congédia l'élève, puis il répondit d'une voix retentissante, avec un accent légèrement différent de celui de Bethléem (je le savais de Nazareth, tout comme M. Jabbour venait d'Oum Fahm, un village des environs de Nazareth) :

— Oui, oui, je me souviens... Qu'est devenu cet enfant ?

— Il travaille à présent. Pour aider sa famille, sans doute. Accepteriez-vous son frère chez nous ?

Le directeur m'examina d'un œil inquisiteur tandis que je restais muet devant lui, puis il prit un livre sur son bureau, l'ouvrit au hasard et le poussa vers moi :

— Lis du haut de la page !

La bouche sèche, je lus quelques lignes. Les deux hommes écoutaient en hochant la tête. Fadil effendi m'interrompit :

— C'est suffisant.

Puis, s'adressant au professeur :

— Comme son frère ?

— Vraisemblablement, répondit M. Jabbour en souriant.

1. Titre réservé aux dignitaires.

— En troisième ?

— Cela devrait aller.

Le directeur fit brusquement volte-face, s'assit à son bureau et sortit un cahier d'un tiroir ; il tourna quelques pages puis, tirant un stylo de sa poche, il me demanda :

— Comment t'appelles-tu ?

— Jabra Ibrahim.

— Bien... Quel âge ?

— Neuf ans.

Il consigna ces renseignements et, se levant :

— Va dans ta classe maintenant... Troisième année.

Je nageai en plein ravissement et j'allais voler au-dehors quand sa voix nette m'arrêta sur le seuil :

— Écoute-moi ! Tes cheveux sont trop longs... Demain, tu devras les avoir tondus. Compris ?

M. Jabbour me conduisit dans un couloir ensoleillé qui longeait un petit jardin où se dressaient des pins, puis m'accompagna dans un autre couloir, vers une enfilade de classes. Tout au bout une porte, sur la porte une plaque de bois : « Classe de troisième. » Il m'introduisit. La salle était vaste et remplie d'enfants de tous âges ; le maître était jeune, et il tenait un livre d'anglais — ce livre même où Youssef m'avait lu l'histoire d'Aladin et de sa lampe merveilleuse.

— Fahim effendi, voici un nouvel élève. Avez-vous une place pour lui ?

— Oui. Qu'il se mette près de Chéhadé.

Jusqu'alors, dans les écoles que j'avais fréquentées, je n'avais connu que ces longs bancs où se serraient cinq enfants, ou davantage encore. Mais là, les élèves étaient assis par deux. Il restait même quelques places vides. Je m'installai à l'endroit indiqué. Ma tête tournait tant j'étais excité et intimidé, tant j'étais heureux. M. Jabbour, m'ayant amené à bon port, repartit. Chéhadé poussa vers moi le livre ouvert pour me permettre de suivre, mais je ne compris pas un mot de ce que disait le professeur. Quand la cloche sonna, je m'apprêtais à sortir avec les autres mais M. Fahim me fit signe d'attendre.

— Tu as des livres ?

— Non.

— Bien. Suis-moi.

Je l'accompagnai vers une salle qui portait l'inscription « Intendance ». Un homme y était assis derrière un grand bureau encombré de livres et de papiers, et M. Fahim lui demanda de me remettre les livres de troisième. Puis de nouveau la cloche ; les élèves regagnèrent la classe et je repris ma place près de Chéhadé. Avec mes quelques livres d'arabe et d'anglais, avec mon cahier de dessin et celui d'écriture, il me semblait posséder les clés de portes qui ne pouvaient être que celles du paradis. Je n'avais qu'à y courir, elles s'ouvriraient, et je verrais des prodiges que je n'aurais pas seulement pu imaginer.

Le matin, à midi et le soir, mon trajet de la maison à l'école passait immanquablement par Bab ad-Deir. Cette place était le rendez-vous permanent des écoliers et écolières, des voyageurs, des fidèles et des pèlerins, des religieux et religieuses, et des touristes de toutes sortes — ce qui en faisait un véritable kaléidoscope de sensations visuelles et sonores. Près de la municipalité ombragée par un pin géant, s'alignaient des restaurants et des cafés qui ne désemplissaient pas, le plus réputé étant le restaurant Abou Zaki. Son propriétaire, un homme jovial et corpulent, constamment occupé à concasser des pois chiches cuits derrière sa devanture, avait accroché sur un mur une grande affiche représentant un jeune homme aux favoris descendant jusqu'à la mâchoire, aux lèvres charnues et aux yeux langoureux ; en haut de l'affiche, en gros, on pouvait lire : « Le chanteur des rois et des princes, Mohammed Abdelwahhab. » Sur le mur d'en face, une autre grande affiche montrait une femme aux longues tresses, la tête couverte d'un fichu noir d'où sortait une boucle sur le front, et ces mots : « L'étoile de l'Orient, Oum Kalthoum. » Sur une petite table près de la porte, un gramophone dont l'immense pavillon était tourné vers la rue égrenait inlassablement *Ô fille de la vallée*. Mes camarades et moi avions vite appris cette chanson, et nous en utilisions le début pour les concours de souffle que nous organisions entre nous.

Au début, je me sentis quelque peu dépaysé et intimidé à l'école. Cela ne dura guère, et je me liai vite à deux ou trois garçons : nous formions une petite bande qui, pendant les récréations, pouvait tenir tête à des élèves plus âgés. Comme les autres, ma classe ne constituait pas un groupe homogène : âge, habillement, accent, tout différait. Certains élèves avaient mon âge, d'autres davantage — parfois quatorze ans ou plus. Quelques-uns étaient vraiment grands et parlaient avec une grosse voix d'homme. Les *qonbaz* côtoyaient les culottes courtes et les pantalons longs. Certains avaient chaussures et chaussettes, d'autres des chaussures sans chaussettes, d'autres encore allaient pieds nus, tout poussiéreux et les jambes crottées. Les têtes étaient coiffées de tarbouchs, de chapeaux, de *keffieh* ou de casquettes. Quant aux cheveux coupés ras — parfois même aux têtes carrément tondues —, nous avions compris qu'il s'agissait d'une mesure prophylactique contre les poux qui prospéraient dans les longues chevelures. A peine entrés en classe, nous devions ôter nos couvre-chefs, et on pouvait voir certains d'entre nous contempler sur leur *desk*[1] les évolutions des insectes qui les abandonnaient pour sauter sur leurs condisciples. Le jour où M. Jabbour nous apprit que les grammairiens avaient adopté l'expression « Les puces m'ont dévoré », je trouvai cette image on ne peut plus claire : j'avais effectivement connu cela, en particulier lorsque nous habitions la *khchachi,* où puces et punaises m'avaient « dévoré » impitoyablement chaque nuit, sans que je trouve moyen de leur échapper.

La langue aussi était différente : les élèves venaient de Bethléem et des environs, de Beit Sahour, de Beit Jala, d'Hébron, de Beit Faghour et de Bani Taâmar. Chacun de ces villages possédait son accent particulier, mais cela ne nous empêchait pas de nous comprendre. De plus, certains enfants étaient chrétiens, d'autres musulmans. Majoritaires, les chrétiens pouvaient être orthodoxes, latins, ou syriaques, catholiques, ou encore arméniens... Dans cette mosaïque humaine, le professeur Fadil Nimer, avec le groupe d'enseignants qu'il dirigeait — comme Jabbour Abboud,

1. En anglais dans le texte.

Fahim Jabbour, Ilias Hamati, Houssam Achtieh, et d'autres —, déployait tous ses efforts, ainsi qu'il aimait à le répéter, pour créer une école harmonieuse, à même de semer dans les âmes le respect des vertus morales et l'amour de la connaissance, afin que chacun serve du mieux possible le nationalisme arabe, et en premier lieu l'arabité de la Palestine.

Les instituteurs se montraient fiers de leurs élèves lors des visites d'inspection — et elles étaient fréquentes. Certains de ces inspecteurs restent dans toutes les mémoires : Khalil Sakakini, par exemple, ou encore Issaf Nachachibi et cheikh Houssam Jarallah[1].

Le plus impressionnant de tous était Khalil Sakakini. A chacune de ses visites, il nous arrivait coiffé d'un tarbouch rouge impeccable, posé bien d'aplomb sur une épaisse chevelure noire striée de blanc, et vêtu d'un costume élégant, à la boutonnière toujours fleurie. Il utilisait l'arabe littéraire et paraissait en déguster chaque mot ; sa voix était vibrante bien qu'étrangement enrouée, et il savait rendre ses propos ensorcelants sans jamais cesser d'être parfaitement compréhensible.

Issaf Nachachibi, lui, était tout petit et il compensait sa courte taille par de hauts talons. Malgré l'élégance qu'il affichait, on peut dire que, de prime abord, il ne payait pas de mine, mais seulement jusqu'à ce qu'il ouvre la bouche : alors, ses phrases étonnamment rythmées et rimées nous ravissaient, même si nous n'en comprenions que bien peu, et il

1. Ces personnes ont fortement marqué des générations de Palestiniens.

nous laissait dans un enchantement dont nous ignorions le secret.

De temps à autre, nous recevions aussi un inspecteur anglais ; il avait un aspect redoutable, avec ses sourcils en broussaille qui, tels deux arbustes plantés sur le front, surplombaient ses lunettes. C'était Mister Farrell. Un jour, il prit au dépourvu M. Fahim qui nous donnait un cours d'anglais ; il nous interrogea sur le sens de plusieurs vocables, sur la prononciation de quelques mots simples, et nos réponses furent correctes. Puis il demanda :

— Et maintenant, qui peut écrire au tableau le mot *beautiful* ?

Troublé, notre instituteur suggéra que ce mot était « long et difficile ». Et il promena sur ses élèves un regard chargé d'un peu d'espoir et de beaucoup d'appréhension. Seul entre tous je levai le doigt. Mister Farrell, que mon audace ne suffisait pas à convaincre, me dit, avec son accent épouvantable :

— Viens, et écris-le au tableau.

J'y allai, anxieux quand même. Il me tendit un morceau de craie et j'écrivis « beautiful ». « Magnifique ! » s'exclama M. Fahim. Mister Farrell, lui, semblait fort étonné, et ses yeux, enfouis derrière ses lunettes sous l'épaisseur de ses sourcils, s'éclairèrent.

— Excellent, s'écria-t-il. Comment s'appelle cet enfant ?

Et il nota quelque chose sur son cahier. Peut-être est-ce cette petite note qui, des années après, lui permit de se rappeler mon nom et d'exercer — sans que j'en sache rien — une influence décisive sur le cours de mes études.

M. Fahim, tout heureux, me lança :

— Tu m'as sauvé la mise ! Que Dieu te le rende !

J'étais alors dans ma neuvième année, et l'école publique marqua ma véritable naissance au monde. Moi qui avais jusque-là vécu dans le cocon de ma famille, en marge de tout, voilà que, comme par la magie de la lampe d'Aladin, les jours m'apportaient une infinité de rencontres. Il me fallait désormais mesurer la force de mes muscles à des poids que je n'avais jamais soulevés, ni même pu soupçonner auparavant. Mon esprit s'était jusqu'alors nourri des visions oniriques engendrées par les chants d'église et l'intimité avec les arbres, les rochers, et les horizons lointains des vallées et collines ; maintenant, j'étais confronté aux expériences humaines, et le temps qui passait les renouvelait sans cesse : les centaines d'élèves qui m'entouraient étaient si divers, et les instituteurs nous apprenaient chaque jour tant de choses nouvelles.

Ainsi, Issaf Nachachibi avait publié un choix de poèmes, *Le Jardin*, distribué gratuitement aux élèves. Ce livre nous introduisait dans un monde à l'étrange beauté, dans un passé que ces courtes poésies, que ce professeur excellait à choisir et à commenter, me rendaient peu à peu plus concret, plus vivant. J'appris par cœur nombre d'entre elles, et j'aimais à les déclamer à voix haute et claire quand j'escaladais un arbre ou me perchais sur un muret surplombant une vallée ; c'était comme si je m'adressais aux oliviers et aux vignes, et il m'était indifférent qu'ils me comprennent ou non. A eux seuls, le son et le rythme des mots me transportaient, alors que dire lorsque j'en pénétrais le sens ! Notre maître d'arabe, Jabbour Abboud, choisissait dans ce livre des chants de gloire et des poèmes épiques, qu'il nous donnait à apprendre. Comme c'était beau de scander à pleine gorge des vers comme ceux-ci :

... Car moi j'appartiens à ce peuple pugnace
Si meurt un prince, un compagnon le remplace...

Je me délectais aussi au seul nom du poète Amrou ben Maâdi Yakrib. Jamais, depuis, mon admiration pour lui ne s'est démentie. Je l'imaginais presque centenaire mais toujours jeune, bouillonnant de vie et d'enthousiasme, je le voyais bondir lestement sur son coursier, tel un éclair, et je l'entendais répéter :

... Je vis alors les femmes de la tribu
Plus dures que caprins endurants
Et parmi elles Lamis apparut
— Pleine lune au firmament...

Ou encore, il lançait son cheval au combat, sabre au clair, puis il frappait et, tandis que ses compagnons, touchés à mort, s'écroulaient, lui domptait la mort et le temps :

... Sans m'inquiéter, sans m'affliger
Sans qu'une main essuie mes pleurs,
Tous ceux que j'aimais m'ont quitté
Et, comme mon épée, je me retrouve seul...

Et le poète, c'était moi, je me jetais sous une pluie de flèches et de lances jusqu'au moment où, tout comme lui et comme mon épée, je me retrouvais seul.

Je pris insensiblement l'habitude de m'identifier aux poètes. Cela redoublait mon plaisir et m'incitait constamment à de nouvelles lectures. J'avais une prédilection pour les poètes qui aimaient à se glorifier de leur bravoure et chantaient leur solitude ; quelques années plus tard, pendant mon adolescence, un poème célèbre de Malik ben Raïb exercera sur moi un effet quasi magique :

... Ne m'as-tu pas vu délaissant l'égarement pour la juste voie ?
Et me voilà portant l'assaut avec Ibn Affan et ses soldats...

Avec lui je répète quelques vers de sa propre oraison funèbre :

... Je me souviens de qui me pleura et ne vis
De larmes pour moi que chez l'épée et la lance Radini
L'isabelle traîne sa bride jusqu'au ruisseau
Car le destin a fauché son porteur d'eau...

Alors, je vois la monture : son cavalier vient de tomber sur le sol qu'il arrose de son sang, peut-être une jambe est-elle restée accrochée à l'étrier, et le cheval traîne sa bride et traîne avec lui vers l'eau le poète mort. Et, dans mon rêve éveillé, je suis devenu le poète, et je poursuis :

... Mais à l'orée du champ des femmes alanguies
S'émeuvent de mon destin lorsque vient la nuit...

En cet instant tragique, comme Malik le demanda lorsqu'il comprit que ses exploits prenaient fin, j'interpelle mes deux compagnons :

... Creusez, de votre lance, le tracé de ma couche
Rabattez mon manteau sur mes yeux et ma bouche
Montrez-vous généreux, et que Dieu vous bénisse,
Faites que, dans la terre, la place me suffise
Prenez mon corps et tirez-le par mon habit
Combien dur je fus à manier jusqu'aujourd'hui...

Mais tout cela se passera un peu plus tard. En 1929 et l'année d'après, la révolution avait de nouveau embrasé le pays[1], et les chants que nous apprenions alors disaient :

... Nous sommes les soldats de Dieu, jeunes de ce pays
Haïssant l'oppression et toutes les tyrannies...

Et nous chantions bien fort, inlassablement et sur tous les tons :

... Étale-toi, pénombre des prisons
Cette pénombre nous l'aimons
Car, quand la nuit s'achèvera
Une aube de gloire se lèvera...

Dans les jeunes esprits, comme de l'acier qu'on trempe, ces paroles fougueuses prenaient une vie singulière, et le tumulte qu'elles soulevaient en nous avait la furie des ouragans...

Notre directeur, Fadil Nimer, était poète et musi-

1. Contre les Britanniques.

cien. On le voyait parfois arriver tôt à l'école, muni du long étui noir de son violon, et il nous semblait ainsi moins terrifiant qu'il ne veillait à le paraître lorsque, bâton en main, il faisait sa tournée dans les classes. Après m'avoir écouté, il jugea ma voix jolie et bien assurée et m'admit dans la chorale de l'école. Il nous y enseignait des hymnes ardents ou des chants de bienvenue — certains de sa composition — et nous accompagnait au violon ; au cours des nombreuses fêtes qu'il organisait, nous étions censés accueillir les invités par quelque chose comme :

Soyez les bienvenus, ô estimables invités
Votre digne présence illumine cette soirée

Puis nous reprenions ces mêmes vers sur une mélodie différente, et il nous dirigeait, grattant son violon et marquant bruyamment la mesure du pied gauche, pour nous faire tenir le rythme. Les invités applaudissaient et lui, délaissant violon et archet, tirait un papier de sa poche et lisait son discours, un panégyrique de circonstance dont l'emphase et la grandiloquence masquaient la platitude.

Ilias Hamati nous enseignait le calcul, tout en nous préparant au jour où nous apprendrions l'algèbre et la géométrie. M. Abbas se chargeait des cours d'histoire ancienne, mais nous donnait aussi un avant-goût de l'histoire des Arabes, que nous étudierions l'année suivante. M. Fahim, en plus de l'anglais — il était fraîchement diplômé de l'École d'instituteurs de Jérusalem (faculté arabe) —, nous enseignait la culture physique. Son corps robuste et sportif, les mouvements difficiles qu'il nous entraînait à pratiquer nous soulevaient d'admiration. Notre impuissance à exécuter les figures d'ensemble, notre absence totale de coordination et d'harmonie déchaînaient sa colère. Mais un seul de ses sourires suffisait à nous transporter de joie — pour un court instant.

Le seul maître capable de colères analogues, quand il lui arrivait de se mettre en colère, était notre professeur de calligraphie, Houssam Achtieh. Car M. Houssam n'était que douceur et bienveillance, et lorsqu'il nous parlait, avec sa petite touche d'accent égyptien contracté pendant ses études au Caire, c'était pour nous comme une musique. Mais il pouvait exploser comme un vrai volcan si un enfant se comportait mal ou ne s'appliquait pas ; il n'hésitait pas, dans ce cas, à user de sa large règle sur la paume du coupable, et cette violence plongeait la classe dans l'angoisse. Ce que cet artiste m'enseigna, cette année-là, de la calligraphie arabe m'ouvrit au monde subtil du regard, à sa délicatesse, m'amena à l'appréhension visuelle du mot, et mon expérience esthétique s'en trouva dès lors singulièrement enrichie.

Mon voisin de table, un garçon très brun du nom de Chéhadé Abd as-Samih, me fut également d'une aide précieuse dans ce domaine. Malgré son jeune âge, c'était un authentique artiste. Il n'avait guère que deux ou trois ans de plus que moi, et pourtant il avait déjà travaillé à Jérusalem, chez un calligraphe spécialiste en affiches, avant que sa famille ne choisisse de s'établir à Bethléem. Son père était originaire d'Hébron ; il tressait des nattes de jonc et fabriquait des sacs de jute dans une petite échoppe de Bab ad-Deir, juste en face de la municipalité (le bâtiment abritait en outre le poste de police, une maison d'arrêt — des fenêtres, les détenus interpellaient les passants :

« Une cigarette, pour l'amour de Dieu ! » — et un dispensaire que l'on appelait « l'Hygiène », où les tâches premières étaient d'administrer des piqûres contre les maladies contagieuses, vacciner les enfants contre la variole, combattre la malaria en traitant l'eau des puits — en y versant de temps à autre du pétrole, pour tuer les moustiques —, enfin d'exterminer les chiens errants en les entassant dans des cages où ils recevaient de la viande empoisonnée... C'était devenu une plaisanterie courante que de dire : « Vraiment ! Tu n'es bon que pour l'Hygiène ! »). Souvent, après l'école, Chéhadé et moi nous nous rendions chez son père. Nous nous installions au milieu d'une montagne de nattes roulées, et il me montrait des versets coraniques calligraphiés avec une virtuosité stupéfiante pour un enfant de son âge. C'est lui qui m'apprit à tailler un roseau et à calligraphier comme il le faisait. M. Houssam insistait surtout sur les règles du style nommé *rouqaâ* alors que Chéhadé m'enseigna trois autres types de calligraphie : le *thoulth*, le *farsi* et ce qu'il appelait le *hamayouni*.

Mais Chéhadé était atteint de trachome, et la poussière des nattes et du jute n'arrangeait rien. A la fin de cette année-là, il dut renoncer aux études. Ce fut un choc pour moi, mais notre amitié persista plusieurs mois encore, jusqu'au jour où il repartit pour Hébron.

Et puis, il y eut le plus important : ce que m'enseigna de la langue arabe M. Jabbour Abboud. C'était un amoureux des mots, et cet amour était contagieux. Il ne limitait jamais ses cours au sacro-saint programme. En deux ans ou à peine plus, il m'apprit sur les règles grammaticales davantage qu'un autre, et c'est son enseignement qui sous-tend encore mes rapports avec l'écriture. Il adorait disséquer les vers les plus ardus, et mettre au jour les relations complexes des mots entre eux me procurait le même bonheur — car c'étaient des relations logiques, aussi rationnelles que les rapports mathématiques entre les termes d'une équation. Lorsqu'il me chargeait d'analyser un vers, je m'en acquittais avec beaucoup de plaisir. Ensuite il me disait :

— Celui-là était facile. Voyons maintenant ce que tu peux faire avec celui-ci...

Et il me dictait un vers bourré d'énigmes grammaticales et verbales que je m'acharnais à résoudre en décortiquant les mots un par un, dans l'espoir d'en découvrir le secret et d'en maîtriser l'analyse. Lui m'aidait ou non, c'était selon, jusqu'à ce que je parvienne à démêler l'écheveau.

Le jour où j'entendis l'instituteur annoncer devant toute la classe que j'étais premier, je n'en crus pas mes oreilles.

Je n'avais nul désir de rivalité, et je n'en eus jamais. L'esprit d'émulation était étranger à ma façon de penser et d'agir. Ce qui comptait, c'était que moi, qui m'étais d'abord senti comme un intrus parmi cette foule d'inconnus, je devenais le premier d'entre eux. On nous distribua les carnets de notes trimestrielles pour certifier la nouvelle. Comme si, pour l'école, l'essentiel n'était pas de me faire connaître ces résultats à moi mais de les communiquer aux autres, pour les stimuler peut-être.

Un élève en fait — Ilias, un garçon plus âgé que moi, plus grand aussi, dont le *qonbaz* battait les chevilles et qui portait un tarbouch au rouge époustouflant, et si haut qu'il le rendait encore plus grand — un seul élève se répandit en protestations et en pleurs, clamant sa colère à travers les couloirs, car il s'attendait à être premier. Originaire de Beit Sahour, Ilias était arrivé à l'école bardé de recommandations. Et il n'était pas venu après la rentrée, comme moi. Il n'était que deuxième...

Je ne m'en préoccupai pas outre mesure. Ilias se mit à déserter la cour et nos jeux pour travailler de plus belle — il faisait du par-cœur, comme on disait. En fin d'année, le résultat fut tel qu'il le souhaitait. J'avais les meilleures notes en arabe, en anglais et en histoire, mais il était premier et moi deuxième. L'année suivante, la fortune se détourna franchement de lui en faveur d'un nouveau, Yaqoub, qui venait d'une école orthodoxe. Yaqoub fut premier, je restai deuxième. Quant à Ilias, il dégringola à la cinquième ou sixième place.

Des épisodes identiques se reproduisirent tout au long de mes études, avec — il faut le dire — des élèves intelligents et brillants, qui eurent par la suite une influence non négligeable dans le monde arabe. L'émulation jouait pour les élèves un rôle de catalyseur ; moi, la seule chose qui m'importait était de poursuivre études et lectures de la façon dont je l'entendais ; je ne cherchais à rivaliser avec personne, je ne prêtais donc aucune attention aux rivalités qui pouvaient m'entourer.

La raison en était peut-être que je commençais à penser qu'il me faudrait quitter l'école, comme mon frère avant moi. Les études n'étaient pas pour moi, quelque plaisir qu'elles m'apportent, car la maladie dont souffrait mon père — on disait que c'était une sciatique — empirait, et cela nous effrayait profondément. Les travaux dont il devait s'acquitter à l'hôpital des sœurs de la Charité nécessitaient un effort musculaire considérable, et ses douleurs à la jambe gauche furent ressenties comme un mauvais présage par lui et par nous tous. Il était officiellement le jardinier de l'hôpital, mais en réalité beaucoup plus. Chaque fois qu'il y avait un sac pesant à transporter — à partir du portail il fallait monter les escaliers et passer par un long corridor pour arriver à la cuisine —, le portefaix c'était lui. Chaque fois qu'il y avait un meuble énorme à déplacer d'une pièce à l'autre, le déménageur c'était lui. Chaque fois qu'il y avait un carré de terre à retourner, le laboureur c'était lui. Sa journée commençait avec l'aube pour s'achever quand l'obscurité gagnait déjà.

« Ma sœur Janine », la supérieure des religieuses (toutes françaises), tenait beaucoup à lui, et il en était très fier : elle ne faisait pas un pas à l'hôpital, hormis dans les salles des malades, sans l'avoir à sa droite ; elle s'adressait à lui dans son français arabisé, ou son arabe francisé, que mon père trouvait tout à fait charmant (et qu'il imitait pour nous amuser) ; s'il lui arrivait de s'absenter, elle faisait immédiatement prendre de ses nouvelles. Mais je commençais à me rendre compte que ce dur labeur était disproportionné avec les dix piastres qu'il percevait chaque jour. La décision de Youssef avait été inévitable, et mon tour était venu : nous devions travailler tous les deux pour soulager mon père de ce fardeau.

Le jour où j'annonçai à mon frère — c'était le début des vacances d'été — que je voulais quitter l'école pour prendre ma part des responsabilités familiales, il partit d'un de ses fameux hurlements de colère, me prit au collet et me secoua violemment :

— Si tu répètes ça une seule fois je te cogne dessus, et on t'entendra crier jusque dans le ciel ! Qu'est-ce que peut bien faire un enfant comme toi ? Tu veux traîner au marché, un panier sur le dos, et faire le porteur ? Tu restes à l'école tant qu'il y en a une !

Alors je me mis à crier moi aussi :

— Et toi ? Pourquoi tu as quitté l'école ? Tu n'étais pas premier de ta classe, peut-être ?

— Est-ce que c'est nécessaire que tu partages ma malchance ? Et puis moi... je suis grand... j'ai presque quinze ans... Je peux travailler et étudier en même temps. Tu ne vois pas tous les livres que j'ai ? Mais toi...

Ma mère s'aperçut de la dispute et interrogea Youssef :

— Pourquoi grondes-tu ton frère ?

— Parce que ce monsieur veut quitter l'école. Il veut nous aider à subvenir à nos besoins.

Ma mère se mit à rire :

— Il est sûrement tombé sur la tête !

— Bon, d'accord, répliquai-je. Je suis fou. Et après ? J'ai le droit !

— Grandis d'abord, mon fils, et ensuite on verra. Dieu ne nous a jamais laissés manquer de l'essentiel. L'école avant tout.

Le soir, mon père eut droit à un compte rendu, et il affirma :

— Tant que le sang coulera dans mes veines, tant

que j'aurai un souffle de vie, je le jure, je t'empêcherai d'abandonner l'école. Pour ton frère, il n'a agi que contre ma volonté l'année dernière, et si cela ne tenait qu'à moi il y retournerait demain, même si nous devions mourir de faim. Qu'est-ce que vous voulez plus tard, être des ignorants comme moi ?

Je songeai alors à ce que mon père nous avait raconté maintes fois : le peu de temps passé à l'école coranique où — disait-il — il avait appris tout l'alphabet ; puis, après deux ou trois semaines, les moutons, qu'il lui avait fallu garder, et les labours, où il aidait son père en guidant deux gigantesques taureaux qui allaient puis venaient dans les sillons rectilignes, de l'aube au crépuscule. Et ce qu'il avait appris si vite s'était effacé aussi vite.

Mon père ajouta :

— Ce qui peut me rendre heureux, rendre heureuse votre mère, c'est de vous voir lire. Pourquoi ? Parce que le mot est sacré. Oui, le mot nous vient de Dieu. Et même, le Verbe c'est Dieu, comme le dit l'Évangile. Et le Verbe, c'est le livre. Est-ce que je me trompe ?

13.

Ma sœur naquit cette année-là. En souvenir de sa mère, morte durant la guerre, mon père l'appela Sawsan. Ma mère avait déjà donné le jour à sept garçons, dont l'un mort-né et deux disparus en bas âge. Cette petite fille venait clore la série, et elle n'en fut que plus aimée. Pour nous, elle était Choucha.

Avec cette naissance, la famille décréta que nous étions trop à l'étroit chez Fathou ; il nous fallait chercher autre chose. Cette fois, nous ne devions pas aller bien loin. Mon père avait eu vent d'une occasion, en haut de la rue que nous empruntions chaque jour. La maison comprenait une vaste pièce (porte et fenêtres en étaient arrachées mais mon père et mon frère se chargeraient de les réparer), flanquée d'une sorte de baraque (d'aspect misérable mais bien utile tout de même), une large cour avec un puits profond et, devant, un grand jardin planté d'arbres. L'habitation était totalement indépendante. Elle surplombait la rue, mais aussi Tariq al-Jadida, Wadi-l-Jamal, les collines qui s'élevaient au-delà, les montagnes bleues au loin : elle surplombait le monde entier ! Il y avait un deuxième jardin, de l'autre côté, sans arbres celui-là. L'affaire fut vite expédiée : en deux jours nous étions installés, avec moutons et poules, dans la maison Jahlouqa.

Cette dénomination me parut sinistre, et j'imaginais le propriétaire doté d'une paire d'yeux globuleux, comme son nom le suggérait, d'un visage grêlé et de canines proéminentes sur des lèvres épaisses. Je ne vis que sa vieille épouse, le jour où elle vint se faire régler par ma mère le complément du loyer — quatre guinées par an, dont nous n'avions versé que des arrhes. Elle ressemblait à n'importe quelle autre femme de son âge. Je restai donc persuadé que Jahlouqa se cloîtrait pour ne pas exhiber sa disgrâce. Quelle ne fut pas ma déception quand il nous rendit visite : c'était un simple vieillard à l'air bienveillant, qui parlait avec douceur. Il ne lâchait jamais son bâton : même assis par terre, il le posait en travers de ses genoux et s'y appuyait.

Je pensai alors que les gens de Bethléem — comme le reste des humains, je le découvris plus tard — s'attribuent les uns aux autres, et sans la moindre pitié, des surnoms qui s'attachent ensuite aux individus, qu'ils le veuillent ou non. La plupart du temps, malgré les tentatives de résistance et de rejet, ils se voient bien obligés de s'y soumettre car, avec une belle obstination, on ne les désigne plus que par le sobriquet outrageant. Malheur à celui qui souffre d'une quelconque infirmité : ce sera un nom tout trouvé, il le fera supporter aux siens et sa progéniture le perpétuera ! C'est ainsi que l'on rencontre des familles al-Aâma, al-Aârraj, Qattich, al-Akhras, al-

Atrach, al-Ahdab, Jahlouqa, ou Qarraâ[1]. D'autres, en raison de quelque incident lié à un insecte ou à un animal, y gagneront son nom. Et nous trouverons les familles Sarsour (adouci par la suite en Sansour), Dabbana, Dabdoub, Hazboun, Far, Jamal, Baghla, Hihi, Jaâr[2]. Les plus chanceux auront des noms d'oiseaux, de fruits et autres légumes : Hamama, Sous, Dik, Zarzar ; Faqqousa, Flifil, Hanthal, Roummana, Touffaha, Dahboura, Mahchi[3]. L'heureux entre tous est sans conteste celui dont l'ancêtre ou l'aïeule était pourvu d'une force ou d'une autorité telle que son simple prénom est devenu le patronyme de ses descendants et des descendants de ses descendants. Les noms de métiers sont également très répandus : Haddad, Najjar, Naqqar, Hajjar, Qattane, Farrane, Qanawati, Sahhar[4]. Et des surnoms comme Farhane et Farhana[5], ou Hazine et Hazina[6], remontent eux aussi à des temps si lointains que nul n'en connaît plus avec certitude l'origine, ni ne sait qui était le premier Farhane ou la première Hazina.

Cela n'empêche pas les habitants de Bethléem d'assurer, sans connaître grand-chose à l'histoire, arabe ou non, qu'ils descendent de deux grandes tribus dont quelques clans s'installèrent là, ainsi que dans les villages des alentours, Beit Jala, Beit Sahour,

1. Respectivement : l'aveugle, le boiteux, celui qui a les oreilles coupées, le muet, le sourd, le bossu, celui qui a des yeux globuleux, le teigneux.
2. Cafard, mouche, ourson, escargot, souris, chameau, mule, moustique, scarabée.
3. Pigeon, poussin, coq, étourneau ; concombre, poivron, coloquinte, grenade, pomme, lentille, hachis.
4. Forgeron, menuisier, ciseleur, tailleur de pierre, passementier, boulanger, cantonnier, magicien.
5. Joyeux et joyeuse.
6. Triste (masculin et féminin).

Artas, al-Khoudar, Bittayir — les Qaïsites et les Kalbites[1]. Ainsi certaines familles font-elles remonter — on ne sait trop comment — leurs origines aux Qaïsites, d'autres aux Kalbites ; une façon pour elles d'affirmer les origines arabes de leur ville — elle fut pourtant édifiée par les Cananéens au début du deuxième millénaire avant notre ère, et baptisée par eux « la Maison du pain » (ce qui est le sens de l'ancien nom araméen de Bethléem). C'était en effet une région fertile, où les champs de blé, d'orge et de maïs s'étendaient sur des milles à la ronde, et qui fournissait à ses habitants et à Jérusalem, toute proche, l'essentiel de la nourriture. C'est pourquoi, depuis des temps immémoriaux, la ville a été un foyer de dévotion à Tammouz, le dieu de la Fertilité. Par ailleurs, certains estiment que, au cours des premiers siècles du christianisme, les Byzantins ont fait souche ici, tout comme les croisés plus tard. Par la suite, ces populations seront absorbées par le grand courant arabe.

Mon père avait retrouvé son énergie et il se mit à labourer le grand jardin, de l'autre côté de la rue. Après en avoir été privé pendant près de vingt ans, il possédait maintenant un lopin de terre — en location mais tant pis — qu'il pouvait ensemencer pour lui et ses enfants. Nous le secondions comme nous le pouvions, et il nous racontait ses souvenirs, ses jours de souffrance pendant son enfance ou sa jeunesse. Nous plantâmes de l'orge, la récolte qui viendrait serait la bienvenue.

1. Deux anciennes tribus rivales, les Qaïsites habitant l'Arabie du Nord et les Kalbites (ou Yéménites) l'Arabie du Sud.

Dans l'autre jardin, celui qui avait des arbres et longeait la cour et le puits, devant la maison, je me trouvai un travail qui, sans m'empêcher d'aller à l'école, me permettait d'aider les miens. Mon père m'apporta des plants de chou-fleur et de chou, et il me chargea de les piquer. Je traçai mentalement des lignes bien droites et fis de petits trous, à intervalles réguliers ; j'y piquai les plants un par un. Et l'eau... l'eau était là, à notre disposition ! Nous n'avions plus besoin d'en acheter ou d'aller remplir des bidons chez les autres ! Nous avions désormais un puits, profond, avec une margelle que les cordes des seaux avaient, depuis des dizaines d'années, creusée de sillons lisses. Je tirais l'eau du puits, remplissais un bidon que je portais au jardin, puis j'arrosais mes plants, en quantité mesurée. Lorsque j'étais fatigué, le grand mûrier, au bout du jardin, m'était un havre délicieux. Je l'escaladais, muni de mes livres de classe. Dans ses branches feuillues, je pouvais lire à voix haute, je pouvais chanter aussi, avec le sentiment que mon chant se déversait sur la vallée, la remplissait et débordait jusqu'aux montagnes. Sur un balcon, à cent mètres de là, mon ami Antoun Douik surgissait parfois. Il habitait une grande maison de trois étages, avec une infinité de pièces et autant de fenêtres. Il m'appelait du balcon, et je lui criais de venir me rejoindre dans mon arbre pour étudier avec moi. Le matin, nous nous retrouvions sur la route de l'école. Il me demandait de lui expliquer une leçon ou une autre avant que nous entrions en classe.

Cette année-là, la famille découvrit un nouveau moyen de subsistance, de façon inopinée, car mon père se trouva dans l'incapacité de travailler plus longtemps à l'hôpital des sœurs. Nos poules s'étaient multipliées, et ma mère eut une drôle d'idée : comme l'une d'entre elles couvait, elle acheta dix œufs de cane qu'elle glissa sous la poule — qui s'y trompa. On attendit le résultat. Les œufs allaient-ils vraiment éclore ? Si cela était, les canetons vivraient-ils ? Ou bien la poule, flairant la supercherie, les rejetterait-elle ?

La couveuse persévéra dans sa tâche avec le plus grand dévouement pendant vingt et un jours, que nous comptâmes un par un, guettant l'heureux événement. Le vingt et unième jour, dès l'aube, je courus au poulailler, dans la cabane, et ce que je vis me fit hurler de joie : neuf canetons piaillaient autour de la poule... Le dixième œuf était avarié.

Ils grandirent ; ils couraient derrière leur « mère », parmi les autres poules. Un jour qu'il pleuvait, je leur creusai une petite mare, qui fut vite pleine. Les canetons s'y jetèrent pour une baignade ; la poule, au bord de l'eau, semblait médusée par l'étrange comportement de ses rejetons et s'efforçait de ne pas glisser dans la mare ! Peut-être découvrit-elle alors qu'on l'avait abusée et exploitée ! Quoi qu'il en soit, au bout de quelques mois nous étions en possession de neuf canards, mâles et femelles, qui se reproduisirent et constituèrent l'amorce d'un élevage et d'un commerce.

Pourtant, la grande innovation de l'époque, ce furent les cochons. Élever trois ou quatre moutons et puis les vendre ne nous était pas d'un grand profit. Les vrais bénéfices — on l'avait dit à mon père — provenaient des cochons. Vous achetiez quelques cochons de lait pour un prix modique, vous les éleviez, et en moins d'un an, après avoir châtré les mâles, vous aviez de gros et grands cochons qui pouvaient peser leurs soixante-dix, quatre-vingts kilos, parfois davantage.

Ce fut cette année-là que Youssef se vit contraint d'aller travailler à Jérusalem, le propriétaire de la menuiserie ayant refusé d'augmenter son maigre salaire. Il emmena avec lui ma chère grand-mère, qui l'aiderait à tenir une petite pièce louée dans la vieille ville. Mourad l'avait précédé là-bas depuis longtemps, pour vivre comme il l'entendait, et aussi parce que les possibilités d'emploi y étaient plus nombreuses. Pour aider au quotidien mon père et ma mère, il ne restait donc que moi, Issa n'ayant que quatre ans et Sawsan n'étant qu'un bébé. Ma mère abattait le travail d'un homme, pour ne pas dire plus encore. Elle commençait au petit jour et ne s'arrêtait que lorsque tout le monde dormait déjà.

Mon père avait isolé une partie de la grande cour, là où se trouvait la cabane, à l'aide d'un muret aux pierres inégales, comme le sont les enceintes des jardins. A l'abri de cet enclos rocailleux, nous élevions quelques cochons, éternels affamés et gloutons impénitents qui engraissaient à vue d'œil. Ma mère s'entendait à leur préparer une pâtée avec les reliefs de nos repas, du son (que nous achetions par sacs) et des denrées diverses. Elle m'avait demandé d'inscrire sur l'un de mes cahiers tout ce que nous dépensions pour eux en son, maïs et autres aliments, afin d'être bien certains, comme elle le disait, de ne pas nous embarquer dans un négoce à la Jeha[1], lui qui avait acheté

1. Héros d'anecdotes comiques, populaire dans tout le monde arabe.

vingt œufs pour un shilling et en avait revendu vingt-cinq pour un shilling, en pensant que les gens diraient de lui qu'il était « un sacré commerçant » !

Mon expérience d'éleveur de cochons fut marquée par un événement mémorable, le jour où, innocent que j'étais, je trouvai que leur emprisonnement dans l'enclos avait trop duré ; de plus, les voir constamment vautrés dans la boue et les immondices m'emplissait de pitié. Pourquoi alors ne pas les lâcher une heure ou deux dans la cour ouverte, puis les parquer de nouveau ?

Cette pensée généreuse me vint un jour où j'étais seul à la maison. J'ouvris la porte de l'enclos, entrai et poussai un cochon vers l'extérieur. Ensuite le deuxième. Je me hâtai dans la cour avant que le troisième sorte pour veiller à ce qu'ils restent tous au milieu, là où je pourrais maîtriser la situation.

Soudain, l'un des cochons se mit à tourner comme un fou dans la cour (le bonheur de la liberté retrouvée ?) et les deux autres, tout aussi fringants, lui emboîtèrent le pas. Je courus à mon tour vers l'entrée — la cour n'avait pas de portail — pour les empêcher de sortir dans la rue si jamais l'envie les en prenait. Et c'est exactement ce qui les prit, après trois ou quatre tours au grand galop qu'ils accomplirent avec force ronflements, grognements et hurlements...

Le premier cochon tenta une sortie, je lui barrai le passage, il s'approcha, le groin au ras du sol, et s'engouffra entre mes jambes, de telle façon que je me retrouvai à califourchon sur son dos, le visage tourné vers sa croupe ; il m'emporta un moment dans sa course, puis me fit brutalement dégringoler ; les trois cochons se mirent alors à rivaliser de vitesse sur la grand-route, comme s'ils savaient parfaitement où ils allaient !

Je me lançai à leur poursuite, tout en les apostrophant. Des voisins et quelques passants comprirent quelle rude épreuve était la mienne, ils se jetèrent à leurs trousses, les rattrapèrent, leur barrèrent le chemin et, à grand-peine, les firent rentrer avec moi dans la cour. Redevenus soudainement très obéissants, les trois cochons franchirent la porte de leur enclos à la queue leu leu. Je m'empressai de fermer derrière eux... Je tremblais comme une feuille — tant de peur que de rage... Et s'ils s'étaient enfuis, perdus ? Était-ce là leur reconnaissance pour le bien qu'on leur faisait ?

Mon cœur battait, j'étais hors d'haleine. Je me sentais terriblement fatigué. Du puits je tirai un seau d'eau, m'aspergeai abondamment le visage. Cette fraîcheur me revigora. Je bus. Puis je me dirigeai vers le mûrier, l'escaladai, m'installai dans ses branches. Là, encore une fois, je m'évadai dans les espaces infinis...

14.

QUAND Youssef nous quitta pour travailler à Jérusalem, il dut abandonner la plus grande partie des livres qu'il avait achetés grâce au peu d'argent dont il disposait. Ils étaient rangés dans un petit coffre spécialement fabriqué pour cet usage. Ce fut un authentique trésor où je venais régulièrement puiser de quoi lire — et des lectures très éloignées de celles que j'avais à l'école. Deux livres surtout, en raison de leur diversité et du bonheur qu'ils me procuraient, étaient véritablement mes livres de chevet : *L'Océan de la littérature* et *Moissons littéraires dans les jardins arabes*, du père jésuite Louis Chikhou.

Le premier était un recueil de courtes anecdotes illustrées traitant le plus souvent d'animaux ou d'oiseaux et extraites de *Kalila et Dimna* [1] ou des *Fables* de La Fontaine ; chaque histoire se terminait par une ligne en caractères gras : la morale. Quant au second, il m'introduisit, à cet âge encore précoce, dans un monde merveilleux de préceptes, de récits d'exploits et de voyages, d'histoire, de poésie, une compilation

1. Œuvre célèbre du moraliste Ibn al-Mouqaffa (VIIIe siècle).

de la culture arabe classique dans ses aspects les plus exaltants et les plus séduisants. Le livre était ordonné en chapitres et entièrement vocalisé, la lecture en était donc facilitée [1]. J'éprouvais la plus grande admiration pour les noms qui signaient chaque extrait : ath-Thaâlibi, al-Qazwini, ach-Chrichi, Ibn Qoutaïba, al-Attlidi, al-Abchihi, al-Ghazzali, al-Massoudi, Abi-l-Faraj, Ibn Battouta, Ibn Abderrabbih, at-Tawhidi [2] — une avalanche de noms qui tintaient pour moi d'un doux mystère, jusqu'à ce que, avec la maturité, j'en comprenne toute l'importance.

C'est dans ce livre, au chapitre intitulé « Maximes usuelles », que je lus un nombre impressionnant de dictons arabes, dont j'appris une bonne partie par cœur à force de les relire. Le premier de ces dictons, je ne l'oubliai plus : « Ils sont deux à ne jamais être assouvis, celui qui a faim de savoir et celui qui a faim d'argent. » Le jour où je lus ces mots, je m'interrogeai : lequel étais-je ? Je décidai sans balancer que celui qui avait faim de savoir, c'était moi ! L'argent m'était quelque chose d'inconnu, ne me concernait nullement, alors que le savoir, je l'avais là, à portée de main et dans toute sa splendeur, grâce à ces livres ! Lorsque M. Jabbour nous donna ce sujet de rédaction : « Que voulez-vous devenir quand vous serez grand ? » j'écrivis : « Je veux être instituteur ; je resterai ainsi toujours parmi les livres et j'apprendrai, pour moi et pour les autres. » Ce fut en effet le métier que je choisis par la suite, avec une passion constante.

Le coffre renfermait également le premier roman

1. Les voyelles courtes ne sont indiquées que pour les débutants.
2. Des grands noms de la littérature arabe classique.

que mon frère ait possédé : *Les Aventures de Robinson Crusoé.* J'ai toujours présent à l'esprit le jour où il apporta cette traduction illustrée et où il se mit à m'en lire des extraits : comment le bateau fait naufrage ; comment, seul de tous les passagers, Robinson en réchappe et se retrouve sur une île déserte ; là, comment, avec les débris du bateau naufragé, il parvient, grâce à son intelligence et à son habileté, à se construire une hutte ; et comment une vie nouvelle s'ouvre pour lui, avec son compagnon Vendredi, le seul homme qu'il ait rencontré sur cette île... Cette existence rude me fascinait et soulevait en moi un tourbillon d'idées délicieuses, qui me poussaient à en redemander encore.

Un jour, l'un de mes camarades, originaire de Beit Sahour, vint en classe avec un livre qui me fit baver d'envie dès que je vis sa quantité d'illustrations et ce titre prometteur : *La Vie des héros.* Les héros en question avaient des noms étranges : Achille, Hector, Ajax, Ulysse, Thésée, Hercule, Persée, Andromède... C'étaient les héros des épopées et de la mythologie grecques. Je suppliai mon camarade de me prêter son livre. Il pouvait me le vendre, répondit-il. Combien ? Deux piastres... Comment aurais-je eu une telle somme ? Il me reprit aussitôt son livre. Je l'implorai tant qu'il accepta de le rapporter le lendemain. Cela se passait quelques jours seulement avant le départ de Youssef pour Jérusalem. Le soir même, je lui parlai du livre et des si belles illustrations, et je lui demandai la somme.

— Je suis en train d'économiser de l'argent, répondit-il ; je veux acheter le dictionnaire de poche arabe-anglais, anglais-arabe, d'Ilias Antoun Ilias. Il coûte trente piastres... Tu n'en parleras pas aux parents... Tiens, prends-les, tes deux piastres, et reviens demain avec le livre... Dieu nous dédommagera... ou peut-être bien le livre...

Le lendemain, j'ajoutai à la collection de mon frère *La Vie des héros*, qui prit sa place parmi les autres livres et fut aussi l'un de mes favoris. Je trouvai encore dans le coffre quelques volumes de la vie d'Antar, ainsi que la geste des Bani Hilal ; des romans policiers, dont certains en feuilleton, comme Milton-Top ou Johnson. Et, au beau milieu, je dénichai un livre dont la couverture avait disparu et dont les mots, imprimés en lignes serrées, ne portaient aucune voyelle ; c'était un amas de feuilles jaunes que mon frère avait agrafées les unes aux autres. Au début la lecture en fut malaisée. Puis, en feuilletant les pages, je tombai sur ce titre : « Histoire du commerçant Masrour et de son aimée Zaïn al-Mawassif ».

Pendant longtemps, chaque soir, mon père nous avait raconté des histoires, plusieurs fois pour certaines d'entre elles ; mais il avait épuisé son répertoire et il nous demandait souvent de lui faire partager un peu de ce que nous lisions. Je décidai donc de lire celle-ci pour la lui raconter quand il reviendrait du travail. Et, dès les premiers mots, je fus sous le charme :

« On raconte qu'il y a bien longtemps au temps de l'ancien temps vivait un commerçant qui s'appelait Masrour cet homme était l'un des meilleurs de son temps riche et considéré il adorait les promenades dans les jardins fleuris et les vergers et se plaisait à courtiser les belles une nuit endormi il se vit en rêve dans un jardin magnifique où se trouvaient quatre oiseaux dont une colombe blanche qui avait l'éclat de l'argent poli il en fut émerveillé et cette colombe vola son cœur mais un grand oiseau s'abattit et lui happa la colombe des mains son chagrin fut immense et à son réveil ne voyant pas la colombe il se força à patienter jusqu'au matin avant d'aller trouver celui qui lui expliquerait le rêve et le jour se leva sur Shéhérazade qui s'interrompit[1].

La sept cent quatre-vingt-septième nuit elle dit on me rapporte ô roi fortuné que Masrour le commerçant en se réveillant se força à patienter jusqu'au matin suivant et lorsque le jour se leva il décida de se mettre en route pour trouver celui qui lui expliquerait son rêve il alla à droite et à gauche s'éloignant de sa demeure sans trouver ce qu'il cherchait sur le chemin du retour il décida de passer chez un riche commerçant qu'il connaissait et il entendit une voix d'une tristesse déchirante provenant de cette maison elle chantait les vers suivants

Des vestiges du campement une brise nous parvient
Si parfumée qu'elle guérit par sa seule odeur
Je pose mille questions debout près du foyer éteint
Mais seules les cendres répondent à mes pleurs
Et je dis ô mouvement de la brise parle-moi je t'implore
La félicité emplira-t-elle à nouveau ce lieu
Trouverai-je grâce devant la gazelle dont j'adore
La taille si souple et les paupières baissées sur des yeux langoureux

1. Le texte ancien n'était pas ponctué.

En entendant cette voix Masrour regarda à l'intérieur de la maison et vit le plus beau jardin qui soit dans le jardin derrière un rideau de brocart incrusté de perles et de pierreries quatre belles se tenaient parmi elles il vit une beauté sans pareille ni trop grande ni trop petite telle une pleine lune lorsqu'elle éclaire avec de beaux yeux noirs des sourcils comme dessinés une bouche comme la bague de Soulaïman des lèvres et des dents comme perles et corail sa beauté sa grâce et sa taille étaient de celles qui envoûtent les esprits en la voyant Masrour s'approcha et s'approcha tellement qu'il atteignit le rideau elle leva la tête vers lui et le regarda il la salua et elle lui rendit son salut avec des mots cristallins il la regarda encore et appuya son regard son esprit s'envola son cœur s'effondra il regarda le jardin tout de jasmin de violettes de roses et de bigaradiers il vit les arbres alourdis de tous les fruits qui peuvent exister et des pigeons des colombes des rossignols des ramiers gazouillaient et la belle se balançait dans toute sa beauté sa grâce et sa douceur... »

Malgré la difficulté que j'eus à déchiffrer ce texte aux mots enchevêtrés, sans ponctuation ni accent, ni quelque voyelle que ce soit, et même si je n'en compris pas toujours le sens, je fus transporté dans un monde très lointain, féerique, vibrant de couleurs et de mélodies, un monde de jardins aux arbres élancés et aux fleurs enivrantes, où folâtraient des oiseaux et des jeunes filles — qu'on ne pouvait distinguer les uns des autres. Zaïn al-Mawassif m'offre les mets les plus savoureux, et nous entamons une partie d'échecs sur un échiquier d'ébène et d'ivoire, nous échangeons des poésies plus suaves que tout ce que j'ai pu lire dans mes livres de classe.

C'est avec fureur que je m'aperçus que je ne saurais jamais ce qu'il était advenu de Masrour et de Zaïn al-Mawassif après leur partie d'échecs, car la feuille suivante avait sauté quatre-vingts pages plus loin, et exactement cent nuits plus tard :

« La huit cent quatre-vingt-huitième nuit elle dit on me rapporte ô roi fortuné que lorsque l'habitant de Bagdad qui était le maître de la jeune fille entra à Basra il resta indécis ne connaissant personne et ne sachant pas où se trouvait la demeure de Hachemi... »

Je poursuivis tout de même ma lecture jusqu'à la fin de ce conte et arrivai à un nouveau titre : « Histoire de Ward Khan fils du roi Jaliad ». Je passai rapidement de nuit en nuit lorsque, brusquement, je m'aperçus que je revenais en arrière, à la cinq cent quatre-vingt-huitième nuit :

« Elle dit on me rapporte ô roi fortuné que le vieillard seul survivant parmi les dix prévint le jeune homme que s'il ouvrait cette porte il le regretterait mais qu'alors les regrets ne serviraient plus à rien puis le mal du vieillard s'aggrava il mourut et le jeune homme le lava l'enveloppa dans un linceul et l'enterra près de ses compagnons puis il resta là à cet endroit scellé sur ce qu'il renfermait mais il s'interrogeait sans arrêt sur ce qu'avaient fait les vieillards un jour réfléchissant aux dernières paroles du vieillard et à sa recommandation il décida d'aller voir cette porte pour la regarder seulement il s'approcha de l'endroit où elle devait se trouver et chercha jusqu'à trouver une jolie porte tapissée de toiles d'araignées et fermée par quatre gros cadenas d'acier il la regarda se souvint des recommandations du vieillard et s'en éloigna mais sa curiosité le pressait d'ouvrir la porte il lui résista sept jours le huitième la curiosité l'emporta et il décida d'ouvrir cette porte et de voir ce qui arriverait et de toute façon rien n'arrive hormis la volonté de Dieu tout-puissant il fit comme il pensa cassa les cadenas ouvrit la porte et se trouva devant un couloir étroit qu'il suivit près de trois heures durant avant de sortir sur la berge d'un fleuve immense et d'en rester tout étonné il longeait cette berge en regardant à droite et à gauche lorsqu'un grand aigle survint qui fondit sur lui le souleva dans les airs et l'emporta entre ciel et terre jusqu'à une île au milieu de l'océan puis l'aigle le lâcha avant de disparaître le jeune homme était on ne peut plus inquiet sur son sort et comme il ne savait où aller il finit par s'asseoir mais la voile d'un navire apparut au loin comme une étoile au ciel de toute la force de ses pensées le jeune homme se raccrocha à l'idée que ce navire pourrait lui apporter le salut et le navire se rapprocha il était d'ivoire et d'ébène ses rames de bois de santal et d'aloès et tout entier il était cuirassé d'or flamboyant à son bord dix jeunes vierges aussi belles que la lune elles le regardèrent descendirent et lui embrassèrent les mains en lui disant tu es le roi et le fiancé puis une jeune vierge aussi belle que le soleil levant dans un ciel pur s'avança vers lui un foulard de soie à la main contenant une robe d'honneur digne d'un roi et une couronne d'or incrustée de pierres précieuses elle l'habilla et le couronna puis les jeunes vierges le portèrent à bord du navire paré de tapis de soie aux mille reflets elles déployèrent les voiles et le navire fendit la mer houleuse le jeune homme croyait vivre un rêve et il ignorait où elles l'emmenaient... »

J'étais assis sur une natte, du dehors me parvenait le tapage des poules et des canards, et les mots que je lisais flamboyaient dans ma tête, ils lançaient les feux de l'or et des pierreries ; je marchais sur des tapis de soie aux mille reflets, les vagues de mon rêve merveilleux grossissaient, et j'abordais à un rivage si peuplé de soldats que seul Dieu en connaissait le nombre, ils me présentaient cinq chevaux aux selles d'or incrustées de perles et de pierres précieuses, j'en choisissais un que je montais, et le cortège, au milieu des banderoles et des drapeaux, au milieu des battements de tambour, me menait à une verte prairie où l'on voyait des palais et des jardins, des arbres et des rivières, des fleurs et des oiseaux, qui tous glorifiaient l'Unique, le Victorieux. Un roi s'approchait, me conduisait vers un palais :

« La cinq cent quatre-vingt-unième nuit elle dit on me rapporte ô roi fortuné que le roi marcha avec le jeune homme dans le cortège jusqu'au moment où main dans la main ils furent dans le palais alors il le fit asseoir sur un trône d'or et s'assit à son côté puis se découvrit le visage il était une jeune fille belle comme le soleil levant et toute sa beauté sa splendeur son éclat sa perfection sa merveille sa séduction elle lui dit sache ô roi que je suis la reine de cette terre et que tous les soldats les cavaliers et les hommes que tu as pu voir sont des femmes que parmi elles il n'y a pas un seul homme car chez nous sur cette terre les hommes labourent et sèment et récoltent ils travaillent ils bâtissent le pays et les femmes gouvernent et dirigent et manient les armes le jeune homme resta interdit mais la reine attendrie fut douce elle usa de mots caressants pour le distraire et l'aider à surmonter sa timidité puis se rapprochant elle lui demanda s'il l'acceptait pour épouse... »

C'était l'instant crucial, et c'est l'instant que choisit ma mère pour revenir du marché, poser son panier débordant de tomates, courgettes, aubergines, et me lancer :

— S'il te plaît, mon chéri, ramène-moi un bidon d'eau du puits, je dois me dépêcher de faire ma pâte. Mais qu'est-ce que tu as ? A quoi rêves-tu ? Allez, lève-toi ! Vite !

Vite ! et ma rêverie s'en fut à vau-l'eau ; et, pendant que je laissais filer le seau dans le puits, le remontais plein et le vidais dans le bidon, mon imagination enfiévrée tentait de ramasser quelques lambeaux de rêve.

Ces feuilles jaunes étaient pour moi la promesse d'un plaisir mystérieux, presque d'un plaisir secret ; j'y venais quelquefois, je lisais ce que je pouvais et, malgré les pages manquantes, j'y trouvais un enchaînement en suivant l'ordre des nuits. A mes amis je racontais, l'air important, un peu de ce que j'avais lu, en particulier lorsque nous passions nos journées dans l'intimité des vignes. En plus de mes nouvelles lectures, je savais par cœur la plupart des histoires de mon père et j'aimais les raconter, en y ajoutant force détails que j'inventais au gré de l'inspiration. Que de fois je suis rentré à la maison, après de telles séances dans les vignes, presque aphone d'avoir tant raconté !

Un jour, Youssef m'apprit comment il avait déniché ces morceaux des *Mille et Une Nuits* dans la boutique de Khoukaz, à l'époque où il y travaillait.

De temps en temps, Khoukaz arrivait à l'épicerie chargé d'une pile de cahiers et de vieilles revues qu'il déchirait pour en envelopper sa marchandise. C'est ainsi que Youssef tomba sur deux livres abîmés qu'il dépeçait pour déposer sur l'une des pages arrachées un morceau de *halwa*, ou encore des olives, des pickles, du poisson séché, avant de peser le tout... jusqu'au moment où il remarqua les images étranges qui illustraient certaines d'entre elles, lut les légendes qui les accompagnaient et comprit que c'étaient là de longues histoires. Après une lecture plus attentive, il s'aperçut de l'agencement en nuits et il en déduisit qu'il s'agissait sans aucun doute des *Mille et Une Nuits* — nous en avions lu des extraits dans *Moissons littéraires dans les jardins arabes.* Ce jour-là était un samedi, jour du marché hebdomadaire, les clients, villageois et Bédouins, se pressaient à la porte de l'épicerie, et Khoukaz et Youssef arrachaient page sur page pour y envelopper aussi vite qu'ils le pouvaient la marchandise. Pendant une courte pause, Youssef profita de l'inattention de l'Arménien et fit disparaître une bonne quantité de ces feuilles jaunes sous une pile de revues et de journaux... A la fin de la journée, il ramena son butin, ou plutôt ce qu'il en restait, et se plongea avec délices dans sa lecture. Les feuilles rejoignirent les livres et tous se retrouveraient par la suite dans ce fameux coffre.

Un jour, il me prit l'idée de montrer les feuillets à Soulaïman Fathou — devenu l'un de mes meilleurs amis depuis que nous avions habité leur maison. Je commençai donc ma lecture.

Il m'enleva la pile des mains et se mit à la feuilleter, sans parvenir à déchiffrer plus de quelques mots. Il s'était un peu attardé en deuxième année, à l'institution allemande de Medbessa, et faisait l'école buissonnière chaque fois qu'il pouvait déjouer la surveillance de son frère aîné, surtout depuis la mort de son père. Je voulus reprendre mon bien, mais il insista pour sortir :

— Je veux les lire à la lumière ! disait-il.

Et il se dirigea vers l'enclos des cochons. Il grimpa sur une pierre du mur, se pencha.

Je le suivis ; les cochons avaient la tête plongée dans l'auge et ils engloutissaient la pâtée de son et d'épluchures de légumes dont ma mère l'avait remplie. Soudain, Soulaïman déchira quelques-unes des précieuses feuilles et les jeta dans l'auge... Fou de rage, j'essayai de lui arracher ce qu'il tenait encore à la main mais, d'un seul coup, il lança le tout par-dessus le mur en direction des cochons ; les feuilles s'éparpillèrent sous leurs pattes. Soulaïman riait aux éclats.

J'ouvris la porte de l'enclos et me précipitai. J'essayai de pousser les cochons pour soustraire les feuilles à leurs piétinements, mais ils étaient trop lourds pour que je puisse seulement les ébranler. Je sauvai ce que je pus sauver, et Soulaïman, toujours derrière le muret, s'esclaffait, m'acclamait, m'applaudissait, comme s'il assistait à une saynète burlesque de sa composition.

Il fut au comble de la stupéfaction lorsqu'il vit que j'étais réellement en colère et que je refusais de lui adresser la parole :

— Tu m'en veux pour quelques pages d'un vieux livre ? Je ne comprends pas.

Je répondis, en contemplant avec désespoir les papiers déchirés et sales que je tenais :

— Quand on lance des feuilles comme celles-ci aux cochons, c'est sûr qu'on ne comprend pas !

Il me fut indifférent qu'il me tourne alors le dos en déclarant :

— Bon, je m'en vais.

Il traversa la cour en traînant le pas, dans l'espoir que je le rappellerais. Mais je voulais qu'il s'en aille, je voulais rentrer à la maison avec mes feuilles. Hélas, il en restait si peu, et qui ne se suivaient plus du tout, que je dus reconnaître qu'elles ne me serviraient pas à grand-chose. Malgré leur état misérable, je les rangeai dans le coffre aux livres.

Au cours de ma vie, il m'arrivera encore maintes fois de jeter ainsi des perles aux cochons...

Soulaïman était pourtant innocent et il souffrait vraiment d'avoir commis une faute sans le savoir. L'après-midi même, il vint avec Georges et s'efforça de regagner mes bonnes grâces. Tous trois nous nous rendîmes au couvent du père Antoun. Notre amitié dura encore longtemps, jusqu'au moment où nos chemins se séparèrent et où les distances nous éloignèrent.

15.

CELA allait faire deux ans que nous habitions cette maison quand mon père renonça à son emploi de jardinier à l'hôpital, le travail lui devenant trop pénible. Non seulement sa jambe gauche le faisait souffrir chaque nuit, mais, au matin, il ne pouvait plus la bouger qu'à grand-peine. Puis sa main gauche fut atteinte de tremblements qu'il n'arrivait pas à maîtriser. A l'hôpital, on s'occupa de lui, les médecins comme les sœurs infirmières, on lui administra toutes sortes de médicaments, mais sans aucun résultat. Plus que les autres, « ma sœur Janine » se désola qu'il doive les quitter.

Après l'échec des docteurs, quelques ignorants — de l'espèce dite « guérisseurs arabes » — jetèrent leur dévolu sur lui. On en voyait beaucoup alors ; certains sillonnaient les rues en criant, comme n'importe quel marchand ambulant : « Guérisseur arabe, ô bonnes gens ! Guérisseur arabe ! » J'avais remarqué que c'étaient des semi-nomades et qu'ils venaient souvent le samedi, jour de marché où Bethléem regorgeait de visiteurs. Ils portaient une besace remplie de petites fioles et de vieilles boîtes de carton ou de fer-blanc contenant des plantes séchées, des aromates pilés, des pilules à base de sucre, de farine et de poivre — autant d'excellents médicaments, à ce qu'ils prétendaient.

Et, un jour, j'en vis un chez nous ; il parlait à mon père, maudissant les médecins « modernes » et leurs remèdes de pharmacie, les traitant de voleurs et d'ignares ; lui seul, grâce à la médecine traditionnelle dont l'efficacité n'était plus à prouver, guérirait mon père de ses douleurs tenaces, affirmait-il. Le seul véritable traitement était la cautérisation.

Mon père accepta, et le guérisseur procéda par étapes. Il utilisa d'abord une broche pour lui brûler en plusieurs endroits la jambe, et même le dos. Mon père supportait la douleur en silence, dans l'espoir de voir le miracle s'opérer. Mais la chair brûlée se cicatrisait sans que cela apporte le moindre soulagement. A chacune de ses visites, le guérisseur commençait par se faire payer avant même de révéler l'étape suivante. Après la cautérisation vinrent les ventouses. Les jours passaient, mon père avait le dos hérissé de ventouses qui faisaient affluer le « sang corrompu » ; elles finirent par imprimer leur trace ronde sur sa peau, donnant pour longtemps à son dos l'aspect d'un tamis. Puis, un jour, l'homme annonça :

— Maintenant, Abou Youssef, voilà le dernier traitement, celui grâce auquel tu oublieras toutes tes souffrances et qui te rendra une force de lion.

Et il tira de sa besace une grosse clé de fer dont l'anneau noir remplissait toute la main.

— Je vais te brûler la plante du pied avec l'anneau de cette clé, et après tu me remercieras toute ta vie, et tu rendras mille grâces à Dieu de t'avoir conduit vers moi. Mais dis-moi donc, comment vont les affaires en ce moment ?

— Mariam ! cria mon père. Apporte-moi mon porte-monnaie.

Ma mère n'avait aucune confiance en ces pratiques de charlatan, mais elle savait combien mon père souffrait, combien il se raccrochait à cet ultime brin d'espoir (et quel brin !) et elle s'interdisait d'en discuter. Elle lui tendit son porte-monnaie, il en sortit une ou deux guinées qu'il posa dans la main du guérisseur. J'observais ce qui se passait avec la plus grande inquiétude, mais avec, moi aussi, l'ombre d'un espoir : peut-être cet homme allait-il réussir là où les autres avaient échoué — ou, plutôt, peut-être allait-il réussir cette fois, après avoir tant de fois échoué.

Le guérisseur demanda à ma mère d'allumer le réchaud à pétrole et de pousser son feu au maximum. Il plaça l'anneau de la clé dans la flamme bleue qui ronflait. Et il attendit.

Nous attendîmes aussi. Il but du café. L'attente se faisait interminable. L'anneau s'échauffait, rougissait de plus en plus, jusqu'à devenir, au bout d'une heure, une braise incandescente.

Mon père était allongé sur une natte mince, deux coussins derrière le dos, il retira la jambe gauche de son pantalon. Le guérisseur attrapa la clé par l'autre bout, la main enveloppée dans une épaisseur de torchons pour se protéger, il plaqua l'anneau chauffé à blanc sur la plante du pied et, tandis qu'une horrible odeur de chair brûlée s'élevait, il pressa l'anneau sur la peau, pressa encore. Mon père haletait bruyamment, son souffle s'accompagnait de râles, il se tordait, mais se refusait au moindre gémissement de douleur, alors que ma gorge laissait échapper, bien malgré moi, un hurlement et que ma mère criait :

— Ah, quel malheur !

Le guérisseur jeta au loin la clé pour la laisser refroidir — des morceaux de chair y étaient collés — et il examina l'empreinte sanglante qu'elle avait creusée.

— Tu peux te réjouir, Abou Youssef. Dans deux ou trois semaines, tu te relèveras fort comme un lion, je te le jure. Mais faites bien attention, bonnes gens, la plaie ne doit pas guérir trop vite. Si vous voyez qu'elle commence à se cicatriser, enfoncez-y des pois chiches pour la faire « travailler ». Et recommencez deux ou trois fois jusqu'à ce que la cautérisation ait guéri le nerf. Eh bien, au revoir !

Il se releva, « comme un lion », saisit sa clé et sortit. Mon père resta longtemps alité. Lorsque la plaie semblait sur le point de cicatriser, il s'obstinait à suivre les recommandations du guérisseur. Il obligeait ma mère à lui apporter des pois chiches, il en parsemait la chair à vif, les enfonçait, entourait le tout d'un pansement, et la blessure se ravivait, s'envenimait. Il renouvela cette horrible opération, et les semaines s'écoulèrent, n'apportant avec elles que déception et désespoir.

Nous ne revîmes plus le guérisseur. J'ignore comment cette terrible blessure guérit — elle ressemblait à une bouche béant largement sur le muscle du pied — mais ce que je sais, c'est qu'elle laissa une énorme cicatrice ronde, à l'exacte dimension de l'anneau. Et que l'état de mon père n'en fut pas amélioré.

C'est à cette époque que j'écrivis une pièce de théâtre, poussé par quelque chose dont je n'étais pas encore conscient. J'étais passionné de théâtre, surtout lorsque j'assistais à des représentations au couvent du père Antoun ou bien chez les franciscains, au « couvent oriental ». Les contes arabes ou les romans policiers étrangers que je dévorais dessinaient les contours d'un monde que je ne comprenais pas puisque je ne le vivais pas, mais qui m'attirait parce qu'il fourmillait de traîtrises, de luttes, de meurtres, et d'amour — même si celui-ci n'était pas toujours le grand vainqueur. La santé de mon père déclina après cette malheureuse cautérisation, et j'en vins à penser qu'il pouvait bien être victime d'une mystérieuse machination, et quelle ne serait pas, alors, notre détresse ; mais, de toutes ses forces, il se battait afin d'écarter de nous ce malheur. Peut-être est-ce cette menace qui m'inspira le sujet de ma pièce : un père meurt en léguant une grosse fortune à ses trois enfants qui vivent chacun de leur côté. Trois ennemis, envieux de cette fortune cachée on ne sait où, veulent s'en emparer avant les fils. Une lutte s'engage, qui se termine par la mort des trois scélérats.

Mon père ne possédait en ce monde que les habits qu'il portait. Mais il avait ses chansons, ses contes, son amour infini pour tout ce qui l'entourait. Il avait aussi sa force physique, qui commençait à le trahir, et sa force spirituelle, qui ne l'abandonna jamais. Pas une fois je ne l'entendis blasphémer, et il me voulait tel que lui. Sa foi en Dieu ne connut jamais le moindre doute, malgré les souffrances qu'il dut supporter, et sa confiance en l'homme demeura inébranlable, malgré son expérience de la fourberie humaine. Il ne demandait rien à Dieu, sinon de lui permettre de Le satisfaire ; il ne demandait rien aux hommes, sinon de ne pas porter tort aux siens. Était-ce là le trésor que mon cerveau d'enfant transforma en fortune matérielle qu'un vieillard cacha pour ses fils et que des scélérats tentèrent de voler ? Qui sait comment fonctionne l'esprit d'un enfant de onze ans assis à l'ombre d'un mûrier ou dans ses branches, un enfant qui contemple au loin les montagnes bleues, là où le ciel rejoint la terre, comme s'il assistait à la rencontre des hommes et des anges — à moins que ce ne soient les démons —, et qui écrit une pièce sur la lutte entre les bons et les méchants ? Ai-je voulu comprendre pour moi-même comment les anges du bien et du mal complotent l'un contre l'autre pour s'emparer de l'âme de l'homme, considérée comme un trésor véritable ? Ai-je voulu ainsi me consoler de voir mon père terrassé comme un chêne abattu par le vent alors que tous les vents de la terre n'avaient pas réussi auparavant à l'ébranler ?

Un après-midi, à mon retour de l'école, je trouvai mon père — dont la blessure était guérie — debout dans l'embrasure de la porte, à contempler ma mère : comme elle le faisait une fois ou deux par semaine, elle affrontait les flammes du four, enfournait sa pâte étalée au rouleau, quelques instants après en ressortait des miches brûlantes qu'elle empilait sur une couverture. Son visage brûlé par le feu avait pris la couleur des pains et leur chaud parfum, son front et ses joues ruisselaient de sueur. Mon père, que je voyais pour la première fois appuyé sur un bâton, ne la quittait pas des yeux. Il se tourna vers moi et me dit soudain, de façon totalement inattendue :

— Viens ! Je vais te poser une devinette.

— Et si je devine ?

— Tu ne trouveras pas.

— Vas-y.

— Un joyau trajoaillé[1], perles dedans cuivre dehors. Qu'est-ce que c'est ?

— La grenade !

— Eh non ! Cette fois, ce n'est pas la grenade.

— Si, c'est la grenade, papa. Tu as perdu !

— Ce joyau-là, perles dedans cuivre dehors, c'est ta mère. Tu la vois là-bas, qui se rôtit devant le four. Regarde-la bien. Du dehors, elle est vraiment en cuivre. Et dedans, elle n'est que perles et rubis... Un bijou...

Il se tut, et je vis deux larmes dans ses yeux. Je savais combien il aimait le pain chaud ; je courus vers ma mère, en pris un sur la couverture en lui lançant :

— Maman ! Papa dit que tu es la plus belle grenade du monde !

Elle était en train de retirer du four un pain brûlant, et elle le laissa tomber sur les autres :

— Moquez-vous de moi tant qu'il vous plaira... Une grenade, hein !

Elle prit la couverture où s'entassaient les miches et entra dans la maison. Mon père et moi dégustions ce merveilleux pain chaud. Elle étala les pains sur une natte, dans un coin, pour qu'ils refroidissent, et la pièce s'imprégna de leur odeur — l'odeur de cette « manne », comme mes parents appelaient notre pain quotidien.

Je m'adressai à mon père :

1. Ces devinettes sont très populaires dans le monde arabe. On y aligne des mots dont certains ont une signification et d'autres pas, et qui sont là pour la rime et le rythme, mais peut-être aussi pour tromper.

— Aujourd'hui, je vais te poser une nouvelle devinette.

— Pose donc ! répondit-il en rompant un morceau de pain.

— Soucoupe après soucoupe, d'ici jusqu'au Khritoun[1]. Qu'est-ce que c'est ?

Il se mit à rire.

— Tu essaies d'être plus malin que moi ? Ce sont les traces du chameau... Ah ! si seulement tu avais vu les caravanes, de mon temps, les chameaux qui laissaient leurs empreintes dans la poussière... Des soucoupes, de vraies soucoupes... Ah, le temps passé ! Bon ! Voyons cette devinette-ci.

— Vas-y !

— Deux cornes tordues sur deux yeux noirs, par Dieu, cette chèvre-là tu ne la trouveras pas... Qu'est-ce que c'est ?

— Ibrahim, tu te moques du petit ? s'écria ma mère. Tu n'en as pas une plus difficile ?

— Merci bien, maman. Cette chèvre-là, c'est la nôtre, avec ses cornes tordues et ses yeux noirs. Ce n'est pas ça, papa ? Maintenant, je vais t'en poser une dont tu me diras des nouvelles.

— Je t'écoute...

Et d'une devinette à l'autre, nous jouâmes ainsi jusqu'à épuisement.

Après cela, je dus tirer de l'eau du puits ; arroser le jardin ; donner à manger aux moutons ; aller ramasser les œufs de nos poules et de nos canes ; tout cela avant la nuit. Ensuite, je fis jouer mon frère Issa, cajolai Sawsan, ma petite sœur, et Fella se joignit à nos jeux

1. Montagne située à une dizaine de kilomètres au sud-est de Bethléem.

et à nos caresses. Enfin, je me mis à mes devoirs, à la lumière de la lampe à pétrole que ma mère venait de remplir et qu'elle avait nettoyée de la suie de la veille.

Pendant qu'elle préparait le repas, je feuilletais mes cahiers ; je la vis s'approcher, une cafetière à la main, une tasse dans l'autre, et elle s'assit par terre près de moi. Mon père était adossé à un coussin. Elle se versa du café (lui n'y avait plus droit), but une gorgée et, comme si elle était transportée par un nuage vers quelque endroit mystérieux et lointain, elle lâcha ces mots :

— Le passé... Ton père te parlait du passé... Pourtant, je t'assure que nous n'avons vécu que du malheur.

— Tu penses souvent à cette époque-là ? lui demandai-je.

Elle but un peu de café.

— Y penser ? Les jours d'avant la guerre, et ceux de pendant la guerre, j'essaie de les oublier.

Une vague de souvenirs l'envahit ; avec mon père, chacun complétant l'autre, elle raconta des bribes de ce passé qui me semblait si reculé et dont mon père disait souvent qu'il était heureux que ses enfants ne l'aient pas connu.

Mon frère Mourad était un bébé de sept ou huit mois lorsque son père, Daoud — le premier mari de ma mère —, avait été tué ; le même jour, le seul frère de ma mère, son jumeau, Youssef, était mort lui aussi, dans des circonstances dramatiques. C'était en 1909, elle avait alors dix-sept ans. Elle porta le deuil — tout comme sa mère, Basma, ma grand-mère — pendant plus de quatre ans, jusqu'au jour où mon père entra dans sa vie et s'empara de son cœur, comme elle le disait, tant il était beau, et grand, et fougueux ; il n'avait qu'un an de plus qu'elle. Et il lui dit : « Ôte ce noir, femme, et ne le porte plus jamais à partir d'aujourd'hui. »

Le jour de leurs noces, il lui fit cette promesse, véritable entorse à la coutume : « Si notre premier enfant est un garçon, je lui donnerai le nom de ton frère, Youssef. Le second portera le nom de mon père. Tu es contente ? »

Et ma mère continua :

— J'ai abandonné le noir, grâce à Dieu. Mais la guerre est vite arrivée et l'armée a pris ton père... Oof... le passé... Nous n'avons vécu que du malheur.

A ce moment-là, mon père m'interrogea :

— Dis-moi, tes livres d'histoire, ceux que ton frère et toi vous lisez, qu'est-ce qu'ils disent sur les malheurs de ce temps-là ?

Je compris alors qu'il me prenait pour bien plus savant que je n'étais, et je baissai les bras en riant :

— Papa, cette fois je ne connais pas la réponse à ta devinette. Cherches-en une plus facile, et je saurai y répondre !

16.

Le Khritoun n'est qu'à quelques kilomètres de Bethléem, vers l'est. C'est une vraie montagne, et on peut l'apercevoir de n'importe quel endroit de la ville. Vu de chez nous, il se parait de mystère, comme tapi sur l'horizon, sorte de cône violet amputé de sa partie supérieure (c'était peut-être bien cette forme qui lui avait valu son nom) ; on aurait dit un four gigantesque : certains matins, le soleil semblait un pain doré, sorti directement des entrailles de la montagne.

Le Khritoun portait un autre nom, le « Petit Paradis ». Je me l'imaginais donc comme un véritable éden, un lieu hospitalier et enchanteur. Hélas, M. Fahim nous apprit un jour de façon très prosaïque que ce n'était qu'un volcan éteint ; l'escalade jusqu'à son sommet évasé était aisée par l'un de ses flancs, ainsi que la descente dans son cratère où l'on pouvait voir, parmi les roches volcaniques, les ruines d'un antique palais, vieux de plus de deux mille ans. Il proposa d'y emmener la classe de quatrième en excursion le vendredi suivant, afin de percer ses mystères — si mystères il y avait.

Ce vendredi-là, je me levai à l'aube, plein d'enthousiasme. Ma mère me prépara du pain et des œufs durs, qu'elle rangea dans mon cartable avec des restes du repas de la veille ; je passai la bandoulière par-dessus la tête et filai vers l'école où les élèves devaient se retrouver — nous étions environ trente. L'instituteur en tête, nous suivîmes la route qui descend vers Beit Sahour, puis grimpe peu à peu jusqu'à une zone de rocaille où il n'y a plus de route, mais simplement une ébauche de sentier muletier. Ensuite, il n'y a même plus de sentier.

Tout d'abord, nous rencontrâmes quelques arbres clairsemés et en piètre état d'où s'échappaient un oiseau ou deux, qui virevoltaient dans les airs puis revenaient à leur point de départ. Par endroits jaillissaient du rocher des arbustes épineux dont le nom nous était inconnu. Mais bientôt il n'y eut plus de plante du tout, plus un seul oiseau. Nous avancions péniblement parmi les pierres et les chardons, et le soleil, de plus en plus haut, commençait à nous brûler le visage et le crâne. Pourtant une atmosphère de gaieté flottait encore, que M. Fahim entretenait par ses commentaires et ses anecdotes. Mais le mont Khritoun, cette promesse de paradis, s'éloignait de nous à mesure que nous en approchions — du moins le ressentions-nous ainsi. Et la soif s'installa.

Quelques enfants avaient apporté de petites gourdes enveloppées dans du feutre ; ils burent, désaltérèrent ceux qui les entouraient, et ils n'eurent plus d'eau. Quant à moi, malgré ma soif, je pensais que je n'aurais pas besoin d'eau avant que nous arrivions. Car notre instituteur nous avait assuré que là-haut nous trouverions un puits à l'eau aussi froide que de la glace. Je pouvais donc attendre.

Peu à peu, l'entrain faiblit, les conversations tarirent. Nous transpirions de plus belle. Dans ces pierres, pas un arbre ni un rocher, pas un brin d'ombre. M. Fahim nous faisait accélérer le pas, il allait et venait d'un bout à l'autre de la file et nous encourageait, sans cesser de plaisanter.

Mon ami Adil al-Assali marchait à mon côté. Il me demanda tout à coup :

— Qu'est-ce que tu as dans ton sac ?

— Des œufs, du pain et...

— Pas d'orange ?

— Non, et toi ?

— J'en ai une. Tu as soif ?

— Très.

— Moi aussi.

Et il tira de son sac une grosse orange qui brillait. Mais l'instituteur le vit et il accourut :

— Attends, Adil... Nous avons encore de la route à faire... Bientôt nous atteindrons une grotte. Garde ton orange jusque-là. Tu vois cette colline ?

Avoir l'orange à portée de la bouche et la voir disparaître augmenta notre soif, à Adil et à moi. Les autres commençaient à se plaindre : « J'ai soif... Est-ce qu'il n'y a pas de puits dans cette région ? »

Nous atteignîmes enfin la grotte promise et nous nous réfugiâmes dans la fraîcheur de son ombre. Adil reprit son orange, l'éplucha, et l'âpreté de l'odeur qui s'en échappa me revigora. Quelques enfants firent cercle autour de lui, espérant un petit morceau. Il partagea l'orange en quartiers, qu'il distribua. Comme lui, j'en reçus un, que je mis dans ma bouche, le pressant doucement entre mes dents. J'en avalai le jus goutte à goutte — et comme il me parut délicieux !

Aucun fruit n'eut jamais pour moi la saveur de ce petit bout d'orange.

Nous nous remîmes en route. Très vite je compris que ces quelques gouttes, si agréables dans leur douceur légèrement acidulée, n'avaient fait qu'exciter ma soif. Et nous avancions, butant contre les pierres, la gorge et les lèvres sèches. Le soleil tapait de plus en plus fort. Dans le ciel embrasé, trois corbeaux noirs tournoyaient ; ils piquèrent vers nous puis s'élevèrent et disparurent.

Nous pressâmes le pas autant qu'il nous était encore possible de le faire, stimulés par notre instituteur :

— On approche ! Allez, les enfants ! Courage, Ilias ! Toi aussi, Choukri ! Et toi, Jabra, où est ton énergie, mon bonhomme ? On y est presque ! Adil, tu n'as plus d'orange ? Pas besoin maintenant. Hardi, les gars ! La patience est toujours récompensée...

Adil et moi nous échangeâmes un regard. Je pensai que nous tous, tous les trente, nous allions bientôt tomber tête la première sur la rocaille acérée, et mourir lentement sous le soleil en feu, en haletant de soif... Pas une plante alentour, pas une fleur pour nous réconforter... Nous contournâmes la colline, et une autre dressa devant nous sa muraille de rochers ; elle nous parut hostile, comme si elle nous souhaitait de mourir de soif.

Choukri se mit alors à pleurer et à gémir : « J'ai soif... » Un autre enfant aussi pleura. Puis un autre. J'avais bien envie de faire de même : deux larmes brûlèrent mes yeux et je hoquetai un sanglot. Il nous fallait pourtant continuer, nous trébuchions, la fatigue nous submergeait. Nous allions mourir, c'était sûr, nos parents ignoreraient à jamais notre destinée, sauf si les corbeaux les en informaient.

Soudain la colline s'entrouvrit sur un chemin rocailleux qui descendait en pente douce, et nous n'étions pas encore en bas que nous apercevions déjà, à une faible distance, l'ouverture d'un puits : des pierres grossières l'entouraient et il était recouvert d'une tôle rouillée. Ce fut la ruée, nous soulevâmes le couvercle en nous bousculant tandis que M. Fahim essayait de modérer notre élan de peur de voir l'un d'entre nous tomber dans le puits.

— Un seau, les enfants ! Cherchez un seau !

Il n'y en avait pas ; l'eau était à environ deux mètres de profondeur et nous mourions de soif. Heureusement, notre instituteur était un homme de ressource : il avait dans son sac une gamelle à deux compartiments ; il en vida un et cria :

— Tous ceux qui ont des ceintures, enlevez-les !

Il en rassembla quelques-unes, les attacha bout à bout et noua les extrémités du lien ainsi obtenu aux poignées de l'ustensile, puis, tel un seau, le fit descendre dans le puits. Et il le remonta plein d'eau, de cette eau qu'il nous avait promise tout au long de ce supplice... Nous bûmes à tour de rôle, et chacun se jugeait capable d'avaler tout le puits ; l'eau était vraiment délicieuse malgré les impuretés qui surnageaient, et froide comme de la glace, exactement comme M. Fahim l'avait dit. Ou bien était-ce la soif qui nous donnait cette impression ?

Tels des géants, de grands rochers encerclaient le lieu. Leur ombre nous fit un abri et, assis par terre, nous déballâmes nos provisions. Alors seulement, tout en mangeant, nous admirâmes à loisir le paysage ; une brise languide nous caressait délicatement le visage.

Tout proche, un sentier, frayé au long des siècles, s'élevait en spirale jusqu'au sommet du Khritoun. Au-dessus de nos têtes, la haute forteresse était particulièrement attirante. Dans les roches, que l'érosion (ainsi que nous l'expliqua l'instituteur) avait sculptées en forme de monstres de légende, s'ouvraient des grottes ; comme autant de gueules béantes, elles semblaient nous inviter à grimper jusqu'à elles et à pénétrer dans leurs profondeurs. Une faille conduisait à l'une des grottes, mais aux crevasses si larges qu'il nous fallut bien de l'audace et de l'adresse pour sauter par-dessus. Les rochers étaient si glissants que nous dûmes nous cramponner fort pour les escalader. Enfin nous parvînmes à la grotte ; son entrée ressemblait à une arcade, comme si une main humaine, à une époque reculée, avait érigé là une porte pour accueillir qui voulait entrer. Un enfant s'écria :

— C'est la porte du labyrinthe ! Mon père m'en a parlé !

Dans l'ombre fraîche de la grotte, nous trouvâmes encore deux entrées contiguës, également en forme d'arcade. Beaucoup d'entre nous reculèrent alors, mais un groupe, dont je faisais partie, s'engagea dans une entrée, et un autre pénétra dans la seconde. Chaque entrée se subdivisait en plusieurs galeries, chacune menant à une salle d'où partaient encore d'autres galeries. Comme si l'endroit avait été aménagé pour un jeu étrange et inconnu mais auquel nous voulions bien jouer.

Les quelques enfants prêts à l'aventure s'engouffrèrent dans les différentes ramifications, où l'obscurité se fit plus épaisse. Nous nous éloignions de plus en plus les uns des autres et, finalement, je me retrouvai seul avec Adil. Notre élan initial se changea en une progression lente et prudente, nous cherchions notre chemin à tâtons dans cette sombre forêt de pierre, essayant d'aller encore plus loin à travers les galeries qui ne cessaient de se ramifier. Et soudain les parois devinrent humides, l'obscurité plus intense. Nous n'entendions plus les voix de nos camarades ; un râle étrange les remplaça, comme venu des noires profondeurs ; le plafond se fit très bas et se couvrit d'aspérités ; nous ne pouvions même plus voir où nous posions la main ou le pied... Nous étions véritablement entrés dans un labyrinthe.

Adil s'agrippait à mon épaule, nous tombâmes ensemble. Et l'épouvante se saisit de nous.

— Allons-nous-en ! hurla Adil. C'est la grotte des démons, j'en suis sûr !

— D'accord, mais comment faire pour sortir ? Donne-moi la main.

Je me levai et fis demi-tour en l'entraînant, espérant apercevoir au moins une petite clarté qui pourrait nous orienter. Et l'horreur m'envahit : il n'y avait devant moi que le noir le plus total. Adil serra ma main très fort. Moi, j'avais la gorge sèche.

Nous avançâmes à l'aveuglette, un peu au hasard, à l'instinct. L'obscurité n'en finissait pas. L'anxiété m'oppressait de plus en plus.

— Alors ici, ou bien on meurt de soif, ou bien on meurt étouffé ! m'écriai-je.

— C'est ta faute ! répondit Adil, cramponné à moi.

— Bon, ça va... Reste bien avec moi...

Apparemment, nous marchions dans la bonne direction, même si les arcades que nous empruntions n'étaient pas du tout celles que nous avions prises à l'aller... car, au loin, une lueur incertaine poignit, qui guida nos pas. Désormais, l'important était de prendre garde à ne pas dévier vers une arcade qui nous éloignerait de notre but. C'est alors que les voix de nos camarades nous parvinrent. Et enfin... nous débouchâmes dans l'éclat du soleil.

Tous les enfants nous attendaient debout dans la « salle d'entrée », et l'instituteur les comptait et les recomptait pour être bien sûr que personne ne s'était égaré dans les profondeurs du labyrinthe. Adil et moi étions les derniers. M. Fahim nous réprimanda pour ce courage tout à fait déplacé.

— Du courage, nous ? Mais on mourait de peur ! affirmai-je.

D'ailleurs, mon cœur battait encore violemment, et je ne pouvais le calmer.

Nous dévalâmes la pente à toute allure, rivalisant de vitesse et poussant des hurlements comme si nous venions d'être libérés des chaînes d'une effroyable prison. Nous courûmes vers le « Petit Paradis » et, après une si rude épreuve, le gravir nous parut des plus aisé.

Le cratère s'ouvrait au ciel en un large cercle. En courant, nous descendîmes dans la cuvette, semée çà et là de roches volcaniques et d'énormes pierres sculptées, vestiges d'un antique palais — le palais du roi Hérode le Grand, nous dit M. Fahim. Hérode... Les Romains l'avaient installé sur le trône, et il régnait sur la Palestine trente-trois ans avant que le Messie vienne au monde. Un jour lui parvint la nouvelle de la naissance de Jésus, à Bethléem ; comme il n'arrivait pas à s'emparer de la Vierge Marie et de son époux, Joseph, en fuite avec l'enfant vers l'Égypte, il ordonna que l'on tue tous les nouveau-nés de la ville, une effrayante boucherie appelée depuis le massacre des Innocents. Hérode espérait bien que, parmi eux, se trouverait ce Jésus : ne lui avait-on pas prédit que cet enfant, s'il vivait et grandissait, mettrait en danger sa vie et son royaume ? Le roi Hérode avait déjà fait assassiner maintes personnes de sa famille, et même quelques-uns parmi ses propres fils, pour préserver son trône. Alors, pourquoi pas ceux des autres ? Et pourtant, il mourut cette année-là — son fils, Hérode Antipas, lui succéda, celui qui fit décapiter Jean le Baptiste. Avant de mourir, il put voir son corps difforme dévoré par les vers et, du bout de l'horizon, les corbeaux, alléchés par l'odeur de la décomposition, se poser en nuées croassantes sur les balcons et les fenêtres de son palais, attendant de festoyer avec sa chair et sa graisse... Mais ce n'était pas ce palais-ci, livré aujourd'hui à l'enchantement du ciel[1]...

En quittant ces ruines, nous pensâmes que, ce jour-là, nous avions ouvert une page d'histoire. Mais quelle page ! Refermons-la vite ! Et l'on redévala la pente vers le puits ; on tira de l'eau, on but, et on se prépara à rentrer.

Miracle ! Le retour fut si facile ! Nous empruntâmes un autre sentier et nous nous aperçûmes que celui du matin n'était pas le bon, que nous nous

1. Le palais d'Hérodium, dans le Djebel Fureïdis (le « Petit Paradis »), a été fouillé, de 1962 à 1967, et une grande partie des ruines de la forteresse ont été dégagées.

étions égarés. A présent, c'était un sentier bien tracé, moins abrupt et moins rocailleux, et cela nous prit deux fois moins de temps. Personne n'eut soif non plus.

J'arrivai chez moi après le coucher du soleil, fourbu et affamé ; je jetai un dernier regard sur le lointain Khritoun. Il s'était fondu dans les montagnes bleues à l'horizon, qui accueillaient les ultimes lueurs du crépuscule. Une joie subite m'envahit. Tout en contemplant fixement la montagne, je tentai de comprendre ce qui se faisait jour en moi : après cette incursion dans la souffrance, avais-je le sentiment d'avoir entrevu le paradis ? J'avais visité le royaume de la mort, en revenais-je plus fort devant la vie ? Ou alors des pensées comme celles-là étaient-elles trop complexes pour mon esprit d'enfant ? En tout cas, il est une chose qui ne m'effleura absolument pas à ce moment-là : je ne pouvais présager que cette expérience de la soif à la lisière de la mort, cette expérience de l'errance aux limites de l'épouvante, s'imprimeraient si profondément en moi, et que cette empreinte perdurerait, se survivrait en d'autres images, sous d'autres formes. Je ne pouvais le présager mais, cela ne fait aucun doute, je le pressentis, même si, alors, je ne pouvais ni définir ni analyser ce sentiment.

17.

SUR le coteau de Wadi-l-Jamal, un peu en contrebas de Tariq al-Jadida, se dressait un grand azerolier. On le voyait bien de chez nous puisque la maison était campée sur une hauteur. Les versants de la vallée étaient couverts d'oliviers à perte de vue, et personne ne savait qui avait planté cet azerolier champêtre — peut-être avait-il jailli entre deux rochers en un temps immémorial ; seul de son espèce, il semblait s'enorgueillir de sa haute taille et de la majesté de son branchage. Sa cime dépassait le bord de la route, et son feuillage se balançait au moindre souffle de vent, comme pour délibérément nous inviter à lui. Nous n'avions qu'à grimper sur un ou deux rochers, sauter sur l'une de ses branches, puis escalader le lacis de sa ramure épaisse, et nous pouvions remplir nos poches de petits fruits jaunes et sucrés.

Au moment de la cueillette des olives, l'azerolier nous servait de voie d'accès aux arbres de la vallée. Avec leurs gaules, leurs échelles, les cueilleurs reproduisaient les gestes d'un très ancien savoir-faire. Tout en travaillant, ils fredonnaient. *Ala dalouna* était la chanson favorite et, dès le début de l'automne, ses notes se répercutaient dans la vallée ; on la chantait en secouant les troncs et les branches, on la chantait en gaulant, ou perché sur une échelle pour atteindre les endroits inaccessibles ; et les perles vertes tombaient dans la poussière rouge. On les ramassait par poignées, on en emplissait des paniers et des sacs. On passait d'un arbre à l'autre, les chansons se déplaçaient d'arbre en arbre, et se déplaçaient aussi les trilles des flûtes ou des pipeaux. Quelle que soit l'heure, il y avait toujours, juché sur quelque rocher, un musicien, parfois invisible mais dont on entendait la flûte infatigable ; et la vallée tout entière vibrait sous la mélodie comme sous la caresse d'une brise.

Çà et là des olives résistaient aux cueilleurs, cachées dans les feuilles, tombées entre les pierres ou sur le sol, sous les orties ou les plantes automnales qui recouvraient la terre. Nous prenions nos cartables — l'école fermait quelques jours pour permettre aux enfants d'aider à la cueillette — et nous allions glaner après le passage des cueilleurs. Dès qu'ils en finissaient avec un arbre, nous ramassions le peu d'olives qui leur avait échappé — elles appartenaient alors à qui les trouvait — et nous en bourrions nos petits sacs. Quand l'un d'entre nous avait son cartable rempli, s'il faisait encore jour nous allions à l'azerolier, grimpions tout en haut et, de là, nous aussi nous chantions la même chanson, satisfaits de notre récolte.

J'essayais de comprendre le sens des mots bédouins et je me régalais de l'étrangeté que j'y trouvais. Il me plaisait d'imaginer comment « le vent du Nord » avait « changé les couleurs » des aimées, que je me représentais brunes, hâlées par le soleil, ce teint doré soulignant le noir profond de leurs yeux qui en étincelaient davantage, et le vent du Nord qui les caressait de son souffle renforçait leur hâle — et leur beauté :

Quelle coquette que cette fille-là !
Le vent du Nord a changé mes couleurs...
J'ai écrit à mon amour sur une feuille bleue
A la beauté qui m'aime j'ai envoyé mes vœux
Et je lui ai dit : Si tu veux te séparer de moi,
Viens donc, et téléphone-moi.

J'essayais d'imaginer la voix de cette « beauté » minaudant au téléphone — le téléphone... il m'était arrivé d'en voir mais jamais encore je n'en avais appuyé un sur mon oreille... Plus tard, la première fois que j'en ai utilisé un, ce furent les paroles de cette chanson-là qui me vinrent à l'esprit ; j'ai alors souhaité que ma correspondante soit cette fameuse « beauté » qui, à l'autre bout du fil, voulait « se séparer » de moi, et moi, cueilleur d'olives à Wadi-l-Jamal et les poches remplies d'azeroles, moi je lui aurais demandé : Pourquoi, mon Dieu, pourquoi donc veux-tu me quitter ?

Lorsque nous rentrions chez nous, Soulaïman et moi, nous passions toujours près de l'azerolier. Non loin de l'arbre, un chemin partait de Tariq al-Jadida, grimpait vers des garages et la gare routière de Bethléem (une compagnie alors toute récente), puis obliquait et continuait à grimper jusqu'à Ras Iftis. Notre maison se dressait sur une éminence qui surplombait ce chemin — en fait, c'était une route et, pendant des siècles, ce fut la route principale pour Jérusalem, jusqu'à ce que, au début des années vingt, on ouvre Tariq al-Jadida, qui longeait la boucle de la vallée et, sans traverser la vieille ville, aboutissait à Bab ad-Deir.

Le propriétaire de l'un des garages situés dans le grand virage, Abou Ilias, était de nos parents. Après que sa maladie eut obligé mon père à abandonner son travail à l'hôpital, il avait pris l'habitude de passer au garage pour se distraire et bavarder avec deux ou trois ouvriers qu'il connaissait ; il aimait à contempler les moteurs des voitures en réparation, et il s'exclamait, fasciné par la complexité de leurs rouages :

— C'est bien un métier que j'aurais aimé faire !

Abou Ilias, un jour, lui proposa :

— Pourquoi ne travaillerais-tu pas chez nous ?

Mais mon père se prétendit trop vieux pour un apprentissage nouveau, sans parler de sa maladie. Abou Ilias insista : il donnerait un coup de main, dans la mesure de ses forces. Mais, évidemment, pour un salaire minime : un shilling par jour.

Ma mère eut beau protester, il accepta. A Jérusalem, mon frère ne fut pas averti de ce qui se passait. Je protestai également, aussi fort que je le pus, car je redoutais pour mon père l'excès de fatigue qui lui nuirait fatalement. Mais il invoqua la facilité du travail, et la distraction que cela serait pour lui.

Il travaillait donc dans ce garage depuis peu quand, un jour, Soulaïman et moi nous passâmes par là, de retour chez nous après une petite visite à notre ami l'azerolier. Je trouvai mon père occupé à rentrer des pneus empilés sur le trottoir.

— Laisse-moi t'aider, papa, lui dis-je.

— Non, non. Va jouer avec ton ami.

— Laisse-moi les porter avec toi, et puis je rentrerai à la maison, insistai-je.

Et je me tournai vers mon ami :

— Vas-y, je te rejoindrai.

Soulaïman me laissa et je me mis au travail.

A quelques mètres de là, une voiture en panne, haussée sur son cric, attendait qu'on remonte sa roue avant. L'un des ouvriers achevait de fixer le pneu sur la jante ; il le gonfla, puis demanda à mon père de le porter vers la voiture.

Je proposai de le faire moi-même. Je soulevai le pneu et, le trouvant bien lourd, le reposai à terre. Il était gonflé à bloc, et aussi tendu qu'un ballon de football. Au lieu de le porter, j'eus donc l'idée de le faire rouler devant moi. Effectivement, une légère poussée suffit, et le pneu s'élança avec entrain.

Je courus derrière lui, lui donnant un ou deux petits coups, et sa vitesse augmenta avec la pente. Lorsque je voulus le pousser de côté vers la voiture, ma main ne put l'atteindre, et il continua sa lancée dans la direction qu'il s'était choisie.

Je me mis aussitôt à sa poursuite, mais il s'était littéralement emballé et il me distança. Sa vitesse augmentait avec la déclivité du chemin, et je galopais de toutes mes forces sur ses traces. Je le vis s'éloigner, s'éloigner de plus en plus, et moi, totalement impuissant, je haletais derrière lui ; le pneu se déchaînait, comme un animal désormais sans entrave. A ce moment même, un homme remontait tranquillement le chemin sur son âne ; le pneu fou allait-il se jeter sur lui et le renverser, avec sa monture ? Heureusement le pneu heurta violemment une pierre, ce qui le projeta à deux ou trois mètres de hauteur, puis il retomba sur Tariq al-Jadida. J'espérais qu'il allait choir de côté et que l'escapade s'arrêterait là. Mais ce maudit retomba bien droit, et il rebondit avec encore plus de force vers l'azerolier. Moi, tout suffoquant, je courais, sans plus rien comprendre à ce qui se passait, et, au loin, j'entendais mon père crier :

— Qu'est-ce que tu as fait ? Mais qu'est-ce que tu as fait ?

En haut du versant de la vallée, tout près de l'arbre, le pneu fut de nouveau projeté en l'air ; il retomba en contrebas et disparut de ma vue.

Sautant à mon tour au bord de la route, je vis dans la vallée le pneu cabrioler d'un rocher à l'autre avec une incroyable exubérance, comme s'il renfermait un démon tout droit venu de l'enfer. J'étais épouvanté... Mon Dieu ! Quand, mais quand donc ce satané pneu allait-il s'arrêter ?

De terrasse en terrasse, l'enragé se posait puis s'envolait dans la vallée. Par quel sortilège ne heurta-t-il aucun olivier ? Savait-il que les arbres pouvaient mettre fin à cette démence ? La terreur me gagnait : j'avais commis là un crime abominable, que je ne pourrais jamais expier.

Mon père arriva à ma hauteur, aussi effaré que moi, les yeux braqués sur ce pneu de malheur. J'eus le sentiment que cette fuite démoniaque allait nous être néfaste. Le propriétaire du garage exigerait certainement le remboursement du pneu, mon père ne le pourrait pas et se verrait contraint de travailler des mois sans salaire en contrepartie des imprudences de son inconscient de fils.

Et brusquement le pneu heurta un olivier au fond

de la vallée, nous le vîmes tomber et disparaître... Mon père fut plus rapide que moi : souple comme une vraie panthère, il sauta sur un rocher, puis sur un autre.

— Reste ici ! me cria-t-il. Que je ne me perde pas... Tu entends ? Ne descends surtout pas. Reste bien où tu es.

En un clin d'œil il avait retrouvé sa jeunesse, son agilité. Il m'avait choisi comme point de repère car il était facile de s'égarer dans les profondeurs de cette vaste vallée, et je crois bien qu'il avait mentalement tracé la trajectoire probable du pneu à partir de l'endroit où nous nous tenions. Je ne le quittais pas du regard : il bondissait d'une terrasse à l'autre, levant parfois les yeux vers moi, puis il disparut. Le désespoir m'envahit et je pensai : « Impossible, il ne le retrouvera pas ! »

Il finit cependant par réapparaître. Au bout d'une éternité, je le vis, très loin, qui me faisait de grands signes.

Il ne se reposa pas même un instant. Je le vis soulever le pneu et commencer son ascension... Pas un chant en cette heure amère, pas une flûte ni un pipeau. La vallée était déserte et d'une sombre brutalité. Le pneu funeste pesait de tout son poids alors que mon père remontait de pierre en rocher, disparaissant par intermittence.

Enfin il émergea près de l'arbre familier ; il haletait, son visage dégoulinait de sueur mais il était impressionnant de majesté. Dans sa main gigantesque il tenait le pneu ; on aurait dit qu'il empoignait une bouteille et qu'il s'apprêtait à y renfermer le génie qui l'habitait.

Je courus à lui ; il vit mes yeux noyés de larmes, s'aperçut que je ne pouvais maîtriser un tremblement. Alors il me tapota la tête de sa main libre :

— Allons, mon gars, tu n'as pas honte ? Ton père est là !

Je voulus lui prendre le pneu et, moi qui me sentais si coupable et ruminais de sombres pensées, je m'étonnai de constater qu'il avait encore la force de rire et de plaisanter :

— Ben quoi ! s'exclama-t-il. Tu veux de nouveau le faire s'envoler ?

Il me poussa doucement et nous remontâmes le chemin vers le garage.

— Allez, retourne à la maison. Et ne me parle plus de travail ou autres balivernes. Va plutôt étudier et t'amuser.

J'hésitai ; je regardai ses yeux, ses épaisses moustaches noires. Son front était large et plat, ses joues pleines s'étaient colorées. Il me parut colossal, noble, beau, autant que l'azerolier que j'aimais. Pas une fois mon père n'avait levé la main sur moi, quoi que j'aie pu faire, pas une fois il ne m'avait réprimandé avec colère, et, en cet instant-là, malgré la fatigue due à l'effort, je le vis jeune à nouveau, rayonnant de vigueur.

Ce fut la dernière fois. Le soir, quand il rentra chez nous, ses douleurs le reprirent, s'acharnant à le détruire et lui ravissant ce qui lui restait de jeunesse, alors qu'il n'avait pas atteint quarante ans. Désormais, lorsqu'il chanta, ce fut avec moins d'entrain, et il ne dansa plus avec ses amis lors des fêtes. Les contes aussi se firent plus rares. Jusqu'au jour où il nous dit :

— Maintenant, votre tour est venu. C'est vous qui chanterez, vous qui nous raconterez les histoires que vous aurez lues dans vos livres, vous qui ferez trembler le sol avec vos amis lorsque vous danserez.

18.

Les derniers mois de 1931 et les premiers de l'année suivante furent difficiles pour nous tous. Affirmant son indépendance, Mourad se maria au début de 1932 ; il choisit lui-même son épouse malgré les réticences de la famille, et loua une petite pièce, au dernier étage d'une vieille bâtisse située à l'entrée du marché municipal. Neuf mois plus tard, un enfant naquit, qui ne vécut que quatre ou cinq mois. Cette mort jeta la première ombre de malheur sur sa vie comme sur la nôtre.

Youssef, lui, n'était pas heureux à Jérusalem : son travail était trop ingrat. Le jour où il vint fêter Noël avec nous — il avait amené ma grand-mère, que nous ne voyions plus que de loin en loin —, une querelle éclata entre lui et ma mère, peut-être parce qu'il n'avait pu lui apporter la somme d'argent qu'elle espérait pour l'occasion ; l'ambiance en fut gâchée, la fête se termina par de la colère, des cris et des larmes, et Youssef, accablé, repartit pour Jérusalem avec ma grand-mère.

Quand les pluies se firent plus abondantes et le froid plus vif encore, nous comprîmes que, sans véritables revenus et compte tenu de la maladie de mon père, notre existence allait devenir plus précaire. Nous vendîmes alors les moutons, nous vendîmes les poules, les canards, puis nous vendîmes les cochons.

Pour moi, grâce aux élèves et aux professeurs, grâce aux livres et à l'atmosphère qui l'imprégnait, l'école représentait un refuge, un havre aussi précieux que l'était la nature. Je ne m'étonnai donc nullement le jour où le directeur, stupéfait, constata dans son registre que, pendant près de trois ans, je ne m'étais pas absenté une seule fois pour cause de paresse ou de maladie.

C'est à cette époque-là que je commençai à dessiner, au crayon noir d'abord, puis aux crayons de couleur. Sur mon trajet quotidien, près des arcades de Zarrara, je passais devant l'échoppe d'un coiffeur. Il avait installé à côté de son fauteuil de travail un chevalet qui supportait une grande toile ; il y dessinait des carrés puis, à partir des carrés, des lignes au crayon ; ensuite, lentement, avec beaucoup de soin, il y mettait les couleurs. Il y travaillait à ses moments libres, entre deux clients. Jour après jour, je voyais le tableau se préciser. Debout près de la porte, je l'observais, et lui m'encourageait à bien regarder. Son tableau était l'agrandissement d'une photographie format carte postale représentant un homme et une femme ; il m'expliqua qu'il avait entièrement quadrillé la photo, qu'il l'avait recopiée en s'aidant des petits carrés, puis qu'il avait utilisé la peinture à l'huile — il choisissait le plus souvent des couleurs vives et gaies, avec une préférence pour le rouge et le bleu.

Je fis de même mais au crayon. L'un de mes manuels scolaires, *Histoire de l'Europe contempo-*

raine, de Mohammed Ezza Drouzeh, était illustré de nombreux portraits d'hommes célèbres, que je me mis à reproduire en les agrandissant grâce à ce système des petits carrés ; je fus particulièrement fier d'un de mes portraits, celui de Napoléon. La qualité d'impression de ces photos était bien mauvaise, mais cela me poussa à étudier de près la configuration des yeux et des lèvres, en photo comme en vrai ; je compris combien il est difficile de dessiner un nez convaincant lorsque le visage est de face, et plus encore les mains ou les pieds. Je m'exerçais aux hachures et aux ombres pour mieux les reproduire, et je pris l'habitude d'examiner les gens, leurs yeux et leurs lèvres, leurs mains et leurs pieds dans leurs divers mouvements ou positions : je commençais à découvrir leur beauté, qui me séduisait de plus en plus.

Dans un élan d'enthousiasme devant quelques-uns de mes dessins, ma mère s'écria :

— Je vais te donner une piastre pour acheter des crayons de couleur, à condition que tu dessines notre maison !

Elle ne pouvait savoir que, en toute innocence, elle me lançait un véritable défi avec ces dix crayons dans leur boîte de carton ! Je ne tardai pas à découvrir la peinture à l'eau et je me procurai une boîte de peinture, deux ou trois pinceaux. J'utilisai cette méthode, parallèlement au crayon, jusqu'à mes études en Grande-Bretagne, sept ou huit ans plus tard, époque où je connus la peinture à l'huile.

Le dessin m'offrait un autre regard sur le monde ; le plaisir que j'y prenais me fut vite indispensable, et il me procura une véritable ivresse ; elle me dédommagea de notre misère croissante, le jour où la maison referma ses murs sur ses habitants, le jour où s'obstrua jusqu'à la plus petite ouverture permettant d'admirer les arbres alourdis d'oiseaux ou les montagnes et les vallées riant à la fusion du soleil.

Car, comme Youssef nous l'avait proposé, la famille décida de partir pour Jérusalem, dans une maison que des connaissances avaient signalée à mes parents. Quand j'appris la nouvelle à M. Jabbour — c'était en mars 1932, juste à la fin du deuxième trimestre —, il me conseilla de demander au directeur, Fadil Nimer, une autorisation de changement pour le collège ar-Rachidieh, à Jérusalem. Sur ce papier étaient notés mes derniers résultats scolaires et quelques observations : deuxième de sa classe, aucune absence, etc.

C'est le cœur lourd que je quittai l'école que j'aimais, les professeurs et les élèves avec qui je me sentais au chaud et en sécurité. J'appréhendais d'entrer dans une nouvelle école, surtout dans cette grande ville où l'on pouvait se perdre, comme cela m'était déjà arrivé.

Par un matin gris, un énorme camion s'arrêta sur la route, à l'entrée de notre cour. Nous y transportâmes tour à tour les matelas, les nattes, les sacs de provisions, les ustensiles de cuivre qui servaient à la cuisine et à la lessive, les bidons d'huile, ceux dont nous aurions besoin pour l'eau, et la grande jarre qui trônait toujours en bonne place dans la maison. J'y portai moi-même le plus précieux : le coffre aux livres et la chatte, notre chère Fella.

Mon père s'installa près du conducteur, et dans le fouillis des affaires s'entassa le reste de la famille : ma mère, ma grand-mère (venue nous aider à déménager), mon frère Issa, la petite Sawsan, et moi.

Environ une demi-heure plus tard, nous étions dans notre nouveau quartier, Jourat al-Annab, la fosse aux Jujubiers, qui se trouvait en contrebas de la route principale, juste avant Bab al-Khalil. L'enceinte ouest de Jérusalem dominait le quartier et la route ; deux des monuments les plus célèbres de la ville s'y dressent, la Citadelle, appelée la tour de David, et le minaret de sa mosquée (plus tard, j'en ferai deux aquarelles, qui sont parmi mes plus réussies). Youssef nous attendait.

Quand le camion s'arrêta devant la grande maison à deux étages, j'espérai que mon père aurait loué une pièce à l'étage supérieur. Mais nous empruntâmes, à côté de l'escalier, un couloir qui débouchait sur une cour ; quelques marches de pierre permettaient d'y descendre et là, on découvrait un sous-sol, partagé en deux pièces ; de l'autre côté de la cour s'alignaient trois autres pièces à la toiture de tôle ; juste derrière s'élevait le mur d'une haute maison où une fenêtre était percée (un an plus tard, à peu de chose près, le garçon qui habitait là avec sa famille, Khalil ad-Dajani, deviendrait mon ami) ; derrière et tout autour se dressaient d'autres maisons encore. Notre nouveau logement, c'était une des deux pièces de cette espèce de cave. A droite de la porte, une petite fenêtre aux volets jadis bleus donnait sur un semblant de poulailler de un mètre à peine de large, qu'un grillage branlant séparait de la cour. Sur le pas de la porte, nous installâmes une caisse : elle devint vite le banc où l'on s'asseyait quand on voulait être à l'air « libre », de même qu'un coffre pour notre trop-plein de livres et de revues. Quelques jours après notre arrivée, nous décidâmes d'ouvrir une petite fenêtre en haut du mur qui faisait face à la porte. Le bas de cette lucarne se trouva juste au niveau de la rue : le fin grillage qui la fermait laissait donc passer beaucoup de poussière, mais aussi un petit vent d'ouest qui nous sauva de l'asphyxie — du moins en limitait-il les risques —, surtout quand notre porte se refermait pour la nuit.

Chacune des pièces de la bâtisse abritait une famille au grand complet. Au milieu de la cour, on voyait un puits surmonté d'un arc et d'une poulie où s'accrochait un seau, mais il était rempli d'eau croupie et non potable. Les voisins nous rassurèrent : tout près, la municipalité avait installé une fontaine qui desservait les environs une ou deux fois par semaine ; nous n'aurions qu'à acheter l'eau dont nous aurions besoin aux heures réservées aux habitants du quartier.

C'est ainsi que, sans transition, je me trouvai brusquement plongé au sein d'une multitude de femmes, d'hommes et d'enfants, dans une promiscuité permanente, une agitation et un tapage incessants.

En face, dans l'une des pièces à la toiture de tôle, vivait une famille de Bir Zeit, composée d'une veuve (elle s'empressa de nous apprendre qu'elle était la sœur du propriétaire), de son fils, Mansour, et de deux petites filles. Mansour avait près de quatorze ans. C'est à lui que je m'adressai, le lendemain de notre installation dans cette pièce obscure, pour lui demander le chemin du collège ar-Rachidieh.

— Je t'y amènerai. Je suis facteur, comme tu peux

le voir à mon uniforme, et je connais parfaitement le quartier de Bab as-Sahira[1].

Nous grimpâmes jusqu'à Bab al-Khalil à travers des ruelles tortueuses et encombrées, nous descendîmes vers Bab Khan az-Zeit et le marché aux épices, puis de là, en passant par d'étroites rues pavées, ouvertes au ciel, nous montâmes vers la place Bab al-Amoud[2] et sa porte majestueuse, que nous franchîmes, et nous tournâmes vers l'est en longeant les remparts jusqu'à Bab as-Sahira. Là, Mansour s'écria, en me montrant l'autre côté de la rue :

— Tu vois cette pancarte ?

On y lisait en grosses lettres « Collège ar-Rachidieh ».

Je remerciai mon guide qui poursuivit sa route et passai le grand portail surmonté de l'inscription. Devant moi, une allée bordée d'arbres traversait la cour de l'école. Je me sentais terriblement angoissé, ne sachant trop ce qui m'attendait. Un large escalier de pierre m'amena sur une terrasse agréablement ombragée par un grand poivrier, et mon angoisse ne fit que croître.

De part et d'autre d'un immense vestibule s'alignaient les portes des classes ; derrière, on entendait les voix des professeurs. L'un d'eux m'indiqua l'escalier qui menait à l'étage et, juste au fond du couloir, au bureau du directeur. Je serrais dans mes mains le papier le plus important que j'aie tenu

1. La porte de la Plaine. Actuellement, porte d'Hérode.

2. Actuellement porte de Damas. Une colonne marquait à cet endroit l'entrée de la ville romaine, d'où son nom arabe qui signifie « porte du Pilier ».

jusqu'à ce jour-là : mon autorisation de changement d'école.

La porte était ouverte ; je frappai et, de la pièce d'en face, un jeune homme s'empressa — apparemment le secrétaire du directeur :

— Oui ? C'est pour quoi ?

Je lui tendis la feuille, qu'il lut avec un léger sourire (j'appris plus tard qu'il venait également de Bethléem et appartenait à la famille Nastas), et il m'introduisit chez M. Arif al-Badiri : je le trouvai assis derrière un grand bureau submergé de dossiers et de papiers, et entouré d'étagères remplies de livres.

Ce directeur-là était l'opposé de celui que j'avais laissé à Bethléem : un air sévère, une grosse tête chauve, un visage rebondi, un léger embonpoint même, et surtout un regard autoritaire, une voix autoritaire... il me sembla bien qu'il n'était tout entier qu'autorité. Il prit le papier des mains du secrétaire, le lut puis, sans le moindre sourire :

— Quand ta famille est-elle arrivée à Jérusalem ?

— Hier.

— Bon. Si tu avais tardé, ç'aurait été différent.

Il jeta le papier, se leva :

— Viens !

Et il me conduisit vers la classe de cinquième, toute proche de son bureau. Le professeur donnait une leçon d'arabe. La classe était très claire : deux grandes fenêtres laissaient pénétrer la lumière du jour. Le professeur lança un bref « Debout ! » et les élèves se levèrent dans le chahut habituel.

— Houssein effendi, dit le directeur, cet élève nous vient de Bethléem. Espérons que nous pourrons le garder...

Il ordonna aux élèves de s'asseoir, et il sortit. J'avais compris ce qu'il voulait dire.

Je pris place près d'un garçon qui chuchota, dès que le directeur fut parti :

— Je m'appelle Hicham Nachachibi. Et toi ?

A ce moment, M. Houssein Gheneïm me posa la même question ; j'y répondis, puis il reprit :

— Voici tes camarades : Abdallah Rimawi, Mahmoud al-Bahch, Ghalib Hadaya, Charif al-Khadra, Tahar al-Badiri...

Et il me présenta tous les élèves, c'est-à-dire environ vingt.

Ensuite il m'interrogea de sa voix aiguë — pendant que j'examinais son petit nez camus :

— Es-tu bon en arabe ?

— Je crois, répondis-je timidement.

— Passe au tableau.

J'avançai, les jambes flageolantes, pris un bout de craie.

— Écris ! me dit-il.

Il me dicta un vers, contemplant au fur et à mesure ce que j'écrivais, puis :

— Et maintenant, analyse-moi ce vers.

Je commençai à lire lentement pour m'assurer du sens des mots, mais quelques élèves se mirent à crier en levant le doigt :

— M'sieur, m'sieur ! Moi, m'sieur !

Ils devaient me trouver trop lent, ou bien peut-être avaient-ils déjà analysé ce vers avec le professeur. Je me décidai donc :

— « Et », conjonction de coordination...

Et je ne m'arrêtai plus. Les élèves se taisaient ; le professeur, après chaque phase de mon analyse, approuvait : « Oui... Bien... Bien... » Je n'étais pas très sûr du sens du dernier mot ; mais je me jetai à l'eau et optai pour un complément de manière du verbe qui précédait, ce qui lui donnait sa désinence. Et le professeur s'écria :

— Bien ! Très bien ! Qu'en penses-tu, Abdallah ?

Je compris qu'Abdallah Rimawi était le meilleur de la classe car le professeur sollicitait son opinion d'une façon particulière. Je regagnai ma place ; toute ma confiance m'était revenue. Assis bien droit, je regardai autour de moi et observai tranquillement mes nouveaux camarades.

A la fin de l'heure, quand le professeur fut sorti, tous les élèves vinrent me rejoindre pendant les quelques minutes de battement entre deux cours ; ils m'interrogèrent : mes notes, mon classement, où j'habitais, pourquoi j'avais quitté Bethléem, qui était mon père, si j'avais des frères... Le responsable de classe, Ghalib, tentait d'apaiser le tumulte et menaçait d'écrire au tableau le nom des plus bruyants.

La cloche retentit, et un grand jeune homme fit son entrée ; c'était M. Yacine Khalidi. Il était très élégant dans son costume blanc ; ses épais cheveux noirs étaient lissés à la brillantine et coiffés vers l'arrière, avec une raie de côté. Il était très beau, autant qu'un de ces acteurs de cinéma. Je notai ses longs doigts effilés lorsqu'il feuilleta son livre d'anglais. Remarquant qu'il y avait un nouveau, il s'approcha et me demanda qui j'étais et d'où je venais. Puis il me posa la question que je redoutais :

— Quel était votre livre d'anglais ?

— *New Method Reader's.*

— Oui, bien sûr, mais quel niveau ?

— Le troisième.

— Ha ha ! Tu sais où nous en sommes ? Au cinquième. Comment pourras-tu suivre ? Que dirais-tu d'aller en quatrième année ?

— Non, monsieur ! C'est impossible !

Il agita ses longs doigts :

— Mais tu ne pourras jamais suivre dans cette classe !

Plein d'espoir, je m'exclamai :

— Essayez, monsieur. Mettez-moi à l'épreuve un mois !

Yacine effendi partit d'un beau rire et, indiquant d'un geste qu'il s'en remettait à Dieu, il décida :

— Très bien, monsieur. Nous te mettrons à l'épreuve un mois. Un seul mois !... Et si tu me décevais ?

Je répondis sans l'ombre d'une hésitation :

— Alors vous me renverrez de l'école !

Ensuite, se promenant entre les bancs, il se mit à nous expliquer la nouvelle leçon ; son accent était superbe, je n'en avais encore jamais entendu de pareil.

Le professeur d'anglais aimait à surprendre ses élèves de temps à autre par une petite interrogation écrite — un *quiz* [1] —, ce à quoi je n'étais nullement habitué. Les jours qui suivirent, je travaillai d'arrache-pied pour me préparer à ses cours et aux interrogations.

Un mois plus tard, l'avais-je déçu ? Il entra en classe, chercha parmi ses papiers et tira la feuille de notes. Il la considéra en hochant la tête, lâcha un petit rire étouffé plein d'étonnement :

1. En anglais transcrit dans le texte.

— Mes enfants, nous avons été injustes avec Jabra. Et qu'a-t-il fait ? Il a devancé tout le monde ! Croyez-le ou pas, il a 95... Attention, Abdallah !... Qui est premier ce mois-ci en anglais ? Jabra !... Félicitations !

Abdallah Rimawi était premier de la classe et premier dans toutes les matières. Il n'apprécia guère que je lui enlève — bien involontairement — la première place, ne serait-ce que dans une seule matière. Pendant la récréation, il m'affirma que ç'avait été un pur hasard et que cela ne se reproduirait pas. Il était direct, mais en même temps chaleureux. J'admirais son intelligence, ses capacités, cependant je savais qu'il faisait grand cas de lui-même, au point d'être toujours prêt à se quereller à n'importe quelle occasion, tant avec des grands qu'avec des petits. Par la suite, je fus très étonné de constater qu'aucune dispute n'éclata jamais entre nous, ni cette année-là ni au cours des cinq ans que nous passâmes ensemble. Chaque fois que j'obtenais la meilleure note à un devoir ou lors d'une composition mensuelle, les professeurs le lui reprochaient, le réprimandaient, ou simplement le prévenaient :

— Fais attention, Abdallah ! Attention...

J'aimais tous mes professeurs, au collège ar-Rachidieh, mais aucun d'eux n'attira jamais mon attention sur un quelconque danger de rivalité. Ils mettaient en garde Abdallah, particulièrement vis-à-vis de moi. Pourtant, je n'essayais jamais de rivaliser avec lui et ne tentais de surpasser personne. Ce qui m'intéressait c'était de réussir, de ne pas tout rater, de ne pas quitter le collège avant d'avoir obtenu ce papier qui me permettrait d'enseigner, et d'aider ainsi mes parents.

La pensée qui m'obsédait, en revanche, c'était de lire et lire encore, manuels scolaires ou autres. J'emmagasinais les mots, arabes et anglais, les dates, les événements, et mes connaissances dispersées finirent par s'organiser avec le temps, par prendre plus d'ampleur ; je trouvais là un plaisir immense et, malgré mon jeune âge, j'avais une véritable boulimie de connaissances. Quant à savoir qui serait premier, deuxième ou dixième, cela ne me tourmentait pas, ne me concernait en rien. C'est ce que comprit vite Abdallah, mais il prit quand même la précaution de lire et d'étudier davantage. Ainsi, les années suivantes, malgré ses nombreuses disputes avec les élèves ou les professeurs, nos relations demeurèrent-elles harmonieuses, et jusqu'à la fin — jusqu'au jour où nous quittâmes l'école secondaire pour entrer à la faculté arabe, en 1937.

Une chose m'enchantait : même dans cette classe de cinquième année secondaire, chaque professeur avait son style particulier. M. Wasfi al-Anabtawi nous enseignait la géographie et, pendant les cours, il nous entretenait parfois des expériences qu'il avait vécues en Grande-Bretagne, en France, en Égypte, ou ailleurs. Il n'accordait jamais un regard à son manuel et nous dictait des pages entières qui semblaient naître spontanément du flot de ses connaissances. Il était diplômé de l'université d'Oxford. M. Wasfi était grand, suprêmement élégant, avec toujours un petit mouchoir au poignet, glissé sous sa manche. C'était un homme doux mais il lui arrivait de se mettre en colère : il savait alors se montrer très sévère, ses yeux lançaient des éclairs derrière ses lunettes dorées, et la classe, muselée, se taisait. La langue qu'il employait était littéraire mais mâtinée d'accent de Naplouse, et il appuyait fortement sur le *qaf*, rarement prononcé par les habitants de Jérusalem. Il avait l'art de captiver, et je ne crois pas qu'un seul élève ait jamais rêvassé pendant ses cours. Lorsqu'il nous expliquait un point que nous trouvions difficile, il avait l'habitude de répéter : « Allons bon ! Eh bien quoi ? » et il recommençait son explication d'une façon différente.

Notre professeur d'histoire était Diya al-Khatib. Il sortait de l'université de Londres et était l'ami de Wasfi al-Anabtawi. Un tout autre personnage pourtant : il était plutôt petit, assez négligé de sa personne, et il ne s'embarrassait pas de paroles comme si, pour lui, les phrases les plus courtes étaient les meilleures ; il avait un fort accent d'Hébron, sa ville natale. Son humeur était toujours égale. Il maîtrisait parfaitement son sujet, et nous ouvrions toutes grandes nos oreilles quand il parlait. J'avais le sentiment qu'il nous dévoilait les profondeurs si complexes du temps, tout comme M. Wasfi nous offrait l'horizon et l'espace.

Hassan Arafat nous apprenait le calcul et l'algèbre, plus tard les sciences naturelles. Il était diplômé de l'université américaine de Beyrouth ; lui aussi était originaire de Naplouse. Sa petite taille ne l'empêchait pas d'avoir énormément de présence, ce qui tenait à sa logique mathématique et à son extrême rigueur dans l'emploi de chaque mot, qu'il appuyait toujours d'un geste de la main lorsqu'il prenait un crayon, un morceau de craie, ou autres papiers et livres. Il avait un art consommé de l'anecdote et savait faire naître le fou rire quand lui n'esquissait qu'un léger sourire, pas davantage, levant les yeux de biais en attendant que l'explosion se calme.

Et puis, parmi mes préférés, il y avait Jamal Badrane, notre professeur de dessin. Du Caire, où il avait étudié, il avait ramené un accent égyptien. Il montrait beaucoup d'enthousiasme pour son art et, qu'il dessine ou qu'il corrige simplement nos dessins, il n'arrêtait pas de parler. En quelques mois, il m'apprit les bases du dessin — en particulier les règles de la perspective et du clair-obscur — et son enseignement m'a guidé tout au long de ma vie dans les travaux artistiques que j'ai pu faire. En lui se mêlaient l'humour et le sens de la discipline : il pouvait successivement nous faire rire et nous rudoyer. Comme il aimait passionnément l'art de l'arabesque (il était d'ailleurs célèbre pour ses arabesques sur cuir), il nous y initia, en même temps qu'à la nature morte. Sur sa demande, nous nous rendions souvent au dôme du Rocher pour recopier des motifs d'arabesques sur les murs de la coupole, avant de les terminer ensuite à l'encre et en couleurs. Lors de ces merveilleux après-midi, dans cette mosquée que j'avais aimée au premier coup d'œil, mon partenaire attitré était Charif al-Khadra. Comme moi il adorait le dessin et, par la suite, il étudia plus à fond l'art de l'arabesque dans une école des beaux-arts, au Caire. La grande esplanade dont le dôme du Rocher occupe le centre respirait la paix et le calme, un contraste étonnant avec le tapage et la cohue des quartiers que nous devions traverser avant d'y arriver. Chaque fois que je quittais ce lieu, je quittais en même temps la quiétude et la méditation, et, en repartant vers la maison, je repartais vers le cœur battant de l'agitation humaine.

19.

A la maison, la quiétude et la méditation étaient bien plus précaires et constamment menacées par les habitants de la cour ou ceux des étages. Les femmes, en particulier, s'opposaient furieusement pour les questions les plus futiles : une corde à linge, la propreté des latrines ou la fumée des réchauds à pétrole, de l'eau déversée devant une porte, les enfants qui se chamaillaient... Mais l'harmonie était vitale, et la bonne entente reprenait toujours le dessus, avec son chapelet d'explications, de baisers et de tasses de café... jusqu'à la querelle suivante.

La pièce en face de la nôtre était occupée par Oum Mansour, la veuve. La plupart du temps, elle était à l'origine des problèmes qui surgissaient : en tant que sœur du propriétaire, elle s'arrogeait le droit d'intervenir dans les affaires des locataires (droit qui lui était d'ailleurs publiquement contesté par son frère). A côté vivaient Abou Latif, Oum Latif, et leur fille Naïma. Celle-ci avait mon âge. Chaque jour, les joues rouges comme des pommes, elle se rendait à l'école Saint-Joseph, dans son uniforme noir à col blanc. Abou Latif sortait un peu après, muni de sa boîte de cireur ; son âge assez avancé lui donnait, dès le matin, l'air épuisé. Sa femme restait à sa fenêtre à surveiller le va-et-vient de la cour. Elle était borgne.

Le soir, je pouvais voir Naïma derrière les vitres : elle allumait une lampe, et son visage alors s'illuminait dans la nuit ; elle accrochait la lampe près de la fenêtre, et je ne voyais plus que ses grands yeux rêveurs, ses lèvres charnues et entrouvertes. Elle contemplait l'obscurité de la cour, devinant peut-être, dans l'ombre de notre porte, mon regard posé sur elle, qui l'implorait de rester là.

La troisième pièce enfin, tout au fond de la cour, était occupée par Youssef le Boiteux et sa femme. Le Boiteux était le nom du bonhomme, rien d'autre. C'était un forgeron taciturne, plutôt petit mais solidement bâti. Il était totalement indifférent aux problèmes qui pouvaient survenir dans l'immeuble, contrairement à sa femme, la grande Rafia (elle était plus grande que lui), dont la voix se répercutait dans tous les coins de la maison tant que son mari était absent. Certains soirs, Youssef rentrait plus tard que de coutume, il descendait l'escalier en chantant, vacillant et visiblement euphorique. Il s'asseyait alors sur le pas de sa porte et continuait à chanter. Rafia lui apportait de l'arak, le mezzé, et elle prenait un verre avec lui... pour lui « faire plaisir ». Et Youssef chantait. Puis il arrêtait soudain sa chanson et partait en récriminations contre son travail, pénible, contre la vie, pénible aussi. Il se mettait à injurier ses proches, un par un, puis il insultait le monde entier et tous les humains. Enfin, sans crier gare, il tombait à bras raccourcis sur sa femme, qui hurlait, se réfugiait chez elle et faisait retentir la cour de sanglots. Alors, un voisin de bonne volonté offrait ses services et les réconciliait. Pour Youssef, la soirée se terminait par un concert de gémissements. Rafia, pour le consoler, l'enlaçait ; il résistait d'abord, puis il se laissait faire ; sa tête retombait sur la poitrine de sa femme, et il s'endormait.

En face de leur logis, dans la pièce contiguë à la nôtre au sous-sol de l'immeuble, habitaient Latif — le fils d'Abou Latif —, sa femme, et leurs trois filles : Georgette, Yvette et la petite Odette. Je ne savais pas trop où Latif — qui était peintre en bâtiment — avait trouvé tous ces prénoms français, jusqu'au jour où j'appris que sa femme, Soultana, avait été élevée dans un orphelinat tenu par des religieuses françaises. L'aînée des filles — une blonde aux yeux bleus — avait neuf ou dix ans, et elle aurait dû accompagner sa tante Naïma à l'école. Mais sa mère avait constamment besoin d'elle, pour le ménage ou pour qu'elle s'occupe de ses sœurs — surtout d'Odette, que Georgette portait en permanence dans ses bras —, et cela l'empêchait d'être très assidue.

Latif me témoigna de l'intérêt le jour où je lui donnai à lire la première longue histoire que j'aie écrite. Peut-être fut-il, à part mon frère, mon premier lecteur : j'avais recopié l'histoire sur un cahier dont j'avais illustré la couverture, et, après l'avoir lue, il la discuta avec beaucoup de sérieux. Le titre, si je m'en souviens bien, en était *La Nymphe des rêves*, et le sujet un cocktail d'un conte des *Mille et Une Nuits* et de *Pardaillan*, de Michel Zévaco (que Youssef et moi avions lu en traduction). Un ou deux ans plus tard, je prêtai le cahier à Georgette, sa fille, qui ne me le rendit jamais, même quand sa famille quitta le quartier et que je perdis sa trace... et mon histoire.

En haut de l'escalier, dans le couloir menant à la rue, deux portes se faisaient face. La pièce de gauche possédait un balcon étroit qui surplombait la cour ; la balustrade soutenait des boîtes de fer plantées de géraniums et de basilic. Là vivaient deux vieilles filles, qu'on n'entendait jamais mais qu'on voyait toujours assises sur leur balcon, à contempler, derrière leurs plantations de fer-blanc, l'agitation de la cour. Un jour, l'une d'elles m' « enleva » : comme je passais dans le couloir et que j'arrivais à hauteur de sa porte, elle ouvrit, m'attrapa brusquement et me tira chez elle en riant. Elle me fit asseoir sur une banquette, près du basilic du balcon, me dit qu'elle s'appelait Salwa, et sa sœur Hanna. Elle me demanda comment allait ma famille ; je m'interrogeai sur les raisons de cet intérêt subit. Puis elle me tendit une lettre pour que je la leur lise : aucune des deux ne savait donc lire, malgré leur allure qui semblait indiquer le contraire. Je lus la lettre, à l'écriture assez indéchiffrable, je la relus. Salwa me mit alors sous le nez un crayon, elle arracha une feuille d'un cahier, et me demanda d'écrire pour elles une réponse. Je pris crayon et feuille.

— Qu'est-ce que j'écris ?

— D'abord le commencement.

— Je commence par quoi ?

— Les salutations, les compliments, et puis après le reste.

J'écrivis : « De si loin, d'un lointain si extrême, notre nostalgie de vous est suprême, et si vous souhaitez apprendre comment nous allons, grâce à Dieu, nous connaissons l'état le plus heureux et le bonheur le plus radieux, mais seules des nouvelles rassurantes de vous nous font défaut, ainsi que de contempler l'éclat de votre visage si beau... » Je rédigeai quatre ou cinq lignes rimées de clichés de ce genre, je les lus aux deux sœurs, qui s'extasièrent et en redemandèrent, jusqu'à ce que je déclare :

— C'est tout ce que je connais comme salutations et compliments !

— Bon, ça ira, décida Hanna. Maintenant, tu vas écrire...

Elles ne voulaient dévoiler aucun détail précis mais, malgré toutes leurs périphrases, je compris qu'elles négociaient avec leur correspondant le mariage de Salwa. L'affaire nécessita beaucoup de séances et autant de missives et, chaque fois que je leur lisais une nouvelle lettre et que j'y répondais, Salwa me faisait jurer de n'en souffler mot à personne, ni famille ni voisins — jusqu'au jour où tout le monde apprit que les deux sœurs étaient parties car Salwa avait épousé un homme de Ramallah et emmené sa sœur. Je fus le seul à connaître les diverses péripéties de l'histoire.

Pendant cette même période, des gens de Bethléem vinrent habiter en face de chez les deux sœurs : Moussa al-Khouri, sa femme Mariam, sa belle-mère, et ses deux enfants — l'aîné avait l'âge de mon frère Issa, et ils furent par la suite camarades de jeux et d'études. Moussa était un parent éloigné de mon père, et il était devenu notre « parrain » quand sa femme avait tenu Sawsan sur les fonts baptismaux.

Moussa était tailleur de pierre. Un jour qu'il travaillait, un éclat l'atteignit au coin de l'œil et faillit le rendre borgne. Son œil ne fut épargné que grâce à ce qu'il appela un vrai miracle. Il lui en resta une inquiétude latente pour ses yeux. Moussa était analphabète, mais cela ne l'empêchait pas de se passionner pour la politique, et il suivait l'actualité en écoutant les autres, en particulier ceux qui lisaient les journaux. Je me rendis compte un jour que, s'il se rendait tous les dimanches matin à l'église de la Résurrection [1], il passait le plus clair de son temps sur le parvis, où les hommes se rassemblaient pour discuter de choses et d'autres, mais avant tout de l'évolution du problème palestinien ; il était attentif et participait aux discussions. Ces mêmes dimanches matin, il achetait le journal et le tendait au premier jeune homme qui donnait l'impression d'être instruit, en lui demandant de lui en lire les titres et quelques passages, surtout l'éditorial. Puis il rentrait chez lui ; il roulait le journal et l'enfonçait dans la poche de sa veste, qu'il portait sur son *qonbaz,* de manière à laisser voir le mot « Palestine » — c'était le nom du journal [2]. S'il m'apercevait, ou bien mon frère, il nous chargeait de lui lire le reste.

Un jour, il me dit :

— Tu sais, parrain [3], quel est mon vœu le plus cher ?

Et il continua, avant même que je puisse répondre :

— De savoir lire !... J'achète le journal pour faire croire que je sais. Tu imagines ?

— Et pourquoi tu n'apprends pas ?

— J'ai peur qu'on dise de moi : il est vieux, et il va encore à l'école !

1. Autre nom, tout aussi usité, de l'église du Saint-Sépulcre.

2. Quotidien palestinien qui paraissait à Jaffa.

3. Les adultes appellent les enfants du nom que l'enfant devra leur donner. Ainsi un père appelle-t-il son enfant « papa », une tante appellera son neveu ou sa nièce « tante », un grand-père dira « grand-père »...

— Mais non ! D'abord, tu n'es pas vieux. Et ensuite, si tu veux, je peux t'apprendre.

Il n'en crut pas ses oreilles.

— Tu penses ? Vraiment tu pourrais ? Au moins que je puisse lire le journal ?

— On peut essayer ! On peut même commencer aujourd'hui. Où est ton journal ?

De ce jour je devins son professeur : en plus de son journal, j'utilisais le manuel de Khalil Sakakini, dont se servait son fils et qui commençait par le b.a.ba. Il acquit très vite les premiers rudiments de lecture.

Quand nous eûmes un peu avancé et qu'il sut à peu près lire, je lui donnai des leçons à préparer le soir, mais il essayait toujours d'y échapper :

— Je te le jure, parrain, je casse des pierres toute la journée et, le soir, je suis complètement abruti, je ne peux pas me concentrer sur quelque chose... Et puis, tu sais, mes yeux ne vont pas comme je voudrais...

Je mis donc un frein à mes ambitions, et lui se contenta de savoir déchiffrer les grands titres de son cher journal. Il se risquait parfois à lire tant bien que mal l'éditorial ; il le comprenait à sa manière, sans doute plus par déduction et en lisant entre les lignes qu'en comprenant véritablement le sens des phrases. Qu'importe, il achetait son journal et il le lisait, pour lui-même ou pour sa famille, sans avoir à recourir à un tiers.

Il était deux choses essentielles que nous n'étions pas encore parvenus à nous offrir : des chaises (deux ou trois au moins) et une pendule. Pour ce qui était de la table, outil si indispensable à l'étude et à tant d'autres choses, nous n'en avions qu'une petite, ronde, haute d'un pouce et demi à peine. C'était mon frère qui l'avait fabriquée, à Bethléem, quand il était apprenti menuisier. Elle était rangée dans un coin de la maison, les pieds contre le mur, et, à l'heure du repas, nous la faisions rouler au milieu de la pièce pour nous asseoir autour. Quand nous avions terminé, ma mère la nettoyait, et nous la reléguions de nouveau. Après le dîner, je la tirais dans un autre endroit, je sortais mes livres et cahiers, et j'étudiais, faisais mes devoirs, dessinais ou essayais d'inventer une histoire. Je pouvais aussi m'installer à la manière des scribes anciens : assis par terre, le genou relevé soutenant le cahier. Ou alors m'asseoir en tailleur, une large planche posée sur mes genoux en guise de pupitre. Ou encore à plat ventre, le cahier par terre devant moi. Pourtant, la table basse était ce qu'il y avait de mieux car, une fois la nuit tombée, je pouvais y poser la lampe pitoyable qui était notre seule source d'éclairage. Et gare à moi si, par malheur, je haussais la mèche plus que ma mère le jugeait nécessaire ; elle avait vite fait de me rappeler le prix du pétrole... et la consommation qu'en faisait cette lampe... et quand, mon Dieu, en finirons-nous avec « cette existence aussi noire que de la suie »...

A Jourat al-Annab, il n'y avait pas un arbre où je puisse m'isoler avec un livre. (Plus tard, je découvrirai un champ tout proche d'ach-Chammaâ, sur les hauteurs à l'ouest de notre quartier : quelques oliviers, des rochers, des fleurs sauvages, et cet endroit deviendra mon refuge.) A ma nouvelle école je redoublais d'efforts : je voulais prouver au directeur et aux professeurs que j'étais capable de suivre, même s'ils dédaignaient un peu mon ancienne école, trop villageoise à leur goût, considérant que son enseignement ne pouvait égaler le leur. Les soirées, donc, je les passais à ma petite table, cerné par ma famille, quelques voisins ou d'autres invités, et je m'efforçais de travailler dans le brouhaha des rires et des bavardages, comme si j'étais ailleurs. Mais je compris vite que, si je voulais arriver à mes fins et étudier ainsi que je l'entendais, il me fallait me lever avant l'aube, quand tout dormait encore. Je décidai de me coucher le plus tôt possible, aux environs de neuf heures, pour me réveiller à trois heures du matin et profiter de quelques heures de calme avant le branle-bas général du matin.

Hélas, nous n'avions pas de pendule : comment faire ? Mon père se proposa pour me réveiller à l'heure que je voudrais. Dans la vieille ville de Jérusalem, près de Bab al-Jadid, la porte Neuve, un couvent célèbre, Deir Terra Sancta[1], possédait un haut clocher ; sur chacune des faces du clocher une grande horloge, dont le carillon pouvait s'entendre dans toute la ville — il n'en résonnait que mieux dans les quartiers proches du couvent, et dans le silence de la nuit... Mais il y avait un hic : l'horloge sonnait les quarts et la demie mais n'indiquait évidemment l'heure qu'une fois celle-ci accomplie. Mon père se réveillait donc au milieu de la nuit, il gagnait la cour, et il attendait. Un quart sonnait, mais le quart de quelle heure ? Il attendait donc encore, et entendait sonner la demie, puis trois quarts d'heure, puis quatre, et enfin deux coups pour annoncer deux heures... Il devait donc patienter une autre heure.

1. Le monastère de Saint-Salvador.

Comme il craignait de s'endormir, il faisait les cent pas dans la cour, buvait un peu d'eau. Peut-être fumer l'aurait-il apaisé, distrait de la fatigue de l'attente — mais il ne fumait pas... Il attendait, ressassant les souvenirs de son enfance, de sa jeunesse, revivant les terribles épreuves subies dans l'armée ottomane pendant la Première Guerre mondiale... Enfin Terra Sancta sonnait trois heures. Il me réveillait et retournait se coucher. Je m'aspergeais le visage d'eau froide, me lavais les yeux, décrochais la lampe et la posais sur la table, sans trop hausser la mèche pour ne pas déranger le sommeil de la maisonnée, et j'étudiais jusqu'à l'aube. Alors je sortais dans la cour et je continuais d'apprendre, en marchant de long en large.

Pendant les périodes d'examen, il m'arrivait de me lever à une heure du matin pour réviser. Je gardai cette habitude tout au long de mes années d'études.

L'avant-dernier jour des examens, avec un soupir de soulagement, je dis à mon père :

— Cette nuit, je vais dormir jusqu'au matin. Si je ne suis pas levé à six heures, réveille-moi.

— Pourquoi ça ? Tu es fatigué ou bien tu deviens paresseux ? dit-il en riant.

— Demain, c'est l'examen d'instruction religieuse. Je suis dispensé de le passer, mais je dois quand même être présent.

C'était le directeur, Arif al-Badiri en personne, qui enseignait l'instruction religieuse. Au collège ar-Rachidieh, les élèves chrétiens n'étaient pas en nombre suffisant pour que cela justifie un cours (contrairement à l'école de Bethléem, où la situation était exactement inverse). Nous restions dans la cour pendant que nos camarades musulmans suivaient les cours d'instruction religieuse. Pour les examens, les notes de ces cours de religion n'entraient pas en ligne de compte et n'intervenaient donc pas dans le classement des élèves. Mais ceux qui ne passaient pas l'examen d'instruction religieuse étaient, en échange, notés d'après leur conduite à l'école.

Arif al-Badiri était un éducateur renommé dans les milieux enseignants. Il était très exigeant quant à la morale, au comportement des élèves, et ne tolérait aucune entorse au règlement qu'il avait fixé. Son châtiment était sévère : des coups de baguette sur la paume ou sur les fesses. Aussi les élèves le craignaient-ils — nous pouvions d'ailleurs constater que les professeurs eux-mêmes lui témoignaient un respect marqué.

Tranquille, je partis pour l'examen d'instruction religieuse, et je m'assis à ma place dans la salle ; le directeur me vit : j'avais les mains vides pendant que mes camarades écrivaient. Au bout d'une petite heure, je fus las de rester assis à ne rien faire. Je sortis doucement de la classe et rentrai chez moi — sans soupçonner un seul instant la colère que j'avais provoquée chez le directeur par cet acte inqualifiable.

Les vacances d'été commençaient, et j'étais au moins débarrassé des soucis scolaires et des devoirs du soir.

20.

Je ne revis pas une seule fois l'école, cet été-là, mais je gardai des liens avec quelques-uns de mes camarades, en particulier Charif al-Khadra, avec qui j'avais en commun l'amour du dessin. Nous nous rencontrions chez moi, ou bien dans la vieille ville, chez lui, près de Bab as-Silsila [1].

Pendant ces vacances je ne restai pas inactif. Tout près de chez nous, le bassin du Sultan m'était un merveilleux refuge : ses rochers conservaient encore un peu de l'eau de pluie tombée au cours de l'hiver. Au soleil couchant, je m'échappais vers cette eau bleue, et c'était comme si j'allais à la rencontre de la mer elle-même. Et puis il y avait, aux abords du bassin, le marché du vendredi qui s'emplissait, une fois par semaine, de moutons, de vaches et de chevaux, de marchands et de clients. Je ne crois pas avoir laissé passer un seul vendredi sans m'y rendre, avec Charif ou un autre, pour flâner — et dessiner.

Certains secteurs de notre quartier, dont celui où se trouvait notre maison, mais aussi les environs du marché et du bassin du Sultan, se convertissaient peu

1. La porte de la Chaîne, qui ouvre sur l'esplanade des mosquées.

à peu en zone industrielle. De part et d'autre d'une avenue proche de chez nous, on venait d'aménager des ateliers, chacun d'entre eux constituant un véritable chantier. La plupart étaient occupés par des forgerons dont les martèlements incessants ajoutaient au vacarme ordinaire du quartier. Il y avait aussi là une menuiserie, où Youssef était employé, et, en haut de l'avenue, une petite fonderie, l'une des rares manufactures de la ville. Mon père fit la connaissance du fondeur et, malgré l'évolution de sa maladie, il commença d'y travailler : il transportait les déchets de plomb, de zinc ou de cuivre. Il me présenta à son patron, Bechara, qui demanda à mon père :

— Pourquoi ne m'enverrais-tu pas ton fils demain ? Je lui apprendrai un métier que peu de gens connaissent par ici.

Il fut convenu que je travaillerais chez lui pour deux piastres et demie par jour, soit quinze par semaine, mais seulement pour la durée des vacances. C'est ainsi que, cet été-là, je passai la plus grande partie de mon temps à fabriquer des moules dans le sable humide, à allumer un feu d'enfer dans la forge, à fondre le zinc, le cuivre et le fer, en compagnie de Bechara et de son aide, le « prince » Youssef.

Le patron était jeune, expert dans son métier qu'il avait appris auprès d'Allemands, dans un orphelinat qui devint par la suite une école technique connue à Jérusalem sous le nom d'Institut Schneller[1]. Bechara était un homme robuste : sa chemise, tendue sur sa

1. Créé par Ludwig Schneller, avec des fonds protestants allemands. A l'école technique s'ajouta par la suite une école pour aveugles. Pendant la Première Guerre mondiale, l'institut fut transformé en camp militaire allemand. Aujourd'hui, il sert aux forces de défense israéliennes.

large poitrine et ses muscles puissants, semblait toujours sur le point de craquer. Quand il se sentait d'attaque, il pouvait être très efficace dans son travail ; mais il était beaucoup moins alerte après une nuit un peu trop arrosée, et sa journée se traînait alors entre les moules de sable et les tas de métaux, dans un complet état de léthargie. Le « prince » était un homme vieillissant qui adorait raconter comment il avait gagné ce titre dans sa jeunesse, au Caire, lors de ses années de « splendeur ». Sa conduite et son humeur étaient toujours en parfaite harmonie avec celles de son patron : dynamique si celui-ci l'était, il ne savait plus que papoter ou s'abîmait dans un rêve éveillé le jour où Bechara, apathique, s'étendait sur le sable. Quant à moi, entre ces deux-là, j'essayais d'utiliser mon temps au mieux.

Le propriétaire de la fonderie était en réalité l'oncle de Bechara : il passait tous les deux ou trois jours pour traiter personnellement avec les commissionnaires ou les hommes d'affaires. Il se méfiait de son neveu : celui-ci pouvait très bien livrer le travail aux clients, en percevoir lui-même le prix, puis, sans perdre une minute, se rendre, au choix, au café, où des compagnons de bouteille attendaient son argent de pied ferme, ou chez une certaine femme dont il voulait épouser la fille, et pour laquelle il dépensait tout ce qu'il gagnait — ce qui lui restait après s'être payé son arak, bien sûr — sans compter mais sans arriver à rien. L'oncle — cheveux blancs, costume élégant — venait donc à la fonderie, et il arrivait que Bechara ne s'y trouve pas. Il repartait immédiatement à la recherche de « cette espèce de voyou » qui se moquait éperdument de la réputation de son oncle ! Il le ramena plus d'une fois : Bechara titubant, traînant les pieds, les yeux rouges, ne voyant plus rien devant lui, et l'oncle le réprimandant, le poussant vers le tas de sable où Bechara tombait tête la première et ne se relevait plus. Après le départ de l'oncle, le « prince » et moi prenions soin de lui, et le « prince » lâchait, l'air coquin : « Ça, c'est une cuite ! » Puis nous partions, et Bechara passait la nuit là. Le lendemain matin, nous retrouvions un homme rajeuni, dynamique comme jamais : il se rasait, se frottait la tête et le visage au savon, se séchait avec une vieille loque et, sa gaieté revenue avec son sens des responsabilités, il nous disait :

— Allez, les gars ! On a du pain sur la planche aujourd'hui !

Quant au « prince », il n'avait rien à envier à son patron et, qui plus est, il n'avait pas d'oncle pour aller le récupérer et réparer ses bêtises. Ses vieux vêtements étaient si crasseux qu'on ne pouvait seulement en deviner la couleur. La guenille qu'il baptisait pantalon ne tenait que par miracle — et encore, elle ne réussissait pas toujours à couvrir sa nudité. Mais c'était un homme qui parlait bien, et qui chantait mieux encore malgré toutes les cigarettes qu'il fumait. Lorsqu'il chantait, on ouvrait grandes les oreilles et souvent, d'une forge voisine, retentissait un « Allah ! Allah[1] ! » ; alors, le « prince » élevait la voix et, cessant de travailler, il entonnait un *mawwal* qu'on pouvait entendre dans tous les ateliers alentour. Bechara lui-même, dans ces moments-là, s'écriait :

1. Exclamation d'admiration, en particulier lorsque l'on entend une belle voix.

— Bon Dieu, mon salaud, ce que tu chantes bien[1] !

L'été s'écoulait, et j'attendais mes résultats scolaires, que l'école devait m'envoyer par la poste. Rien n'arrivait. Juillet passa, août touchait à sa fin, mais toujours rien. Les doutes m'assaillaient : Charif m'avait montré son bulletin, il avait réussi, il passait en sixième. Peut-être n'avais-je pas réussi, moi, pour qu'on ne m'envoie rien ? Ou alors le bulletin s'était perdu ? L'adresse que j'avais donnée n'était pas la bonne ? Je ne pouvais qu'attendre la fin des vacances et la rentrée, à laquelle je me préparais déjà avec les quelques piastres que j'avais le droit de garder sur ma paie hebdomadaire.

Lors de mes journées à la fonderie, mon attention avait été plusieurs fois attirée par un homme, qui ne pouvait d'ailleurs passer inaperçu. Il était grand, pourvu d'une barbe majestueuse, il avait un air imposant avec son turban vert, son ample cape noire qu'il tenait fermée d'une main pendant que l'autre

1. Quelques années plus tard, l'atelier ferma. Bechara ne vint plus nous rendre visite à la maison et il disparut du quartier. En 1939, comme je rentrais de l'école où j'enseignais, un mendiant m'arrêta à Bab al-Khalil et me salua comme s'il me connaissait : c'était Bechara. Il était méconnaissable dans ses habits élimés, avec sa barbe sale et hirsute et son teint pâle, les tempes et le menton serrés dans un bandage crasseux. Il n'arrivait presque pas à parler. J'étais foudroyé : « C'est toi, Bechara ? » Il bafouilla : « Tu vois ! Tu vois ! — Toi, mendier ! Ce n'est pas possible ! — Et comment vivre ? Mon oncle est mort. — Et la fonderie ? — Finie depuis longtemps... » Je vidai ce que contenaient mes poches dans sa main — et ce n'était pas beaucoup — en essayant de ne pas pleurer. Ses yeux malades se mouillèrent et il me dit : « Que Dieu te le rende ! Que Dieu te le rende ! » et il s'éloigna en traînant les pieds.

Quelques jours après, je retournai à Bab al-Khalil pour le revoir et, comme je ne le trouvais pas, j'interrogeai un mendiant aveugle qui se trouvait là. Il me dit : « Bechara le fondeur ? Il est mort, le pauvre ! On dit qu'il est mort ivre... Que Dieu ait pitié de lui, et te bénisse ! » (N.d.A.)

main s'appuyait sur une canne dont le pommeau métallique incurvé brillait comme de l'or. Il marchait la tête haute, la poitrine en avant, d'un pas plein d'assurance et non dépourvu de quelque arrogance.

Par un matin particulièrement chaud, mon père se trouvait dans l'atelier alors que l'homme au turban descendait la rue. Il interrogea le forgeron d'à côté, Abou-l-Abd.

— C'est Noureddine, le mage. Il habite tout près. Sur sa porte, il y a une grande pancarte ; vous l'avez sûrement vue.

Effectivement, on pouvait voir, en bas d'une rue proche de là, plusieurs maisons assez disparates dont l'une était surmontée d'une pancarte qui prenait toute la façade : « Noureddine, mage » ; les mots étaient entourés de deux grands croissants, avec une étoile à droite, une étoile à gauche.

Et Abou-l-Abd ajouta :

— Il lit l'avenir, guérit les maladies nerveuses, réconcilie les cœurs, et il permet à une femme stérile d'avoir des jumeaux !

Puis il considéra mon père — la maladie de Parkinson rendait ses mouvements de plus en plus difficiles et accentuait le tremblement de ses mains :

— Tente ta chance, Abou Youssef... Si j'étais toi...

Mon père me regarda, hésitant :

— Qu'en penses-tu ?

Je répondis bravement :

— Papa, c'est de la blague. Je n'y crois pas.

Abou-l-Abd s'empara de son lourd marteau en s'esclaffant :

— Allons, allons ! Tu demandes son avis à un enfant maintenant ?

Puis chacun reprit ses occupations.

Deux ou trois jours plus tard, mon père rentra à la maison tout heureux et nous annonça qu'il allait guérir dans un mois ou deux, enfin... Il avait consulté le mage, qui l'avait tranquillisé et lui avait prédit la guérison. Il lui avait confectionné un talisman — il nous le montra : il était suspendu autour de son cou, bien collé contre son cœur, dans une gaine de cuir noir. Le mage lui avait aussi remis un médicament extrêmement rare, qui n'existait dans aucune pharmacie. Et mon père sortit de sa poche un petit flacon rempli de boules vertes ; il en prit une, et il s'en dégagea une odeur qui rappelait fortement la menthe. Quelques courts instants, nous partageâmes sa joie, mais mon frère s'empara du flacon et le vida dans sa main. Les boules en question étaient des boules de gomme, de celles que l'on prend habituellement pour un rhume, ou pour soulager un mal de gorge. Youssef en avait acheté une fois, dans une pharmacie, une boîte de vingt pour cinq piastres. Aussi demanda-t-il à mon père :

— Dis-moi la vérité : combien de piastres t'a pris ce mage ?

— Trois livres.

— Trois livres ! cria alors Youssef. Nous travaillons tous les jours et nous ne gagnons pas, à nous tous, trois livres par mois ! Tu es fou ?

— Mais c'est un médicament qui n'a pas son pareil, nulle part ! Et puis ce mage est un homme qui s'y connaît ! Il veut me délivrer de cette torture... Ça te paraît trop de payer ça pour ton père ?

— Papa, mon cher papa, si ça pouvait te guérir, je lui donnerai ma vie pour toi. Mais tu ne vois pas que c'est un escroc, qu'il profite de tes souffrances et de ton désespoir ? Viens avec moi... On va aller le voir, et je vais lui jeter ses bonbons à la figure. Ou bien il nous rend les trois livres, et on n'en parlera plus, ou alors je jure que je lui mettrai une belle raclée et que je le dénoncerai devant tout le monde...

Et Youssef emmena mon père. Je les suivis. J'attendis en haut de la rue (sur l'ordre de mon père, « pour ne pas trop grossir l'affaire ») tandis qu'ils frappaient à la porte. Ce fut le mage en personne qui ouvrit, plus imposant que jamais avec son turban et sa cape. J'entendis du grabuge, mais qui ne dura guère. Sans aucun doute l'homme n'était pas habitué à de telles réactions car je le vis tirer quelque chose de sous sa cape et le tendre à Youssef... Il avait rendu les trois livres, et nous repartîmes en vainqueurs à la maison. Là, nous évoquâmes divers incidents, comme celui de la cautérisation avec cette horrible clé, d'autres encore à propos de la détresse de mon père ou de son entêtement. Alors, dans un mouvement de colère, il arracha le talisman et le jeta.

Je le ramassai, essayai de l'ouvrir, en vain. Prenant des ciseaux, j'en découpai le cuir et sortis le sortilège dont mon père attendait tant : une grande feuille blanche où étaient dessinés des carrés — environ quarante — et, dans chaque carré, une lettre ou une étoile. Les lettres semblaient choisies au hasard car elles ne voulaient rien dire. J'avais pensé trouver là au moins quelque verset coranique, mais le mage était trop malin pour écrire des versets que tout le monde connaissait... Des lettres et des étoiles sont bien plus mystérieuses, et c'est dans le mystère que réside la magie... S'il avait appris ce que nous venions de faire, il aurait, à coup sûr, prétendu que, lorsqu'on découvre son secret, la magie ne peut plus agir.

Je n'espérais plus l'arrivée de mon bulletin scolaire. Je connus, par Charif, la date de la rentrée et me levai tôt ce jour-là. Je pris mon petit déjeuner avec mon frère, et me hâtai vers ar-Rachidieh, aussi anxieux que pour un rendez-vous amoureux.

Dans la cour de l'école, l'atmosphère était à la joie des retrouvailles. La cloche retentit, et je me rangeai avec mes camarades qui passaient en sixième. Nous montions vers la classe, sous la surveillance de M. Arif al-Badiri et de quelques professeurs, quand le directeur me fit signe d'approcher. Je m'exécutai.

— Va dans mon bureau et attends-moi, m'ordonna-t-il.

Là, d'autres élèves attendaient aussi. Le directeur ne tarda pas à arriver d'un pas rapide, accompagné d'un jeune homme qu'il fit asseoir sur une chaise, près de son bureau. Le sort voulut qu'il s'adresse d'abord à moi. Avec une gravité qui suffit seule à m'ébranler, il dit :

— Jabra, tu n'as pas ta place ici. Retourne chez toi.

Comme foudroyé, je ne bougeai pas. Il répéta :

— Je te dis que tu n'as pas ta place ici. Tu peux sortir.

D'une voix enrouée par l'émotion, je répondis :

— Mais pourquoi, monsieur ?

Le directeur se tourna vers le jeune homme assis à sa droite :

— Najib, explique-lui qu'une conduite comme la sienne est inadmissible dans mon école et qu'il doit s'en aller.

Najib parut embarrassé et il me dit, avec beaucoup de gentillesse :

— Je le regrette, mais tu as entendu mon père. Il faut que tu partes.

— Mais qu'est-ce que j'ai fait ? insistai-je.

J'imaginai un instant avoir commis un crime odieux que j'aurais dissimulé à tous et qui venait d'être découvert. J'en recevais à présent la punition. Mais je ne me souvenais pas d'une faute qui aurait mérité un châtiment si dur.

Najib se tourna vers son père et, dans un murmure :

— Qu'est-ce qu'il a fait ?

— Le dernier jour des examens — tu t'en souviens ?

— Oui, affirmai-je. Je suis venu alors que je n'avais pas à passer l'examen.

— Balivernes ! Tu n'avais pas à passer l'examen mais tu devais rester à ta place jusqu'à ce que tes camarades aient terminé.

— Mais je suis resté presque une heure.

— Tu oses compter les minutes avec moi ! s'exclama-t-il, furieux. Tu devais rester jusqu'à la fin. Mais tu t'es sauvé... A présent, sors, rentre chez toi...

Et je fus renvoyé pour ce motif auquel je ne trouvais aucune justification. Je quittai l'école, blessé, touché dans ce que j'avais de plus cher. Je ne sais comment je rentrai chez nous. Mes idées se bousculaient : l'école était-elle finie pour moi ? Allais-je retourner à la fonderie, où Bechara et le « prince » m'accueilleraient, certes, à bras ouverts ? Non ! Je retournerais dans mon école, à Bethléem. Là-bas, le directeur m'aimait, et les professeurs aussi. Ils seraient heureux que je revienne. Mais comment aller à Bethléem et en revenir, chaque jour ? En bus ? Oui, bien sûr. Cela me coûterait deux piastres par jour. Deux piastres ! Et où pourrais-je trouver une telle somme ? Eh bien, j'irais à pied… Je calculai la distance : huit kilomètres pour Bethléem, plus deux au moins pour arriver à l'école, multipliés par deux, vingt kilomètres par jour.

A peine avais-je descendu l'escalier de la cour et atteint la maison que je m'effondrai, secoué de sanglots que rien ne semblait pouvoir calmer. Mon père, ma mère, ma grand-mère, tout le monde m'entoura, s'inquiéta : qu'avais-je donc ?

— Le directeur m'a renvoyé… Je veux retourner à Bethléem.

Comme mon père me pressait de questions, je finis par tout raconter. Alors, saisissant sa canne, il sortit.

Que pouvait-il faire ? S'il s'était agi d'un pneu précipité au plus profond d'une vallée, même si c'était dans les entrailles de l'enfer, il serait allé le chercher et l'aurait ramené pour me tirer de ce mauvais pas. Mais, cette fois, il s'agissait de quelque chose de bien plus grave : de règlements, de principes que j'avais violés, de la décision d'un homme que chacun craignait, qu'aucun raisonnement ne pouvait fléchir. Dans ce cas, que pouvait faire mon père ?

Il alla s'adresser à un jeune moine, le frère Boutros Soumi, du couvent Mar Marcos, connu pour une audace fort courtoise et pour son éloquence. Il avait été, par ailleurs, le condisciple de mon frère Mourad lorsque celui-ci étudiait au couvent. Le moine n'hésita pas un instant à accompagner mon père à ar-Rachidieh. L'accueil du directeur fut très cordial.

— Monsieur le directeur, commença le moine, mon ami que voici a des doléances à vous présenter. Je ne doute pas une seconde que vous lui rendiez justice.

M. al-Badiri ne savait pas qui était l'ami en question, et il dit :

— Je vous écoute.

— Nous avons eu tort, et nous espérons votre pardon, prononça mon père.

— Je vous écoute, parlez.

Mais mon père ne sut que répéter :

— Nous avons eu tort, et nous espérons votre pardon.

Le directeur commençait à perdre patience.

— Expliquez-vous, monsieur. Racontez-moi donc votre histoire.

— J'ai un fils dans votre école. Il s'appelle...

Le directeur l'interrompit :

— Oui, je vois. Je connais la suite. Je l'ai renvoyé ce matin même.

— C'est comme si vous l'aviez tué, monsieur le directeur ! Et vous m'avez tué en même temps... Et moi, comme vous le voyez...

Mon père se tut ; le directeur l'observa en silence, puis soudain :

— Monsieur Ibrahim, vous me démontez. Vous êtes un homme bon. En hommage à cette bonté, je pardonne à votre fils. Vous pourrez me l'envoyer dès votre retour chez vous.

Mon père se leva, le moine en fit de même, et tous deux se confondirent en remerciements ; mais le directeur leur serra la main en disant à mon père :

— Ne me remerciez pas, mon ami. Je suis fier de

voir un homme tel que vous, aussi attaché à l'éducation de son fils.

Et ce même matin, quand mon père m'eut fait le récit de cette entrevue, je partis comme une flèche et arrivai à l'école tout pantelant ; les cours de la matinée n'étaient pas encore terminés. Le directeur était à l'étage, dans le hall, il discutait avec quelques professeurs. Il s'empressa de me dire, en remuant son index près de mon visage :

— Sais-tu ? Sans ton père, je n'aurais jamais changé d'avis !

— Merci, monsieur, répondis-je.

— Ne me remercie pas. Remercie-le, lui. Dépêche-toi, maintenant.

Je me dirigeai vers ma classe, tout en me demandant si je ne vivais pas un rêve. Le professeur — c'était Ibrahim Touqane[1] — m'installa près d'un nouveau, Moussa Saoudi. Mais une autre surprise m'attendait. Le directeur fit son entrée dans la classe ; les élèves se levèrent en signe de respect, puis se rassirent. Il s'approcha de moi, me tendit un papier plié :

— Voilà ton bulletin, me dit-il.

Et il sortit.

Les mains tremblantes, je dépliai la feuille ; j'avais peur de ce que j'allais voir. Et j'étais deuxième en arabe, premier en anglais, deuxième en mathématiques, premier en histoire... deuxième au classement général...

J'avais alors près de treize ans. Sawsan, ma petite sœur, était très attachée à Fella, la chatte qui avait grandi en même temps que nous. Elle nous avait

1. Grand poète palestinien.

accompagnés à Jérusalem et nous l'avions plus d'une fois arrachée à des mains qui en voulaient à sa vie. Quelques mois après notre arrivée à Jourat al-Annab, un jour Fella disparut. Qu'avait-il pu lui arriver ? Ce jour-là, je rentrais de l'école, et dans ma tête résonnaient les vers que M. Ibrahim Touqane nous avait lus de si merveilleuse façon, des vers extraits de la pièce d'Ahmad Chawqi *Le Fou de Laïla.* C'étaient les vers qui parlaient de Laïla et d'une gazelle, au premier acte. Cette pièce (ou ce « roman », comme Ahmad Chawqi et les gens en général appelaient encore toute pièce de théâtre) avait été publiée l'année précédente, et on pouvait depuis peu se la procurer à Jérusalem. Ibrahim Touqane, avec ses dons de poète, sa sensibilité, sa tendre ironie, savait transformer le cours d'arabe en une heure magique ; il ne se limitait jamais aux manuels scolaires ou aux programmes. *Le Fou de Laïla* ne le quittait pas, avec d'autres livres. En ce début d'année scolaire, chaque fois qu'il entrait en classe, il nous lisait une scène de cette œuvre.

Sur une colline Qaïs vit une gazelle, il l'appela
La gazelle tendit l'oreille, ses cornes effleurèrent la terre...
Un peu d'herbe avait teinté son museau de vert
Dans son cou gracieux, dans ses yeux, Qaïs vit sa Laïla
Dans sa passion, dans l'ivresse du souvenir il se plongea
De la vallée un loup surgit qui s'empara de la gazelle
Déjeuna de ses entrailles, mais ce repas lui fut mortel
Car Qaïs visa l'assassin et de sa flèche le transperça...

C'étaient ces vers que je me répétais, et comme je les retenais facilement ! Lorsque j'approchai de la maison, j'aperçus Sawsan et Issa assis sur le seuil de l'immeuble à m'attendre : Fella avait disparu. Nous partîmes à sa recherche dans le quartier, interrogeant voisins et passants. Nous l'aurions reconnue parmi un millier d'autres chats. Les vers sur Laïla et la gazelle me vinrent alors aux lèvres, mais ils ne firent qu'ajouter au chagrin de Sawsan, qui se mit à pleurer sur sa Fella perdue. Je lui promis qu'un jour j'écrirais le poème de Sawsan et de la chatte égarée.

Peu de temps après, nous fûmes éveillés de bonne heure par le doux miaulement de Fella, de l'autre côté de la porte. Nous lui ouvrîmes et Sawsan la serra contre elle en pleurant — de joie cette fois.

Malheureusement, cette joie fut de courte durée. Fella montra très vite des signes de maladie : elle se déplaça de plus en plus difficilement, perdit l'appétit, elle qui mangeait jusqu'aux concombres et aux tomates… Un matin, nous la trouvâmes étendue devant la porte, morte. Ce fut un triste jour pour nous tous, et surtout pour Sawsan. La tristesse et les larmes ne pouvaient ramener Fella, mais Sawsan n'avait que quatre ans et cet événement qu'elle ne comprenait pas la révoltait. Pourquoi Fella était-elle morte ? Pourquoi ?

Ma mère lui expliqua :

— Elle avait vieilli, la pauvre, et elle est morte de vieillesse. Vous savez quel âge elle avait ? Le nombre de souris qu'elle a pu manger ? et combien de rats elle a tués dans sa vie ? Des centaines…

Par amour pour Sawsan, et comme elle nous le demanda, nous disposâmes la chatte morte dans une boîte de carton et, tout en haut de la colline rocheuse qui faisait face à notre demeure, nous l'enterrâmes, puis recouvrîmes le trou de pierres.

Après cela, Sawsan répéta souvent ces vers — et Youssef, Issa et moi les répétions avec elle —, des vers où la chatte était devenue une gazelle, à moins que ce ne soit le contraire :

A la gazelle nous avons creusé une tombe, nous l'avons enterrée
Tant et tant avons pleuré la morte que nos larmes l'ont abreuvée
Dites avec moi et que Laïla dise aussi : Que Dieu l'ait en pitié.

21.

AINSI donc j'entamai ma treizième année ; j'entrais dans l'ère des découvertes, que j'allais vivre à toute allure au cours des années suivantes, mes années d'adolescence. Il y eut Jérusalem, la belle, que j'arpentais quartier par quartier, pierre par pierre, la vieille ville comme la nouvelle, dans son passé comme dans son présent. Il y eut les revues qui nous venaient d'Égypte et nous offraient chaque semaine leur lot de connaissances, d'humour, qui nous faisaient partager le bouillonnement politique et littéraire du Caire. Il y eut les livres que nous nous procurions à grand-peine, par la ruse ou le sacrifice : la biographie des grands hommes d'antan, les nouvelles, romans, recueils de poèmes ou livres d'histoire. Il y eut les professeurs frais émoulus des universités du monde entier, qui semaient en nous la passion du savoir. Il y eut les jeunes filles si alléchantes qui me semblaient se mouvoir dans un rêve infini. Ou alors, était-ce moi qui vivais leur présence comme un rêve ? Le sommeil m'abandonnait, et j'écrivais d'interminables lettres qui essayaient vainement de marier le rêve à la réalité.

Il y eut le dessin et la peinture qui aiguisaient ma

perception des gens et des choses. Il y eut la musique : luth, guitare, violon, j'appris à jouer de chacun de ces instruments jusqu'au moment où il me fut impossible de progresser sans aide ; je persévérai pourtant sur un accordéon que Youssef avait acheté par mensualités, et qui nous ouvrait un monde de joyeuse frénésie. Et puis, il y eut la musique classique, et le coup de foudre pour Beethoven. La plupart de mes disques me venaient d'un ami dont le père était marchand ambulant — tout au long du jour il trimbalait une grande boîte vitrée remplie de *chamiya*[1], qu'il vendait dans des cornets de papier. Mon ami, lui, était joaillier et travaillait chez un Arménien, dans la vieille ville. Il maîtrisait parfaitement le solfège et interprétait Beethoven au violon en déchiffrant directement les partitions. Ses longs doigts fins se déplaçaient sur les cordes avec une précision et une vitesse proprement surhumaines ; on aurait dit la réincarnation de Beethoven lui-même tant il lui ressemblait. Il possédait toute une collection de livres sur le compositeur, dont il ne pouvait d'ailleurs lire que quelques lignes car ils étaient en anglais...

Il y eut la faculté arabe, il y eut son doyen, Ahmad Samih al-Khalidi — une voix puissante et une forte personnalité, qui sut faire de ses théories pédagogiques un mode de vie. Ses étudiants n'arrivaient à le satisfaire — et c'était chez lui une sorte de principe intangible, quasi patriotique — que par la recherche forcenée de la connaissance et par la preuve de leurs capacités. Quand la faculté émigra vers de nouveaux

1. Sorte de *halwa* au sésame.

locaux sur le mont Moukabbir[1], ouverts à l'univers et aux quatre vents, nous lisions et étudiions passionnément, obstinément... le jour, la nuit, à nous en rendre malades... Ce fut lui qui me choisit pour que je continue mes études à l'étranger.

Il y eut aussi une conscience politique plus aiguë, les manifestations, la grève générale de 1936[2], les mouvements de révolte qui se poursuivirent jusqu'au déclenchement de la Seconde Guerre mondiale ; il y eut les longues promenades, plusieurs milles par jour que nous couvrions sans fatigue, car nos maisons craquaient sous le déchaînement de nos discussions chaotiques, et le monde lui-même nous semblait trop étroit.

Et il y eut la douleur qui nous ravagea quand ma sœur mourut subitement à neuf ans, en 1938, Sawsan aux cheveux châtains tombant en longues mèches d'ange, Sawsan dont la peau semblait des pétales de rose perlant de rosée, Sawsan aux joues rouges, Sawsan aux lèvres rouges, d'un rouge que même la mort ne put lui ravir...

Puis l'écriture, la traduction, leurs joies et leurs tourments ; puis quelques mois passés à enseigner dans une école primaire misérable ; puis les préparatifs pour la Grande-Bretagne.

Tout cela et tant d'autres choses. Tant d'autres chapitres de ma vie vaudraient d'être contés, avec leurs plaisirs et leurs peines, avec leurs ivresses aussi, tout ce que ce long exil m'apporta, tout ce que la verte

1. Surplombe Jérusalem au sud. Omar ibn Khattab, en découvrant la ville de cette éminence, se serait écrié d'admiration « Allah akbar », d'où le nom de la montagne.

2. Elle dura six mois.

Angleterre m'offrit : le vacarme de la guerre et des bombes, les étudiants tapageurs et remuants, qui buvaient ou se querellaient, les étudiantes aux yeux brillants, aux lèvres charnues, et puis l'appel des livres que j'achetais par dizaines. Cet appel, je n'ai jamais cessé d'y répondre ; il rejoignait en moi ce cri qui parfois me menait aux larmes et au délire, et parfois m'empoignait jusqu'à l'hébétude, jusqu'au silence.

Bagdad, mai 1986

La composition de cet ouvrage
a été réalisée par l'Imprimerie Bussière,
l'impression et le brochage ont été effectués
sur presse CAMERON *dans les ateliers de la S.E.P.C.,*
à Saint-Amand-Montrond (Cher),
pour le compte des Éditions Albin Michel.

Achevé d'imprimer en février 1993.
N° d'édition : 12833. N° d'impression : 130-348.
Dépôt légal : mars 1993.